CONTOS DE EVA LUNA

Da autora:

Afrodite: Contos, Receitas e Outros Afrodisíacos
O Amante Japonês
Amor
O Caderno de Maya
Cartas a Paula
A Casa dos Espíritos
Contos de Eva Luna
De Amor e de Sombra
Eva Luna
Filha da Fortuna
A Ilha sob o Mar
Inés da Minha Alma
O Jogo de Ripper
Longa pétala de mar
Meu País Inventado
Muito além do inverno
Mulheres de minha alma
Paula
O Plano Infinito
Retrato em Sépia
A Soma dos Dias
Zorro
Violeta

As Aventuras da Águia e do Jaguar

A Cidade das Feras
O Reino do Dragão de Ouro
A Floresta dos Pigmeus

ISABEL ALLENDE

CONTOS DE EVA LUNA

Tradução de
Rosemary Moraes

8ª edição

Rio de Janeiro | 2022

CIP-BRASIL. CATALOGAÇÃO NA PUBLICAÇÃO
SINDICATO NACIONAL DOS EDITORES DE LIVROS, RJ

A427c   Allende, Isabel, 1942-
        Contos de Eva Luna / Isabel Allende ; tradução Rosemary Moraes. - 8. ed. - Rio de Janeiro : Bertrand Brasil, 2022.

        Tradução de: Cuentos de Eva Luna
        ISBN 978-65-5838-093-1

        1. Contos chilenos. I. Moraes, Rosemary. II. Título.

22-76562   CDD: 863.01
                          CDU: 82-34(83)

Gabriela Faray Ferreira Lopes - Bibliotecária - CRB-7/6643

Copyright © Isabel Allende, 1989

Título original: Cuentos de Eva Luna

Texto revisado segundo o novo Acordo Ortográfico da Língua Portuguesa.

Todos os direitos reservados.
Não é permitida a reprodução total ou parcial desta obra, por quaisquer meios, sem a prévia autorização por escrito da Editora.

Direitos exclusivos de publicação em língua portuguesa somente para o Brasil adquiridos pela:
EDITORA BERTRAND BRASIL LTDA.
Rua Argentina, 171 — 3º andar — São Cristóvão
20921-380 — Rio de Janeiro — RJ
Tel.: (21) 2585-2000,
que se reserva a propriedade literária desta tradução.

Seja um leitor preferencial. Cadastre-se no site
www.record.com.br e receba informações sobre
nossos lançamentos e nossas promoções.

Atendimento e venda direta ao leitor:
sac@record.com.br

A William Gordon,
pelo tempo que compartilhamos.

I. A.

SUMÁRIO

Duas palavras	13
Menina perversa	21
Clarisa	33
Boca de sapo	45
O ouro de Tomás Vargas	51
Se tocasse meu coração	63
Presente para uma noiva	73
Tosca	85
Walimai	95
Ester Lucero	103
Maria, a boba	111
O mais esquecido do esquecimento	121
O pequeno Heidelberg	125
A mulher do juiz	133
Um caminho para o Norte	143
O hóspede da professora	155
Com o devido respeito	163
Vida interminável	169
Um milagre discreto	181
Uma vingança	195
Cartas de amor atraiçoado	203
O palácio imaginado	213
Somos feitos de barro	227

"O rei ordenou a seu vizir que lhe levasse, todas as noites, uma virgem; passada a noite, mandava matá-la. Assim aconteceu durante três anos, e na cidade já não havia donzela que pudesse servir para os assaltos daquele cavaleiro. Mas o vizir tinha uma filha de grande formosura chamada Scheherazade... tão eloquente, que dava prazer ouvi-la."

(As mil e uma noites)

Tiravas a faixa da cintura, descalçavas as sandálias, jogavas no canto a farta saia, de algodão, parece-me, e soltavas o nó que prendia teu cabelo num rabo de cavalo. Tinhas a pele arrepiada, e rias. Estávamos tão próximos que não nos podíamos ver, ambos absortos nesse ritual urgente, envoltos no calor e no cheiro que, de nós, se desprendia. Eu abria passagem pelos teus caminhos, minhas mãos na tua cintura levantada, e as tuas, impacientes. Deslizavas, percorrias-me, trepavas por mim, envolvias-me com as tuas pernas invencíveis, dizias-me mil vezes vem com os lábios sobre os meus. No momento final tínhamos um vislumbre de completa solidão, cada um perdido em seu abismo ardente, mas logo ressuscitávamos do outro lado do fogo para nos descobrirmos abraçados na desordem dos travesseiros, sob o mosquiteiro branco. Afastava teu cabelo para te olhar nos olhos. Às vezes sentavas-te a meu lado, de pernas encolhidas e o teu xale de seda sobre um ombro, no silêncio da noite que mal começava. Assim te recordo, calmamente.

Pensas em palavras, para ti a linguagem é um fio inesgotável que teces como se a vida se fizesse ao contá-la. Eu penso em imagens congeladas numa fotografia. No entanto, ela não está impressa numa placa, parece desenhada a pena, é uma recordação, minuciosa e perfeita, de volumes suaves e cores quentes, renascentista, como uma intenção captada sobre um papel granulado ou uma tela. É um momento profético, é toda a nossa existência, tudo o que foi vivido e está por viver, todas as épocas simultâneas, sem princípio nem fim. A certa distância olho esse desenho, onde também estou. Sou espectador e protagonista. Estou na penumbra, velado pela bruma de um cortinado translúcido. Sei que sou eu, mas sou também este que observa de fora. Conheço o que sente o homem pintado sobre essa cama revolta, num quarto de vigas escuras e teto de catedral, onde a cena aparece como um fragmento de uma cerimônia antiga. Estou ali contigo e também aqui, sozinho, em outro tempo da consciência. No quadro, o casal descansa depois de fazer amor, a pele de ambos brilha, úmida. O homem tem os olhos fechados, uma das mãos no peito e a outra na coxa da mulher, em íntima cumplicidade. Para mim essa visão é recorrente e imutável, nada se altera, sempre o mesmo sorriso plácido do homem, a mesma languidez da mulher, as mesmas pregas dos lençóis e cantos sombrios do quarto, sempre a luz do abajur a iluminar os seios e as faces dela no mesmo ângulo, e sempre o xale de seda e os cabelos escuros, caindo com igual delicadeza.

Cada vez que penso em ti, vejo-te assim, assim nos vejo, detidos para sempre nessa tela, invulneráveis ao estrago da má memória. Posso recriar longamente essa cena, até sentir que entro no espaço do quadro e já não sou o que observa, mas o homem que jaz junto a essa mulher. Então rompe-se a quietude simétrica da pintura, e ouço nossas vozes muito perto.

— Conta-me um conto — digo-te.

— Como queres que ele seja?

— Conta-me um conto que nunca tenhas contado a ninguém.

ROLF CARLÉ

DUAS PALAVRAS

Tinha o nome de Belisa Crepusculario não por fé de batismo ou escolha de sua mãe, mas porque ela própria o procurou até o encontrar e com ele se ataviou. Seu ofício era vender palavras. Percorria o país, desde as regiões mais altas e frias até as costas quentes, instalando-se nas feiras e nos mercados, onde montava quatro estacas com um toldo de cânhamo, sob o qual se protegia do sol e da chuva para atender à clientela. Não precisava apregoar sua mercadoria, porque, de tanto caminhar por aqui e por ali, todos a conheciam. Havia os que a aguardavam de um ano para outro e, quando aparecia na aldeia com a trouxa debaixo do braço, faziam fila em frente a sua barraca. Vendia a preços justos. Por cinco centavos entregava versos de memória, por sete melhorava a qualidade dos sonhos, por nove escrevia cartas de namorados, por doze inventava insultos para inimigos irreconciliáveis. Também vendia contos, mas não eram contos de fantasia e, sim, longas histórias verdadeiras que recitava de enfiada, sem nada saltar. Assim levava as notícias de uma aldeia para outra. As pessoas lhe pagavam para acrescentar uma ou duas linhas: nasceu um menino, morreu fulano, casaram-se nossos filhos, queimaram-se as colheitas. Em cada lugar juntava-se uma pequena multidão a sua volta para ouvi-la quando começava a falar, e assim se inteirava das vidas dos outros, dos parentes que viviam longe, dos pormenores da Guerra Civil. A quem lhe comprasse cinquenta centavos, dava de presente uma palavra secreta para afugentar a melancolia. Não era a mesma para todos, certamente, porque isso teria sido um engano coletivo. Cada um recebia a sua, com a certeza de que ninguém mais a empregava para esse fim no universo inteiro e além dele.

Belisa Crepusculario nascera numa família tão miserável, que nem sequer possuía nomes para dar aos filhos. Veio ao mundo e cresceu na região mais inóspita, onde, em alguns anos, as chuvas se transformam em avalanches de água que tudo arrastam, e em outros nem uma gota cai do céu, o sol aumenta até ocupar o horizonte por inteiro, e o mundo se transforma em deserto. Até completar doze anos não teve outra ocupação nem virtude senão sobreviver à fome e à fadiga de séculos. Durante uma seca interminável, coube-lhe enterrar quatro irmãos menores, e, quando compreendeu que chegava a sua vez, decidiu começar a andar pelas planícies em direção ao mar, para ver se, na viagem, conseguia enganar a morte. A terra estava escalvada, partida em gretas profundas, semeada de pedras, fósseis de árvores e de arbustos espinhosos, esqueletos de animais esbranquiçados pelo calor. De vez em quando deparava com famílias que, como ela, iam para o sul, seguindo a miragem da água. Alguns tinham iniciado a caminhada levando seus pertences no ombro ou em carrinhos de mão, mas mal podiam mover os próprios ossos e, depois de pouco caminhar, acabavam abandonando suas coisas. Arrastavam-se penosamente, com a pele feita couro de lagarto e os olhos queimados pela reverberação da luz. Belisa saudava-os com um gesto ao passar, mas não parava, porque não podia gastar suas forças em exercícios de compaixão. Muitos caíram pelo caminho, mas ela era tão teimosa, que conseguiu atravessar o inferno e, por fim, chegar aos primeiros mananciais, finos filetes de água, quase invisíveis, que alimentavam raquítica vegetação e que, mais adiante, se transformavam em riachos e pântanos.

Belisa Crepusculario salvou a vida e, por acaso, descobriu a escrita. Ao chegar a uma aldeia nas proximidades da costa, o vento jogou a seus pés uma folha de jornal. Pegou aquele papel amarelo e quebradiço, esteve longo tempo observando-o sem lhe adivinhar o uso, até que a curiosidade pôde mais do que a timidez. Aproximou-se de um homem que banhava um cavalo no mesmo charco turvo em que ela saciara a sede.

— Que é isto? — perguntou.

— A página de esportes do jornal — respondeu o homem sem dar mostras de espanto por sua ignorância.

A resposta deixou a garota atônita, mas não quis parecer atrevida, limitando-se a perguntar o significado das patinhas de mosca desenhadas sobre o papel.

— São palavras, menina. Diz aí que Fulgencio Barba derrubou Negro Tiznao no terceiro assalto.

Nesse dia, Belisa Crepusculario soube que as palavras andam soltas, sem dono, e que qualquer um com um pouco de manha pode pegá-las para as vender. Considerou sua situação e concluiu que, além de se prostituir ou se empregar como criada nas cozinhas dos ricos, poucas eram as ocupações que poderia desempenhar. Vender palavras pareceu-lhe alternativa decente. A partir desse momento exerceu tal profissão e nunca se interessou por outra. A princípio oferecia sua mercadoria sem suspeitar de que as palavras podiam também ser escritas fora dos jornais. Quando percebeu isso, calculando as infinitas perspectivas do negócio, com suas economias pagou vinte pesos a um padre para lhe ensinar ler e escrever e com os três que lhe sobraram comprou um dicionário. Leu-o de A a Z e depois atirou-o no mar, porque não era sua intenção cansar os clientes com palavras enlatadas.

Vários anos depois, numa manhã de agosto, estava Belisa Crepusculario no centro de uma praça, sentada sob seu toldo, vendendo argumentos de justiça a um velho que solicitava sua pensão há dezessete anos. Era dia de feira, e havia muito barulho a sua volta. Ouviram-se, de repente, galopes e gritos; ela levantou os olhos da escrita e viu, primeiro, uma nuvem de pó e, em seguida, um grupo de cavalos que irrompeu na praça. Tratava-se dos homens do Coronel, comandados pelo Mulato, um gigante conhecido em toda a região pela rapidez de sua faca e pela lealdade ao seu chefe. Ambos, o Coronel e o Mulato, tinham passado a vida ocupados na guerra civil, e seus homens estavam irremediavelmente associados ao malefício e à calamidade. Os guerreiros entraram na aldeia como um rebanho em fuga, envoltos em ruído, banhados de suor e deixando atrás de si os destroços de um furacão. As galinhas voaram, os cães correram até se perder, as mulheres esconderam-se com os filhos, e não ficou no local da feira vivalma a não ser Belisa Crepusculario, que nunca tinha visto o Mulato e que, por isso mesmo, estranhou que ele se dirigisse a ela.

— Procuro-a — gritou, apontando-a com o chicote enrolado; e, antes que acabasse de dizer isso, dois homens caíram em cima da mulher, atropelando o toldo e quebrando o tinteiro, amarraram-lhe pés e mãos e puseram-na atravessada como um fardo de marinheiro sobre a garupa do cavalo do Mulato. Depois começaram a galopar em direção às colinas.

Horas mais tarde, quando Belisa Crepusculario estava a ponto de morrer, com o coração transformado em areia pelas sacudidelas do cavalo, sentiu que paravam e que quatro mãos poderosas a colocavam em terra. Tentou pôr-se de pé e erguer a cabeça com dignidade, mas faltaram-lhe as forças, e caiu com um suspiro, afundando-se em pesado sono. Despertou várias horas depois com um sonho obscuro o murmúrio da noite no campo, mas não teve tempo de decifrar esses ruídos, porque, ao abrir os olhos, viu a sua frente o olhar impaciente do Mulato, ajoelhado a seu lado.

— Finalmente acorda, mulher — disse, estendendo-lhe o cantil para que bebesse um gole de aguardente com pólvora e acabasse de recuperar a vida.

Ela quis saber a causa de tantos maus-tratos, e ele lhe explicou que o Coronel necessitava de seus serviços. Deixou-a molhar o rosto e depois levou-a até um dos extremos do acampamento, onde o homem mais temido do país repousava numa rede pendurada em duas árvores. Ela não conseguiu ver-lhe as feições, porque ele tinha sobre o rosto a sombra incerta da folhagem, bem como a sombra indelével de muitos anos vivendo como bandido, mas imaginou que devia ter expressão perdulária, uma vez que seu gigantesco ajudante a ele se dirigia com tanta humildade. Surpreendeu-a a voz dele, suave e bem modulada como a de um professor.

— É você a que vende palavras? — perguntou.

— A seu serviço — balbuciou ela, perscrutando a penumbra para vê-lo melhor.

O Coronel pôs-se de pé, e a luz da tocha que o Mulato levava iluminou-lhe a face. A mulher viu sua pele escura e seus ferozes olhos de puma, logo percebendo que estava diante do homem mais solitário deste mundo.

— Quero ser presidente — disse ele.

CONTOS DE EVA LUNA

Estava cansado de percorrer aquela terra maldita em guerras inúteis e derrotas que nenhum subterfúgio conseguia transformar em vitórias. Passara muitos anos dormindo sob a intempérie, picado por mosquitos, alimentando-se de iguanas e sopa de cobra, mas esses inconvenientes menores não eram razão suficiente para lhe mudar o destino. O que em verdade o enfadava era o terror nos olhos dos outros. Desejava entrar nas aldeias sob arcos de triunfo, entre bandeiras de cores e flores, que o aplaudissem e lhe dessem de presente ovos frescos e pão recém-saído do forno. Estava farto de ver como os homens fugiam a sua passagem, as mulheres abortavam de susto, e tremiam as crianças; por isso decidira ser presidente. O Mulato sugeriu-lhe que fossem à capital e entrassem a galope no palácio para se apoderar do governo, como tomaram tantas outras coisas sem pedir autorização, mas ao Coronel não interessava tornar-se outro tirano, desses já tinha havido bastantes por ali, e, além disso, dessa maneira não conseguiria o afeto das pessoas. Sua ideia consistia em ser eleito por voto popular nos comícios de dezembro.

— Para isso tenho de falar como candidato. Pode vender-me as palavras para um discurso? — perguntou o Coronel a Belisa Crepusculario.

Ela já tinha aceitado muitas encomendas, mas nenhuma como essa; não se pôde negar, no entanto, receando que o Mulato lhe metesse um tiro entre os olhos ou, pior ainda, que o Coronel começasse a chorar. Por outro lado, teve vontade de ajudá-lo, porque sentiu palpitante calor em sua pele, o desejo poderoso de tocar aquele homem, de percorrê-lo com as mãos, de apertá-lo entre os braços.

Toda a noite e boa parte do dia seguinte esteve Belisa Crepusculario à procura, em seu repertório, das palavras apropriadas para um discurso presidencial, vigiada de perto pelo Mulato, que não tirava os olhos de suas firmes pernas de caminhante e de seus seios virginais. Descartou as palavras ásperas e secas, as demasiado floridas, as que estavam desbotadas pelo abuso, as que ofereciam promessas improváveis, as que careciam de verdade e as confusas, para ficar apenas com aquelas capazes de tocar com certeza o pensamento dos homens e a intuição das mulheres. Fazendo uso dos conhecimentos comprados ao padre por vinte pesos, escreveu o discurso numa folha de papel e logo fez sinais ao Mulato para desatar a corda com a qual a tinha amarrado pelas canelas a uma árvore. Levaram-na novamente ao Coronel, e, ao vê-lo, tornou a sentir a mesma ansiedade palpitante do primeiro encontro. Deu-lhe o papel e aguardou, enquanto ele a olhava, segurando-o com a ponta dos dedos.

— Que caralho diz isto aqui? — perguntou por fim.

— Não sabe ler?

— O que sei fazer é a guerra — respondeu ele.

Ela leu em voz alta o discurso. Leu-o três vezes, para que seu cliente pudesse gravá-lo na memória. Quando terminou, viu a emoção no rosto dos homens da tropa que se haviam juntado para escutá-la e notou que os olhos amarelos do Coronel brilhavam de entusiasmo, certo de que, com essas palavras, a cadeira presidencial seria sua.

— Se, depois de ouvirem três vezes, os rapazes continuam de boca aberta, é porque essa droga serve, Coronel — aprovou o Mulato.

— Quanto devo por seu trabalho, mulher? — perguntou o chefe.

— Um peso, Coronel.

— Não é caro — disse ele, abrindo a bolsa que trazia pendurada ao cinturão com os restos do último saque.

— Além disso, tem direito a uma prenda. Correspondem-lhe duas palavras secretas — disse Belisa Crepusculario.

— Como é isso?

Ela começou a lhe explicar que, por cada cinquenta centavos que um cliente pagava, oferecia-lhe uma palavra de uso exclusivo. O chefe encolheu os ombros, porque não tinha o menor interesse na oferta, mas não quis ser indelicado com quem o servira tão bem. Ela se aproximou sem pressa da cadeira de couro em que ele estava sentado e inclinou-se para lhe dar seu presente. Então o homem sentiu o cheiro de animal montês que saía daquela mulher, o calor de incêndio irradiado pelos quadris, o roçar terrível de seus cabelos, o hálito de hortelã-pimenta sussurrando-lhe ao ouvido as duas palavras secretas a que tinha direito.

— São suas, Coronel — disse ao se retirar. — Pode usá-las como quiser.

O Mulato acompanhou Belisa até a beira do caminho, sem deixar de olhá-la com olhos suplicantes de cão perdido, mas, quando estendeu a mão para tocá-la, ela o deteve com um jorro de palavras inventadas que tiveram

CONTOS DE EVA LUNA

a virtude de lhe espantar o desejo, porque julgou tratar-se de alguma maldição irrevogável.

Nos meses de setembro, outubro e novembro o Coronel pronunciou seu discurso tantas vezes, que, se não fosse feito com palavras refulgentes e duradouras, o uso tê-lo-ia transformado em cinza. Percorreu o país em todas as direções, entrando nas cidades com ar triunfal e detendo-se também nas aldeias mais esquecidas, onde só o rasto do lixo indicava a presença humana, para convencer os eleitores a votarem nele. Enquanto falava em cima de um estrado no centro da praça, o Mulato e seus homens distribuíam caramelos e pintavam seu nome com tinta dourada nas paredes, mas ninguém prestava atenção nesses recursos de mercador, porque estavam todos deslumbrados pela clareza de suas propostas e pela lucidez poética de seus argumentos, contagiados por seu tremendo desejo de corrigir os erros da história e alegres pela primeira vez em suas vidas. Ao terminar a arenga do candidato, a tropa dava tiros de pistola para o ar e soltava bombas, e, quando, por fim, se retiravam, ficava atrás um rasto de esperança que permanecia muitos dias no ar, como a magnífica recordação de um cometa. Logo o Coronel se tornou o político mais popular. Era fenômeno nunca visto, aquele homem surgido da Guerra Civil, cheio de cicatrizes, falando como um catedrático, cujo prestígio se espalhava pelo território nacional, comovendo o coração da pátria. A imprensa ocupava-se dele. Os jornalistas viajavam de longe para entrevistá-lo e repetir suas frases, e assim cresceu o número de seus seguidores e de seus inimigos.

— Estamos indo bem, Coronel! — disse o Mulato ao fim de doze semanas de êxito.

Mas o candidato não o ouviu. Estava repetindo suas duas palavras secretas, como fazia, cada vez com mais frequência. Dizia-as quando o abrandava a nostalgia, murmurava-as adormecido, levava-as consigo em seu cavalo, pensava nelas antes de pronunciar seu célebre discurso e se surpreendia saboreando-as nos momentos descuidados. E, em todas as ocasiões em que essas duas palavras lhe vinham à mente, evocava a presença de Belisa Crepusculario, e excitavam-se-lhe os sentidos com a recordação do cheiro montês, o calor de incêndio, o roçar terrível e o hálito de hortelã--pimenta, até que começou a andar como um sonâmbulo, e seus homens compreenderam que se lhe tinha acabado a vida antes de alcançar a cadeira dos presidentes.

— O que está havendo, Coronel? — perguntava-lhe muitas vezes o Mulato, até que por fim, um dia, o chefe não aguentou mais e confessou--lhe que a razão de seu ânimo eram as duas palavras que trazia cravadas no ventre.

— Diga-me quais são, para ver se perdem seu poder — pediu-lhe o fiel ajudante.

— Não as direi a você, são só minhas — replicou o Coronel.

Cansado de ver o chefe definhar como um condenado à morte, o Mulato pôs a espingarda ao ombro e partiu à procura de Belisa Crepusculario. Seguiu suas pegadas por toda a vasta geografia até encontrá-la numa aldeia do Sul, instalada sob o toldo de seu ofício, contando seu rosário de notícias. Plantou-se a sua frente com as pernas abertas, empunhando a arma.

— Venha comigo — ordenou.

Ela estava a sua espera. Guardou o tinteiro, dobrou o pano da barraca, pôs o xale nos ombros e, em silêncio, montou a garupa do cavalo. Não trocaram nem um gesto em todo o caminho, porque o desejo que o Mulato sentia por ela se transformara em raiva, e só o medo que sua língua lhe inspirava o impedia de desfazê-la a chicotada; também não estava disposto a dizer que o Coronel andava aparvalhado, e que aquilo que tantos anos de batalha não haviam logrado, conseguiu-o um encantamento sussurrado ao ouvido. Três dias depois chegaram ao acampamento; levou de imediato sua prisioneira até o candidato, diante de toda a tropa.

— Coronel, trouxe esta bruxa para que lhe devolva suas palavras e para que ela lhe devolva a hombridade — disse, apontando o cano da espingarda para a nuca da mulher.

O Coronel e Belisa Crepusculario olharam-se longamente, medindo--se a distância. Os homens compreenderam, então, que seu chefe já não se podia desfazer do feitiço das palavras endemoninhadas, porque todos puderam ver os olhos carnívoros do puma tornarem-se mansos quando ela avançou e lhe pegou a mão.

MENINA PERVERSA

Aos onze anos Elena Mejías era ainda uma garota magra, com a pele sem brilho dos meninos solitários, a boca com alguns buracos em função de dentição tardia, o cabelo cor de rato e o esqueleto visível, parecendo muito contundente para o seu tamanho e ameaçando sair-lhe pelos joelhos e cotovelos. Nada em sua aparência revelava os sonhos tórridos nem anunciava a criança apaixonada que, na verdade, era. Passava despercebida em meio aos móveis ordinários e às cortinas desbotadas da pensão de sua mãe. Era apenas uma gata melancólica, brincando entre os gerânios empoeirados e os grandes fetos do pátio ou andando entre o fogão da cozinha e as mesas da sala com os pratos do jantar. Raramente algum cliente reparava nela e, se o fazia, era apenas para mandá-la pulverizar com inseticida os ninhos de baratas ou encher a banheira, quando a ruidosa geringonça da bomba se negava a fazer subir a água até o segundo andar. A mãe, abatida pelo calor e pelo trabalho da casa, não tinha ânimo para ternuras nem tempo para observar a filha, de modo que não se apercebeu de quando Elena começou a transformar-se num ser diferente. Durante os primeiros anos de sua vida tinha sido uma menina silenciosa e tímida, sempre entretida com brincadeiras misteriosas, que falava sozinha pelos cantos e chupava o dedo. Suas saídas eram só para a escola ou o mercado, não parecendo interessada no rebanho barulhento de meninos de sua idade que brincavam na rua.

A transformação de Elena Mejías coincidiu com a chegada de Juan José Bernal, o Rouxinol, como ele próprio se havia apelidado e como anunciava um cartaz que pregou na parede do quarto. Os pensionistas eram na maioria estudantes e empregados de alguma obscura repartição da administração pública. Senhoras e cavalheiros tranquilos, como dizia a mãe, que se gabava de não aceitar qualquer um sob seu teto, mas apenas pessoas de mérito, com ocupação conhecida, bons costumes, solvência suficiente para pagar o mês adiantado e disposição para aceitar as regras da pensão, mais parecidas com as de um seminário de padres do que com as de um hotel. Uma viúva tem de cuidar da reputação e fazer-se respeitar, não quero que meu negócio se torne reduto de vagabundos e pervertidos, repetia frequentemente, para que ninguém — e muito menos Elena — pudesse esquecer. Uma das tarefas da menina era vigiar os hóspedes e manter a mãe informada sobre qualquer pormenor suspeito. Esse trabalho de espiã tinha acentuado a característica incorpórea da garota, que desaparecia na sombra dos quartos, existia em silêncio e aparecia de repente, como se acabasse de voltar de alguma dimensão invisível. Mãe e filha trabalhavam juntas nas múltiplas ocupações da pensão, cada uma mergulhada na sua calada rotina, sem necessidade de se comunicar. Na realidade falavam pouco uma com a outra e, quando o faziam, no bocadinho livre à hora da sesta, era sobre os clientes. Às vezes Elena tentava enfeitar a vida cinzenta desses homens e mulheres transitórios, que passavam pela casa sem deixar recordações, atribuindo-lhes algum acontecimento extraordinário, colorindo-os com a oferta de algum amor clandestino ou alguma tragédia, mas a mãe tinha instinto aguçado para detectar suas fantasias. Do mesmo modo descobria se a filha lhe ocultava alguma informação. Tinha implacável senso prático e noção muito clara de tudo quanto se passava sob seu teto, sabendo com exatidão o que este ou aquele fazia a cada hora do dia ou da noite, quanto açúcar havia na despensa, para quem tocava o telefone ou onde tinham ficado as tesouras. Fora uma mulher alegre e até bonita, seus vestidos rudes apenas escondendo a impaciência de um corpo ainda jovem, mas ocupava-se de pormenores mesquinhos há tantos anos, que se lhe tinham secado o frescor do espírito e o gosto pela vida. No entanto, quando chegou Juan José Bernal solicitando um quarto para alugar, tudo mudou para ela e também para Elena. A mãe, seduzida pela modulação pretensiosa do Rouxinol e pela sugestão de celebridade exposta no cartaz,

CONTOS DE EVA LUNA

transgrediu as suas próprias regras e aceitou-o na pensão, apesar de ele em nada condizer com sua imagem de cliente ideal. Bernal disse que cantava à noite e que, portanto, tinha de descansar durante o dia, que não possuía ocupação no momento, por isso não podia pagar o mês adiantado, e que era muito escrupuloso com seus hábitos de alimentação e higiene, era vegetariano e necessitava de dois banhos diários. Surpresa, Elena viu a mãe registrar sem comentários no livro o novo hóspede e conduzi-lo até o quarto, arrastando com dificuldade a pesada mala, enquanto ele levava o estojo com o violão e o cilindro de papelão em que guardava, como um tesouro, o cartaz. Dissimulando-se contra a parede, a menina seguiu-os escada acima e notou a expressão intensa do novo hóspede ao ver o avental de percal colado às nádegas da mãe, úmidas de suor. Ao entrar no quarto, Elena ligou o interruptor, e as grandes pás do ventilador do teto começaram a girar com um silvo de ferros oxidados.

Desde esse instante as rotinas da casa mudaram. Havia mais trabalho, porque Bernal dormia à hora em que os outros tinham saído para o trabalho, ocupava o banheiro durante horas, consumia assombrosa quantidade de alimentos de coelho que se deviam cozinhar cada um em separado, usava o telefone a cada instante, ligava o ferro para passar as camisas de galã, sem que a dona da pensão lhe exigisse pagamento extraordinário. Elena voltava da escola com o sol da tarde, quando o dia se desfazia sob terrível luz branca, mas a essa hora ele ainda estava no primeiro sono. Por ordem da mãe, tirava os sapatos para não violar o repouso artificial em que a casa parecia suspensa. A menina notou que a mãe mudava dia a dia. Os sinais foram perceptíveis para ela desde o princípio, muito antes de os demais habitantes da pensão começarem a cochichar as suas costas. Primeiro foi o cheiro, um aroma persistente de flores, que emanava da mulher e ficava flutuando no ambiente dos cômodos por que ela passava. Elena conhecia cada canto da casa, e o seu longo hábito de espionagem permitiu-lhe descobrir o frasco do perfume atrás dos sacos de arroz e dos potes de conservas na despensa. Notou logo a linha de lápis escuro nas pálpebras, o toque de vermelho nos lábios, a roupa íntima nova, o sorriso imediato quando Bernal descia, finalmente, ao entardecer, de banho tomado, com o cabelo ainda úmido, e se sentava na cozinha para devorar seus estranhos guisados de faquir. A mãe sentava-se em frente, e ele lhe contava episódios da sua vida de artista, celebrando cada uma das próprias travessuras com um riso forte, que lhe nascia do ventre.

Nas primeiras semanas, Elena sentiu ódio por aquele homem que ocupava todo o espaço da casa e a atenção da mãe. Tinha nojo do seu cabelo empastado de brilhantina, das suas unhas envernizadas, da mania de escarafunchar os dentes com palito, da sua pose, do descaramento para se fazer servir. Perguntava a si própria que diabo sua mãe via nele, se era apenas um aventureiro vulgar, um cantor de bares miseráveis de quem ninguém ouvira falar, um rufião, talvez, como tinha sugerido em sussurros a Srta. Sofia, uma das pensionistas mais antigas. Mas, numa tarde quente de domingo, quando nada havia para fazer e as horas pareciam paradas entre as paredes da casa, Juan José Bernal apareceu no pátio com o violão, sentou-se num banco sob a copa da figueira e começou a dedilhar as cordas. O som atraiu todos os hóspedes, que se foram aproximando, um a um, primeiro còm certa timidez, sem compreender muito bem a causa de tanto barulho, mas que logo puxaram as cadeiras da sala de jantar para se instalar à volta do Rouxinol. O homem tinha voz vulgar, mas era afinado e cantava com graça. Conhecia todos os velhos boleros e as rancheiras do repertório mexicano e algumas canções de guerrilha semeadas de palavrões e blasfêmias, que fizeram corar as mulheres. Pela primeira vez, desde que a menina se lembrava, houve clima de festa na pensão. Quando escureceu, acenderam dois lampiões a querosene para pendurar nas árvores, trouxeram cervejas e a garrafa de rum, reservada para curar resfriados. Elena serviu os copos tremendo; ouvia as palavras de despeito dessas canções e os lamentos do violão em cada fibra do corpo, como se fosse febre. Sua mãe acompanhava o ritmo com o pé. De repente, levantou-se, pegou-lhe a mão e começaram a dançar as duas, logo seguidas pelos outros, incluindo a Srta. Sofia, toda gestos afetados e risinhos nervosos. Durante bastante tempo Elena moveu-se seguindo a cadência da voz de Bernal, apertada contra o corpo da mãe, aspirando seu novo perfume de flores, completamente feliz. Mas, no entanto, notou que ela a afastava com suavidade, separando-se para continuar sozinha. De olhos fechados e a cabeça jogada para trás, a mulher ondulava, como um lenço secando ao vento. Elena afastou-se, e, pouco a pouco, também os outros voltaram para as cadeiras, deixando a dona da pensão sozinha no centro do pátio, perdida em sua dança.

Desde essa noite Elena viu Bernal com outros olhos. Esqueceu que detestava a brilhantina, os palitos e a sua arrogância e, quando o via passar ou o ouvia falar, lembrava-se das canções daquela festa improvisada e tornava a sentir o ardor na pele e a confusão na alma, uma febre que não sabia pôr em palavras. Observava-o de longe, furtivamente, e assim foi descobrindo aquilo que antes não soubera perceber, seus ombros, o pescoço largo e forte, a curva sensual de seus lábios grossos, os dentes perfeitos, a elegância das mãos, grandes e finas. Invadiu-a o desejo insuportável de se aproximar dele, enfiar o rosto em seu peito moreno, escutar a vibração do ar nos seus pulmões e o ruído do seu coração, aspirando-lhe o cheiro, um cheiro seco e penetrante, como o de couro curtido ou tabaco. Imaginava-se brincando com seu cabelo, apalpando-lhe os músculos das costas e das pernas, descobrindo a forma de seus pés, transformada em fumaça para lhe penetrar a garganta e enchê-lo todo. Mas, se o homem levantava o olhar e encontrava o seu, Elena corria para esconder-se na touceira mais afastada do pátio, tremendo toda. Bernal se tinha apoderado de todos os seus pensamentos, a menina já não podia suportar a imobilidade do tempo longe dele. Na escola, movia-se como num pesadelo, cega e surda a tudo, menos às imagens interiores, em que via só ele. Que estaria fazendo naquele momento? Talvez dormisse de bruços sobre a cama, as persianas fechadas, o quarto na penumbra, o ar quente agitado pelas pás do ventilador, um rio de suor ao longo da espinha, o rosto enfiado no travesseiro. Ao primeiro toque da campainha para a saída, corria logo para casa, rezando para que ele ainda não estivesse acordado e ela tivesse tempo de tomar banho, pôr um vestido limpo e ficar sentada à sua espera na cozinha, fingindo fazer seus deveres para que a mãe não a aborrecesse com trabalhos domésticos. E depois, quando o ouvia sair do banho assobiando, agonizava de impaciência e medo, certa de que morreria de prazer se ele a tocasse ou lhe falasse, ansiosa de que isso acontecesse, mas, ao mesmo tempo, pronta para desaparecer por entre os móveis, porque não podia viver sem ele, nem tampouco podia resistir à sua presença ardente. Seguia-o dissimuladamente para todo lado, servia-o em cada pormenor, adivinhava seus desejos para lhe oferecer tudo de que necessitava antes de ele pedir, mas movia-se sempre como uma sombra, para não revelar sua existência.

Pela noite afora Elena não conseguia dormir, por ele não estar em casa. Abandonava a rede e saía, como um fantasma, vagueando pelo andar térreo, ganhando coragem para, finalmente, entrar em segredo no quarto de Bernal. Fechava a porta atrás de si, abria um pouco a persiana, a fim de que entrasse o reflexo da rua iluminando as cerimônias que inventara para se apoderar dos pedaços da alma daquele homem, que impregnavam seus objetos. Na lua do espelho, negro e brilhante como um charco de lodo, olhava-se longamente porque ele se tinha olhado ali, e os vestígios das duas imagens poderiam confundir-se num abraço. Aproximava-se do cristal com os olhos muito abertos, vendo-se a si própria com os olhos dele, beijando seus próprios lábios com um beijo frio e duro, que ela imaginava quente, como a boca de um homem. Sentia a superfície do espelho contra o peito, e eriçavam-se-lhe as pequenas cerejas dos seios, provocando-lhe uma dor surda que a percorria de alto a baixo e se instalava num ponto preciso entre as pernas. Procurava essa dor uma e outra vez. Do armário tirava uma camisa e as botas de Bernal e calçava-as. Dava alguns passos pelo quarto com muito cuidado, para não fazer ruído. Assim vestida, remexia suas gavetas, penteava-se com o seu pente, chupava a sua escova de dentes, lambia o seu creme de barbear, acariciava a sua roupa suja. Depois, sem saber por que o fazia, tirava a camisa, as botas e o seu pijama e estendia-se nua na cama de Bernal, aspirando com sofreguidão seu cheiro, invocando seu calor para nele se envolver. Tocava todo o corpo, começando pela forma estranha do seu crânio, as cartilagens translúcidas das orelhas, as conchas dos olhos, a cavidade da boca, e assim até embaixo, desenhando os ossos, as pregas, os ângulos e as curvas daquela totalidade insignificante que era ela mesma, desejando ser enorme, pesada e densa, como uma baleia. Imaginava que se ia enchendo de um líquido viscoso e doce como mel, que inchava e crescia até o tamanho de uma boneca descomunal, até encher toda a cama, todo o quarto, toda a casa com seu corpo túrgido. Extenuada, às vezes adormecia por uns minutos, chorando.

Certa manhã de sábado, da janela, Elena viu Bernal aproximar-se da mãe por trás, quando ela estava inclinada no tanque, esfregando roupa. O homem pôs-lhe a mão na cintura, e a mulher não se moveu, como se o peso daquela mão fizesse parte do seu corpo. A distância, Elena percebeu o gesto de posse dele, a atitude de entrega da mãe, a intimidade dos dois, a corrente que os unia como um imenso segredo. A menina sentiu uma onda de suor encharcá-la de alto a baixo, não podia respirar, seu coração era um pássaro assustado entre as costelas, sentia picadas nas mãos e nos pés, o sangue forçando para estourar-lhe os dedos. Desde esse dia, passou a espionar a mãe.

Foi descobrindo as evidências procuradas, uma a uma; a princípio só olhares, um adeus demasiado prolongado, um sorriso cúmplice, a suspeita de que, por debaixo da mesa, as pernas deles se encontravam e que inventavam pretextos para ficar a sós. Por fim, uma noite, ao regressar do quarto de Bernal onde havia cumprido os rituais de apaixonada, escutou um rumor de águas subterrâneas vindo do quarto da mãe e, então, compreendeu que durante todo aquele tempo, enquanto ela julgava que Bernal estava ganhando o sustento com canções noturnas, o homem tinha estado no outro lado do corredor, e, enquanto ela beijava a sua recordação no espelho e aspirava o vestígio de sua passagem pelos lençóis, ele estava com sua mãe. Com a destreza aprendida em tantos anos de se fazer invisível, empurrou a porta e viu-os entregues ao prazer. A cúpula com franjas do abajur irradiava luz cálida, que revelava os amantes em cima da cama. A mãe tinha-se transformado numa criatura redonda, rosada, gemente, opulenta, uma ondulante anêmona-do-mar, puros tentáculos e ventosas, toda boca, mãos, pernas e orifícios, rodando e voltando a rodar, colada ao grande corpo de Bernal, que, por contraste, lhe pareceu rígido, torpe, de movimentos espasmódicos, um pedaço de madeira sacudido por uma lufada de vento inexplicável. A garota, que até então nunca vira um homem nu, ficou surpresa com as diferenças fundamentais. A natureza masculina pareceu-lhe brutal, e levou um bom tempo para vencer o medo e conseguir olhar. Mas logo foi vencida pelo fascínio da cena e pôde observar com toda atenção, para aprender com a mãe os gestos que tinham conseguido arrebatar Bernal, gestos mais poderosos do que todo o seu amor, do que todas as suas orações, seus sonhos e suas chamadas silenciosas, que todas as suas cerimônias mágicas com o propósito de convocá-lo para o seu lado. Tinha certeza de que naquelas carícias e naqueles sussurros estava a chave do segredo e de que, se conseguisse dominá-los, Juan José Bernal dormiria com ela na rede que pendurava todas as noites em dois ganchos no quarto dos armários.

Elena passou os dias seguintes em estado crepuscular. Perdeu completamente o interesse pelo que a rodeava, até pelo próprio Bernal, que passou a ocupar um compartimento de reserva na sua mente, e mergulhou numa realidade fantástica que substituiu por completo o mundo dos vivos. Continuou a cumprir as tarefas por força do hábito, mas sua alma estava ausente de tudo que fazia. Quando a mãe lhe notou a falta de apetite, atribuiu-a à chegada da puberdade e, embora Elena fosse para todos os efeitos jovem demais, arranjou tempo para se sentar a sós com ela e pô-la a par da brincadeira de ter nascido mulher. A garota ouviu em astuto silêncio o discurso sobre maldições bíblicas e sangues menstruais, convencida de que isso nunca lhe aconteceria.

Na quarta-feira Elena sentiu fome pela primeira vez em quase uma semana. Fechou-se na despensa com um abridor de latas e uma colher, devorou o conteúdo de três latas de ervilhas, tirou a casca de cera vermelha de um queijo holandês e comeu-o como se fosse uma maçã. Depois correu para o pátio e, dobrada em duas, vomitou uma mistura verde sobre os gerânios. A dor do ventre e o gosto azedo na boca devolveram-lhe o senso da realidade. Nessa noite dormiu tranquila, enrolada na rede, chupando o dedo, como nos tempos de berço. Na quinta-feira acordou alegre, ajudou a mãe a preparar o café para os pensionistas e comeu com ela na cozinha, antes de ir para a escola. Mas, ao chegar lá, queixou-se de fortes dores de estômago e tanto se torceu e pediu licença para ir ao banheiro, que na metade da manhã a professora a autorizou a regressar a sua casa.

Elena deu uma grande volta para evitar as ruas do bairro e aproximou-se da casa pela parede dos fundos, que dava para um barranco. Conseguiu escalar o muro e saltar para o pátio mais facilmente do que pensava. Havia calculado que àquela hora a mãe estaria no mercado e, como era dia de peixe fresco, demoraria bom tempo para voltar. Em casa apenas se encontravam Juan Bernal e a Srta. Sofia, que há uma semana não ia ao trabalho, com um ataque de artrite.

Elena escondeu os livros e os sapatos debaixo de uma manta e deslizou para o interior da casa. Subiu a escada colada à parede, prendendo a respiração, e, quando ouviu o som do rádio no quarto da Srta. Sofia, sentiu-se mais tranquila. A porta de Bernal cedeu imediatamente. Dentro estava escuro, e, num primeiro momento, nada viu, porque vinha da luz da manhã, na rua; mas tinha memória do quarto, medira aquele espaço muitas vezes, sabia onde se encontrava cada objeto, em que lugar preciso rangia o assoalho e a quantos passos da porta estava a cama. De qualquer modo, esperou que a vista se acostumasse à penumbra e aparecessem os contornos dos móveis. Após alguns instantes pôde distinguir também o homem sobre a cama. Não estava de bruços, como tantas vezes o imaginara, mas de costas sobre os lençóis, vestido só com cuecas, um braço estendido e outro no peito, uma mecha de cabelo sobre os olhos. Elena sentiu logo que o medo e a impaciência acumulados durante aqueles dias desapareciam por completo, deixando-a limpa, com a tranquilidade de quem sabe o que deve fazer. Pareceu-lhe que já vivera aquele momento muitas vezes; disse a si própria que nada tinha a temer, tratava-se apenas de uma cerimônia um pouco diferente das anteriores. Lentamente tirou o uniforme da escola, mas não se atreveu a despir também a calcinha de algodão. Aproximou-se da cama. Já podia ver Bernal melhor. Sentou-se na borda, a pouca distância da mão do homem, de modo que seu peso não marcasse nem mais uma prega nos lençóis, inclinou-se lentamente até o rosto ficar a poucos centímetros dele e poder sentir o calor de sua respiração e o odor adocicado de seu corpo e, com infinita prudência, estendeu-se a seu lado, esticando cada perna com cuidado para não o despertar. Esperou, escutando em silêncio, até que decidiu pousar a mão sobre o ventre dele numa carícia quase imperceptível. Esse contato provocou-lhe uma onda sufocante no corpo, julgou que o ruído de seu coração ecoava por toda a casa e iria despertar o homem.

Precisou de vários minutos para recuperar o entendimento e, quando verificou que ele não se movia, abrandou a tensão e apoiou a mão com todo o peso do braço, tão leve assim mesmo, que não alterou o descanso de Bernal. Elena recordou os gestos que tinha visto da mãe e, enquanto introduzia os dedos por debaixo do elástico das cuecas, procurou a boca do homem e beijou-o como tinha feito tantas vezes no espelho. Bernal gemeu, adormecido ainda, e enlaçou com um braço a garota pela cintura, enquanto a outra mão pegava a dela para guiá-la, e a sua boca se abria para devolver o beijo, murmurando o nome da amante. Elena ouviu-o chamar a mãe, mas, em vez de se afastar, apertava-se mais a ele. Bernal agarrou-a pela cintura e puxou-a, acomodando-a sobre o seu corpo ao mesmo tempo que iniciava os primeiros movimentos de amor. Mas, então, ao sentir a fragilidade extrema daquele esqueleto de pássaro sobre o peito, um laivo de consciência cruzou a densa bruma do sonho, e o homem abriu os olhos. Elena sentiu que o corpo dele se retesava, viu-se agarrada pelas costas e afastada com tal violência que foi parar no chão, mas pôs-se de pé e voltou a ele para abraçá-lo de novo. Bernal esbofeteou-a e saltou da cama, aterrado, quem sabe, por antigas proibições e pesadelos.

— Perversa, garota perversa! — gritou.

A porta abriu-se e a Srta. Sofia apareceu na soleira.

Elena passou os sete anos seguintes num internato de freiras, mais três numa universidade da capital e depois foi trabalhar num banco. Entrementes, a mãe casou com o amante, e juntos continuaram a administrar a pensão até fazer poupanças suficientes que lhes permitissem retirar para uma pequena casa de campo, onde cultivavam cravos e crisântemos que vendiam na cidade. O Rouxinol pôs o seu cartaz de artista numa moldura dourada, mas não voltou a cantar em espetáculos noturnos, e ninguém deu por falta dele. Nunca acompanhou a mulher nas visitas à enteada nem perguntava por ela, para não levantar dúvidas em seu próprio espírito, mas pensava nela frequentemente. A imagem da menina continuou intacta para ele, os anos não a gastaram, continuou a ser a criança, lasciva e vencida pelo

CONTOS DE EVA LUNA

amor, que ele repudiara. Na verdade, no decorrer dos anos, a recordação daqueles ossos leves, daquela mão infantil em seu ventre, daquela língua de bebê na sua boca, foi crescendo até se tornar obsessão. Quando abraçava o corpo pesado da mulher, tinha de concentrar-se nessas visões, invocando Elena meticulosamente para despertar o impulso cada vez mais difuso do prazer. Ia às lojas de roupa infantil comprar calcinhas de algodão para se deliciar, acariciando-as e se acariciando. Depois envergonhava-se desses momentos desvairados e queimava as calcinhas ou as enterrava bem fundo no pátio, na intenção inútil de esquecê-las. Habituou-se a rondar as escolas e os parques, para observar de longe as meninas impúberes, que lhe devolviam por instantes demasiado breves o abismo daquela quinta-feira inesquecível.

Elena tinha vinte e sete anos quando foi visitar a casa da mãe pela primeira vez, para apresentar o noivo, um capitão do Exército que há um século lhe implorava que casasse com ele. Num desses fins de tarde frescos de novembro, chegaram os jovens, ele à paisana, para não parecer muito arrogante em farda militar, e ela carregada de presentes. Bernal aguardara a visita com ansiedade adolescente. Olhara-se no espelho incansavelmente, examinando a própria imagem, perguntando se Elena iria ver as mudanças ou se, na sua mente, o Rouxinol havia permanecido invulnerável ao desgaste do tempo. Preparara-se para o encontro escolhendo cada palavra e imaginando todas as possíveis respostas. A única coisa que não lhe ocorreu foi que, em vez da criança de fogo por quem ele tinha vivido atormentado, apareceria na sua frente uma mulher severa e tímida. Bernal sentiu-se atraiçoado.

Ao anoitecer, quando passou a euforia da chegada, e mãe e filha haviam contado as últimas novidades uma à outra, levaram cadeiras para o pátio a fim de aproveitar o frescor da noite. O ar estava carregado de cheiro de cravos. Bernal ofereceu um trago de vinho, e Elena o acompanhou para buscar copos. Estiveram sós por uns minutos, frente a frente, na estreita cozinha. E, então, o homem, que tinha esperado por tanto tempo essa oportunidade, segurou a mulher por um braço e disse-lhe que tudo fora um terrível equívoco, que naquela manhã ele estava dormindo e não soube o que fazia, que nunca quis atirá-la ao chão nem chamá-la daquela maneira, que ela tivesse compaixão e lhe perdoasse, para ver se, assim, ele podia recuperar o juízo, porque em todos aqueles anos o ardente desejo por ela o assaltara sem descanso, queimando-lhe o sangue e corrompendo-lhe o espírito. Elena olhou-o, admirada, e não soube o que responder. De que garota perversa falava ele? Para ela a infância ficara muito para trás, e a dor desse primeiro amor repudiado estava fechada em algum lugar selado da memória. Não tinha recordação alguma daquela quinta-feira longínqua.

CLARISA

Clarisa nasceu quando ainda não havia luz elétrica na cidade, viu pela televisão o primeiro astronauta levitar sobre a superfície da lua e morreu de espanto quando o papa chegou de visita e os homossexuais, disfarçados de freiras, foram ao encontro dele. Tinha passado a infância entre matas de fetos e corredores iluminados por lampiões a querosene. Os dias eram lentos naquela época. Clarisa nunca se adaptou aos sobressaltos dos tempos atuais, sempre me pareceu presa pelo ar sépia de um retrato de outro século. Suponho que terá tido algum dia cintura virginal, porte gracioso e perfil de camafeu, mas, quando eu a conheci, já era uma anciã um pouco extravagante, de ombros levantados como duas corcovas e a nobre cabeça coroada por um quisto sebáceo, como um ovo de pomba, à volta do qual enrolava os cabelos brancos. Tinha o olhar travesso e profundo, capaz de penetrar a maldade mais recôndita e regressar intacta. Nos seus muitos anos de existência, conquistou fama de santa, e, depois de morrer, muita gente guarda sua fotografia no altar doméstico, junto a outras imagens veneráveis, para lhe pedir ajuda em pequenas dificuldades, apesar de seu prestígio de milagreira não ser reconhecido pelo Vaticano; e certamente nunca o será, porque os benefícios que proporciona são de índole caprichosa: não cura cegos, como Santa Luzia, nem encontra marido para as solteiras, como Santo Antônio, mas dizem que ajuda a suportar o mal-estar da bebedeira, as dificuldades do recrutamento, os assédios da solidão. Seus prodígios são humildes e improváveis, mas tão necessários como as espantosas maravilhas dos santos de catedral.

Conheci-a na minha adolescência, quando eu trabalhava como criada na casa da Senhora, uma senhora da noite, como Clarisa chamava as dessa profissão. Já a essa altura era quase puro espírito, parecia estar sempre a ponto de despregar-se do chão e sair voando pela janela. Tinha mãos de curandeira, e os que não podiam pagar um médico ou estavam desiludidos da ciência tradicional esperavam vez para que ela os aliviasse das dores ou os consolasse da má sorte. Minha patroa costumava chamá-la para lhe pôr as mãos nas costas. Ao mesmo tempo Clarisa desvendava a alma da Senhora com o objetivo de lhe torcer a vida e levá-la por caminhos de Deus, caminhos que a outra não tinha a menor pressa de percorrer, porque essa decisão teria arruinado seu negócio. Clarisa dava-lhe o calor curativo das suas mãos por dez ou quinze minutos, segundo a intensidade da dor, depois aceitava um suco de frutas, como recompensa pelos seus serviços. Sentadas frente a frente na cozinha, as duas mulheres conversavam sobre o humano e o divino, minha patroa falando mais do humano, e ela, mais do divino, sem atraiçoar a tolerância e o rigor das boas maneiras. Depois mudei de emprego e perdi Clarisa de vista durante vinte anos, quando voltamos a nos encontrar e pudemos restabelecer a amizade até hoje, sem fazer caso dos vários obstáculos que se nos depararam, incluindo a sua morte, que veio semear certa desordem na boa comunicação.

Mesmo no tempo em que a velhice a impedia de se mover com o entusiasmo missionário de antigamente, Clarisa manteve sua constância em socorrer o próximo, às vezes mesmo contra a vontade dos beneficiários, como foi o caso dos ladrões da Rua República, que tinham de suportar, afundados na maior mortificação, as arengas públicas dessa boa senhora em seu inalterável afã de redimi-los. Clarisa se despojava de tudo o que tinha para dar aos necessitados. Geralmente não tinha mais do que a roupa que trazia vestida, e até o fim da vida foi difícil encontrar pobres mais pobres do que ela. A caridade tornou-se um caminho de ida e volta, e já não se sabia quem dava e quem recebia.

Morava num casarão de três andares, maltratado, com alguns quartos vazios e outros alugados como depósito de uma fábrica de licores, de modo que certa pestilência ácida de bêbado contaminava o ambiente. Não se

CONTOS DE EVA LUNA

mudava daquela casa, herança dos pais, porque ela lhe recordava o passado avoengo e porque há mais de quarenta anos o marido se tinha enterrado ali em vida, no quarto dos fundos. O homem fora juiz numa província longínqua, profissão que exerceu com dignidade até o nascimento de seu segundo filho, quando a decepção lhe tirou o interesse para enfrentar a sorte e se refugiou como uma toupeira na cova malcheirosa de seu quarto. Saía muito raramente, como uma sombra fugidia, e só abria a porta para despejar o penico e recolher a comida que a mulher lhe deixava todos os dias. Comunicava-se com ela por meio de bilhetes, escritos em perfeita caligrafia, e pancadas na porta, duas significando sim, e três, não. Através das paredes do quarto podiam ser ouvidos sua rouquidão asmática e alguns palavrões de pirata, não se sabia bem a quem dirigidos.

— Pobre homem, oxalá Deus o chame para seu lado o quanto antes e o ponha para cantar num coro de anjos — suspirava Clarisa sem ponta de ironia; mas a morte oportuna do marido não foi uma das graças concedidas pela Divina Providência, já que tem sobrevivido até hoje, embora deva ter mais de cem anos, a menos que tenha morrido e as tosses e maldições ouvidas sejam só o eco das de ontem.

Clarisa casou-se com ele porque foi o primeiro a pedi-la, e aos pais pareceu que um juiz era o melhor partido possível. Ela deixou o sóbrio bem-estar da casa paterna para se habituar à avareza e à vulgaridade do marido sem pretender destino melhor. A única vez que se lhe ouviu um comentário nostálgico pelos requintes do passado foi a propósito de um piano de cauda, com o qual se deleitava desde menina. Assim soubemos de seu amor pela música e, muito mais tarde, quando já velha, nós, um grupo de amigos, lhe oferecemos um modesto piano. Até então, ela havia passado quase sessenta anos sem ver de perto um teclado, mas sentou-se no banco e tocou de memória e sem a menor hesitação um noturno de Chopin.

Cerca de dois anos depois de seu casamento com o juiz, nasceu uma filha albina, que, mal começou a caminhar, acompanhava a mãe à igreja. A garota ficou de tal maneira deslumbrada com os ouropéis da liturgia, que começou a arrancar os reposteiros para se vestir de bispo, e logo a única brincadeira que lhe interessava era imitar os gestos da missa e entoar cânticos em um latim de sua invenção. Era irremediavelmente retardada, só pronunciando palavras em uma língua desconhecida, babando sem parar e sofrendo de incontroláveis ataques de maldade, durante os quais tinham de amarrá-la como um animal selvagem para evitar que estragasse os móveis e atacasse as pessoas. Com a puberdade tornou-se tranquila e ajudava a mãe nas lidas da casa. O segundo filho veio ao mundo com suave rosto asiático, desprovido de curiosidade, e a única habilidade que conseguiu desenvolver foi equilibrar-se numa bicicleta, o que não muito lhe serviu, porque a mãe nunca se atreveu a deixá-lo sair de casa. Passou a vida pedalando no pátio uma bicicleta sem rodas presa a um atril.

A anormalidade de seus filhos não afetou o sólido otimismo de Clarisa, que os considerava almas puras imunes ao mal, e se relacionava com eles apenas em termos de afeto. Sua maior preocupação era preservá-los incólumes a sofrimentos terrenos, perguntando-se amiúde quem cuidaria deles quando ela lhes faltasse. O pai, por seu lado, nunca falava a respeito deles, agarrou-se ao pretexto de serem retardados mentais para se esconder na vergonha, abandonar o trabalho, os amigos e até o ar fresco e sepultar-se na sua prisão, ocupado em copiar com paciência de monge medieval os jornais num caderno de notas. Enquanto isso, a mulher gastou até o último centavo de seu dote e de sua herança, e logo começou a trabalhar em toda espécie de pequenos serviços a fim de manter a família. As próprias penúrias não a afastaram das penúrias alheias, e, mesmo nos períodos mais difíceis de sua existência, não pôs de lado seus trabalhos de caridade.

Clarisa tinha compreensão ilimitada pelas fraquezas humanas. Uma noite, já velha de cabelos brancos, estava costurando no quarto quando ouviu ruídos inusitados em casa. Levantou-se para ver o que era, mas não conseguiu sair, porque à porta deparou-se com um homem que apontou uma faca para seu pescoço.

— Silêncio, puta, ou a despacho com um só golpe — ameaçou.

— Não é aqui, meu filho. As senhoras da noite estão do outro lado da rua, onde há música.

— Não se mexa, isto é um assalto.

— Como? — sorriu, incrédula, Clarisa. — O que você vai roubar?

CONTOS DE EVA LUNA

— Sente-se nessa cadeira, vou amarrá-la.

— De maneira nenhuma, meu filho, posso ser sua mãe, não me falte com o respeito.

— Sente-se!

— Não grite, porque vai assustar meu marido, que está fraco de saúde. E guarde a faca, que pode ferir alguém — disse Clarisa.

— Ouça, minha senhora, eu vim roubar — murmurou o assaltante, desconcertado.

— Não, isto não é roubo. Eu não vou deixar você cometer um pecado. Vou-lhe dar algum dinheiro de livre vontade. Não o está tirando de mim, sou eu quem o estou dando, compreende? — Pegou a carteira e tirou o que tinha para o resto da semana. — Não tenho mais. Somos uma família bastante pobre, como vê. Venha comigo à cozinha, vou pôr a chaleira no fogo.

O homem guardou a faca e a seguiu com as notas na mão. Clarisa preparou chá para ambos, serviu as últimas bolachas que lhe restavam e convidou-o para sentar-se na sala.

— De onde veio sua ideia peregrina de roubar esta pobre velha?

O ladrão contou-lhe que a vinha observando durante dias, sabia que morava sozinha e pensou que naquele casarão haveria qualquer coisa para levar. Era o seu primeiro assalto, disse ele, tinha quatro filhos, estava sem trabalho e não podia chegar outra vez em casa de mãos vazias. Ela lhe fez ver que o risco era muito grande não só de levá-lo à prisão, como também podia ser condenado ao inferno, embora ela duvidasse de que Deus fosse castigá-lo com tanto rigor, quando muito iria parar no purgatório, se se arrependesse, claro, e não voltasse a fazê-lo. Ofereceu-se para anexá-lo à lista dos seus protegidos e prometeu-lhe não o denunciar às autoridades. Despediram-se com um beijo no rosto. Nos dez anos seguintes, até a morte de Clarisa, o homem mandava-lhe por correio, a cada Natal, um pequeno presente.

Nem todas as relações de Clarisa eram desse tipo; também conhecia gente de prestígio, senhoras de estirpe, ricos comerciantes, banqueiros e homens públicos, que visitava em busca de ajuda para o próximo, sem ficar imaginando como seria recebida. Certo dia, apresentou-se no escritório do deputado Diego Cienfuegos, conhecido por seus discursos incendiários e por ser um dos poucos políticos incorruptíveis do país, o que não o impediu de se tornar ministro e acabar nos livros de história como mentor intelectual de um certo tratado de paz. Nessa época Clarisa era jovem e um pouco tímida, mas já com a tremenda determinação que a caracterizou na velhice. Chegou onde estava o deputado para lhe pedir que usasse de sua influência e conseguisse uma geladeira nova para as madres teresianas. O homem olhou-a admirado, sem entender por que razões deveria ajudar suas inimigas ideológicas.

— Porque no refeitório das freirinhas almoçam de graça cem meninos por dia, e são quase todos filhos de comunistas e evangélicos que votam no senhor — respondeu suavemente Clarisa.

Assim nasceu entre ambos discreta amizade que havia de custar muitas canseiras e favores ao político. Com a mesma lógica irrefutável, conseguiu dos jesuítas bolsas escolares para rapazes ateus; da Ação das Senhoras Católicas, roupas usadas para as prostitutas do seu bairro; do Instituto Alemão, instrumentos de música para um coro hebreu; dos donos das vinhas, fundos para programas de alcoólatras.

Nem o marido sepultado no mausoléu do quarto, nem as extenuantes horas de trabalho diário evitaram que Clarisa engravidasse uma vez mais. A parteira avisou-a de que com toda a probabilidade daria à luz outro anormal, mas Clarisa tranquilizou-a com o argumento de que Deus mantém certo equilíbrio no universo, e, tal como Ele cria algumas coisas tortas, também cria outras direitas; para cada virtude há um pecado; para cada alegria, uma desdita; para cada mal, um bem; e assim por diante, no eterno giro da roda da vida, tudo se compensa ao longo dos séculos. O pêndulo vai e vem com inexorável precisão, dizia ela.

Clarisa passou sem pressa o tempo da gravidez e deu à luz um terceiro filho. O nascimento foi em casa, ajudado pela parteira e amenizado pela companhia das crianças retardadas mentais, seres inofensivos e sorridentes, que passavam o tempo entretidas nas suas brincadeiras, uma a murmurar discursos em seu traje de bispo, e o outro a pedalar até lugar nenhum uma bicicleta imóvel. Nessa ocasião a balança se moveu no sentido justo para preservar a harmonia da Criação, e nasceu um rapaz forte, de olhos

CONTOS DE EVA LUNA

sábios e mãos firmes, que a mãe pôs sobre o peito, agradecida. Quatorze meses depois, Clarisa deu à luz outro filho com as mesmas características.

— Estes vão crescer sãos para me ajudar a cuidar dos dois primeiros — concluiu ela, fiel à sua teoria das compensações, e assim foi, porque os filhos menores vieram a ser retos, como duas canas, e bem-dotados para a bondade.

De algum modo Clarisa se arranjou para manter os quatro meninos sem a ajuda do marido e sem perder o orgulho de grande senhora, pedindo caridade para si própria. Poucos souberam dos seus apertos financeiros. Com a mesma tenacidade com que passava as noites em claro, fabricando bonecas de trapo ou bolos de casamento para vender, lutava contra a deterioração de sua casa, cujas paredes começavam a suar um vapor esverdeado, e transmitia aos filhos menores seus princípios de bom humor e generosidade com tão bom efeito, que, nas décadas seguintes, eles estiveram sempre junto dela, suportando a carga dos irmãos mais velhos, até que um dia estes ficaram fechados no banheiro e um escapamento de gás os mandou calmamente para o outro mundo.

A chegada do papa deu-se quando Clarisa ainda não tinha oitenta anos, embora não fosse fácil calcular sua idade exata, porque a aumentava por vaidade, apenas para ouvir dizer como se conservava tão bem aos oitenta e cinco que apregoava. Ânimo tinha demais, mas falhava-lhe o corpo; custava-lhe caminhar, desorientava-se nas ruas, não tinha apetite, acabou por se alimentar de flores e mel. O espírito foi-se-lhe desprendendo da mesma maneira que lhe germinaram as asas, mas os preparativos da visita papal restituíram-lhe o entusiasmo pelas aventuras terrenas. Não aceitou ver o espetáculo pela televisão porque sentia profunda desconfiança pelo aparelho. Estava convencida de que até o astronauta da lua era uma mentira filmada em algum estúdio de Hollywood, tal como enganavam os outros com aquelas histórias em que os protagonistas se amavam ou morriam de mentira e, uma semana depois, reapareciam com as mesmas caras, sofrendo outros destinos. Clarisa quis ver o pontífice com os próprios olhos, para que não lhe fossem mostrar na tela um ator com paramentos episcopais, de modo que tive de acompanhá-la para vistoriá-lo em sua passagem pelas ruas. Passadas algumas horas, defendendo-nos da multidão de crentes, vendedores de velas, camisetas estampadas, gravuras e santos de plástico, conseguimos descortinar o Santo Padre, magnífico numa caixa de vidro portátil, como um atum branco no seu aquário. Clarisa caiu de joelhos, quase sendo esmagada pelos fanáticos e pelos guardas da escolta. Nesse momento, quando tínhamos o papa à distância de uma pedrada, surgiu por uma rua lateral uma coluna de homens vestidos de freiras, com o rosto pintado, levantando cartazes em favor do aborto, do divórcio, da sodomia e do direito de as mulheres exercerem o sacerdócio. Clarisa vasculhou seu bolso com a mão trêmula, encontrou os óculos e os colocou para ter certeza de que não se tratava de uma alucinação.

— Vamos embora, filha. Já vi demais — disse-me, pálida. Estava tão perturbada, que, para distraí-la, me ofereci para lhe comprar um cabelo do papa, mas ela não quis, porque não tinha garantia de autenticidade. O número de relíquias capilares oferecidas pelos comerciantes era tal, que dava para encher um par de colchões, segundo o cálculo de um jornal socialista.

— Estou muito velha e já não entendo nada do mundo, minha filha. O melhor é voltar para casa. — Chegou extenuada ao casarão, com o barulho dos sinos e dos gritos de vitória ainda nos tímpanos. Fui à cozinha preparar uma sopa para o juiz e aquecer água para lhe dar um chá de camomila, tentando tranquilizá-la um pouco. Clarisa, entretanto, com expressão de grande melancolia, pôs tudo em ordem e serviu o último prato de comida para o marido. Pousou a bandeja em frente da porta fechada e chamou, pela primeira vez em mais de quarenta anos.

— Quantas vezes eu disse para não me chatearem? — protestou a voz decrépita do juiz.

— Desculpe, querido, só quero avisá-lo de que vou morrer.

— Quando?

— Na sexta-feira.

— Está bem — E não abriu a porta.

Clarisa chamou os filhos para lhes anunciar o fim próximo, deitando-se em seguida na sua cama. Tinha um quarto grande, escuro, com pesados móveis entalhados, que não chegaram a tornar-se antiguidades porque os estragos os destruíram pelo caminho. Sobre a cômoda havia uma redoma de cristal com um Menino Jesus de cera de surpreendente realismo, parecia um bebê recém-saído do banho.

— Gostaria de que ficasse com o menininho, para tomar conta dele, Eva.

— Não pense em morrer, não me faça levar este susto.

— Tem de guardá-lo à sombra; se lhe bate o sol, derrete-se. Dura há quase um século e poderá durar outro tanto se o proteger do clima.

Arrumei-lhe no alto da cabeça os cabelos de merengue, enfeitei-lhe o penteado com uma fita e sentei-me a seu lado, disposta a acompanhá-la nesse transe, sem saber ao certo de que se tratava, porque o momento necessitava de todo o sentimentalismo, como se na verdade não fosse uma agonia, mas um ameno resfriado.

— Seria melhor eu me confessar; o que acha, minha filha?

— Mas que pecados pode ter a senhora, Clarisa?

— A vida é longa e sobra tempo para o mal, graças a Deus.

— Vai direto para o céu, se é que o céu existe.

— Claro que existe, mas não é tão certo que me aceitem. São muito exigentes — murmurou. E, depois de uma longa pausa, acrescentou: — Repassando um a um os meus erros, vejo que há um bastante grave...

Senti um calafrio, receando que aquela anciã com auréola de santa me dissesse que tinha eliminado intencionalmente os filhos retardados mentais para facilitar a justiça divina ou que não acreditava em Deus e que se dedicara a fazer o bem neste mundo só porque na balança lhe coubera essa sorte, para compensar o mal dos outros, mal que por sua vez não tinha importância, já que tudo faz parte do mesmo processo infinito. Mas não foi nada assim tão dramático o que Clarisa me confessou. Virou-se para a janela e disse ruborizada que se tinha negado a cumprir os deveres conjugais.

— O que significa isso? — perguntei.

— Bom... refiro-me a não satisfazer os desejos carnais de meu marido, entende?

— Não.

— Se uma mulher nega o seu corpo, e ele cai na tentação de procurar alívio noutra, então é dela a responsabilidade moral.

— Estou entendendo. O juiz fornica, e o pecado é seu.

— Não, não. Parece-me que seria de ambos, tínhamos de lhe perguntar.

— O marido tem a mesma obrigação que a mulher?

— Ah?

— Quero dizer que, se a senhora tivesse tido outro homem, a falta seria também de seu marido?

— O que se passa nessa cabeça, filha! — olhou-me, admirada.

— Não se preocupe, se seu pior pecado é ter negado o corpo ao juiz, estou certa de que Deus entenderá isso como brincadeira.

— Não acredito que Deus tenha humor para essas coisas.

— Duvidar da perfeição divina, isso sim, é um grande pecado, Clarisa.

Parecia tão saudável, que custava imaginar a sua próxima partida, mas pensei que os santos, ao contrário dos simples mortais, têm o poder de morrer sem medo e em pleno uso das suas faculdades. Seu prestígio era tão sólido, que muitos afirmavam ter visto um círculo de luz à volta de sua cabeça e ter ouvido música celestial na sua presença; por isso não me surpreendi, ao despi-la para lhe vestir a camisola, de encontrar nos seus ombros dois volumes inflamados, como se estivesse quase para lhe rebentar um par de asas de anjinho.

O boato da agonia de Clarisa correu rápido. Os filhos e eu tivemos de atender a infindável fila de gente que vinha pedir a sua intervenção no céu para diversos favores ou simplesmente para se despedir. Muitos esperavam que, no último momento, acontecesse um prodígio significativo, como, por exemplo, o cheiro de garrafas azedas que infestava o ambiente transformar-se em perfume de camélias ou seu corpo brilhar com raios de consolação. Entre eles apareceu um amigo, o bandido, que não se havia emendado e se transformara num verdadeiro profissional. Sentou-se

CONTOS DE EVA LUNA

junto da cama da moribunda e contou-lhe as suas andanças sem sinais de arrependimento.

— Tudo corre muito bem. Agora entro nada mais nada menos do que nas casas do bairro alto. Roubo os ricos, e isso não é pecado. Nunca tive de usar da violência, eu trabalho com limpeza, como um cavalheiro — explicou com certo orgulho.

— Vou ter de rezar muito por você, meu filho.

— Reze, avozinha, que isso não me fará mal.

Também a Senhora apareceu, comovida, para dizer adeus à sua querida amiga, trazendo uma coroa de flores e uns doces de nougat como contribuição para o velório. A minha antiga patroa não me reconheceu, mas eu não tive dificuldade de identificá-la, porque não mudara tanto assim; estava bastante bem, apesar da gordura, da peruca e dos extravagantes sapatos de plástico com estrelas douradas. Ao contrário do ladrão, ela vinha dizer a Clarisa que os seus conselhos de outros tempos tinham caído em terra fértil, e que agora era uma cristã decente.

— Conte isso a São Pedro, para que me apague do livro proibido — pediu-lhe.

— Que grande fiasco será para essas boas pessoas se, em vez de eu ir para o céu, acabar cozida nas caldeiras do inferno... — comentou a moribunda quando, finalmente, consegui fechar a porta para ela descansar um pouco.

— Se isso acontecer lá em cima, aqui embaixo ninguém vai saber, Clarisa.

— Melhor assim.

Desde a madrugada de sexta-feira juntou-se enorme multidão na rua, e só com muita dificuldade os filhos conseguiram impedir a invasão de crentes dispostos a levar qualquer relíquia, desde pedaços de papel das paredes até a escassa roupa da santa. Clarisa decaía a olhos vistos, e, pela primeira vez, fez sinais de levar a sério a própria morte. Lá pelas dez parou em frente da casa um carro azul com placa do Congresso. O motorista ajudou a descer do banco traseiro um velho que a multidão reconheceu imediatamente. Era D. Diego Cienfuegos, convertido em magnata, depois de tantas décadas de serviço na vida pública. Os filhos de Clarisa saíram para recebê-lo, acompanhando-o na sua penosa subida até o segundo andar. Ao vê-lo na soleira da porta, Clarisa animou-se, voltou a ter rubor nas faces e brilho nos olhos.

— Por favor, leve todo mundo do quarto e deixe-nos a sós — segredou-me ao ouvido.

Vinte minutos mais tarde abriu-se a porta e D. Diego Cienfuegos saiu arrastando os pés, com os olhos encharcados de lágrimas, maltratado e entrevado, mas sorridente. Os filhos de Clarisa, que o esperavam no corredor, seguraram-no de novo pelos braços para ajudá-lo, e, então, ao vê-los juntos, confirmei algo que não tinha notado antes. Aqueles três homens tinham o mesmo porte e o mesmo perfil, a mesma segurança pausada, os mesmos olhos sábios e mãos firmes.

Esperei que descessem a escada a fim de voltar para junto da minha amiga. Aproximei-me para lhe ajeitar os travesseiros e vi que, também ela, como o visitante, chorava com certo regozijo.

— D. Diego foi o seu pecado mais grave, não é verdade? — sussurrei-lhe.

— Isso não foi pecado, minha filha, apenas uma ajuda de Deus para equilibrar a balança do destino. E está vendo como correu às mil maravilhas, porque, por dois filhos retardados, tive outros dois para tomarem conta deles.

Nesse momento Clarisa morreu sem angústia. De câncer, diagnosticou o médico ao ver os seus rebentos de asas; de santidade, proclamaram os devotos apinhados na rua com velas e flores; de assombro, digo eu, porque estava com ela quando o papa nos visitou.

BOCA DE SAPO

Os tempos eram duros no sul. Não no sul deste país, mas do mundo, onde as estações mudaram, e o inverno não é no Natal, como nas nações cultas, mas na metade do ano, como nas regiões bárbaras. Pedra, colmo e gelo, extensas planícies que até a Terra do Fogo se desfazem num rosário de ilhas, picos de cordilheira nevada fechando o horizonte ao longe, silêncio instalado ali desde o nascimento dos tempos e interrompido às vezes pelo suspiro subterrâneo dos glaciares deslizando lentamente para o mar. É uma natureza áspera, habitada por homens rudes. No começo do século nada havia ali que os ingleses pudessem levar, mas obtiveram concessões para criar ovelhas. Em poucos anos os animais se multiplicaram de tal forma, que, ao longe, pareciam nuvens agarradas rente à terra, comeram toda a vegetação e pisotearam os últimos altares das culturas indígenas. Era nesse lugar que Hermelinda ganhava a vida com jogos fantasiosos.

Em meio ao descampado erguia-se, como uma torta abandonada, a grande casa da Companhia Pecuária, rodeada por absurdo relvado, defendido contra os rigores do clima pela mulher do administrador, que não se pôde resignar a viver fora do coração do Império Britânico e continuou a vestir-se de gala para cear a sós com o marido, um fleumático cavalheiro perdido no orgulho das tradições obsoletas. Os peões crioulos viviam nas barracas do acampamento, separados dos patrões por cercas de arbustos espinhosos e rosas silvestres, que tentavam em vão limitar a imensidão do pampa e criar, para os estrangeiros, a ilusão de alguma suave campina inglesa.

Vigiados pelos guardas da companhia, atormentados pelo frio e sem tomar uma sopa caseira durante meses, os trabalhadores sobreviviam à desgraça, tão desamparados como o gado a seu cargo. Nos finais de tarde não faltava quem pegasse o violão, e, então, a paisagem se enchia de canções sentimentais. Era tanta a carência de amor, apesar da pedra-lume posta pelo cozinheiro na comida para apaziguar os desejos do corpo e as urgências da recordação, que os peões fornicavam com as ovelhas e até com alguma foca que se aproximasse da costa e eles conseguissem caçá-la. Esses animais têm grandes mamas, como seios de mãe, e, ao lhes tirar a pele, quando ainda vivas, quentes e palpitantes, um homem muito necessitado pode fechar os olhos e imaginar que abraça uma sereia. Apesar desses inconvenientes, os operários se divertiam mais do que seus patrões, graças aos jogos ilícitos de Hermelinda.

Era a única mulher jovem em toda a extensão daquela terra, salvo a dama inglesa, que só ultrapassava a cerca de rosas para matar lebres a tiro de espingarda, vislumbrando-se, nessas ocasiões, apenas o véu de seu chapéu em meio à infernal poeirada e à barulheira dos cães perdigueiros. Hermelinda, ao contrário, era fêmea próxima e precisa, com atrevida mistura de sangue nas veias e ótima disposição para festejar. Tinha escolhido esse ofício de consolo por pura e simples vocação, gostava de quase todos os homens em geral e de muitos em particular. Reinava entre eles como uma abelha-mestra. Deles, amava o cheiro do trabalho e do desejo, a voz rouca, a barba de dois dias, o corpo vigoroso, ao mesmo tempo tão vulnerável em suas mãos, a índole combativa e o coração ingênuo. Conhecia a fortaleza ilusória e a debilidade extrema de seus clientes, mas não se aproveitava de nenhuma dessas condições, pelo contrário, compadecia-se de ambas. Na sua natureza bravia havia traços de ternura maternal, e, frequentemente, a noite a encontrava cosendo remendos em alguma camisa, cozinhando uma galinha para algum trabalhador enfermo ou escrevendo cartas de amor para noivas distantes. Fazia sua fortuna sobre um colchão de lã crua, sob teto de zinco ondulado que produzia música de flautas e oboés quando o vento o atravessava. Tinha a carne firme e a pele sem mácula, ria com gosto e sobravam-lhe desejos, muito mais do que uma ovelha aterrorizada ou uma pobre foca sem couro podiam oferecer. Em cada abraço, por breve que fosse, revelava-se amiga entusiasta e travessa. A fama de suas sólidas pernas de ginete e de seus seios invulneráveis ao uso havia percorrido seiscentos quilômetros de província agreste, e seus

CONTOS DE EVA LUNA

namorados viajavam de longe para passar um instante em sua companhia. As sextas-feiras chegavam galopando à rédea solta de lugares tão afastados, que os animais, cobertos de espuma, caíam desmaiados. Os patrões ingleses proibiam o consumo de álcool, mas Hermelinda destilava uma aguardente clandestina com a qual melhorava o ânimo e arruinava o fígado de seus hóspedes, mas que também servia para acender seus lampiões na hora da diversão. As apostas começavam depois da terceira rodada de licor, quando se tornava impossível concentrar a vista ou aguçar o entendimento.

Hermelinda tinha descoberto a maneira de obter benefícios seguros sem armadilhas. Salvo as cartas e os dados, os homens dispunham de vários jogos, e sempre o único prêmio era sua pessoa. Os que perdiam entregavam-lhe seu dinheiro e também os que ganhavam, mas estes obtinham o direito de desfrutar de um pedaço breve da sua companhia, sem subterfúgios nem preliminares não porque lhe faltasse boa vontade, mas porque não dispunha de tempo para dar a todos atenção mais esmerada. Os participantes da Galinha Cega tiravam as calças, mas conservavam os coletes, os gorros e as botas forradas de pele de cordeiro, para se proteger do frio antártico que assobiava por entre as tábuas. Ela lhes vendava os olhos, e a perseguição começava. Às vezes armava-se tal alvoroço, que as risadas e os arquejos cruzavam a noite para além das rosas e chegavam aos ouvidos dos ingleses, que ficavam impassíveis, fingindo tratar-se apenas do capricho do vento no pampa, enquanto continuavam bebendo lentamente a sua última chávena de chá do Ceilão antes de ir para a cama. O primeiro que punha a mão em Hermelinda dava um cacarejo exultante e louvava a sorte, enquanto a aprisionava em seus braços. O Balanço era outro dos jogos. A mulher sentava-se numa tábua pendurada do teto por duas cordas. Desafiando os olhares apreciadores dos homens, fletia as pernas, e todos podiam ver que nada vestia sob as anáguas amarelas. Os jogadores, dispostos em fila, tinham uma só oportunidade de atacá-la, e quem conseguia o objetivo via-se apanhado entre as coxas da bela, numa agitação de saias, balançando, embalado até os ossos e, finalmente, levado ao céu. Mas muito poucos conseguiam isso, e a maioria rolava pelo chão em meio às gargalhadas dos outros.

No jogo do Sapo um homem podia perder, em quinze minutos, o ordenado de um mês. Hermelinda desenhava no chão uma marca de giz e, a quatro passos de distância, traçava um grande círculo, dentro do qual se deitava, com os joelhos abertos e as pernas douradas à luz dos lampiões de aguardente. Aparecia, então, o centro escuro de seu corpo, aberto como uma fruta, como uma alegre boca de sapo, enquanto o ar do quarto se tornava denso e quente. Os jogadores ficavam por detrás da marca de giz e atiravam, procurando acertar o alvo. Alguns eram exímios atiradores, de pulso tão seguro, que conseguiam deter um animal assustado em pleno galope atirando-lhe entre as patas duas bolas de pedra atadas por uma corda. Mas Hermelinda tinha uma maneira imperceptível de escamotear o corpo, de escapar, para que, no último instante, a moeda perdesse o rumo. As que caíam dentro do círculo de giz pertenciam à mulher. Se alguma entrasse na porta, dava a seu dono um tesouro de sultão, duas horas atrás da cortina, sozinho com ela, em completo regozijo, para procurar consolo por todas as penúrias passadas e sonhar com os prazeres do paraíso. Diziam, os que tinham vivido essas duas horas preciosas, que Hermelinda conhecia antigos segredos de amor e que era capaz de levar um homem aos umbrais da morte e trazê-lo de volta transformado em sábio.

Até o dia em que apareceu Paulo, o asturiano, muito poucos haviam conquistado essas duas horas prodigiosas, embora vários tivessem desfrutado de algo semelhante, mas não por alguns centavos e sim por metade do salário. A essa altura ela já acumulara pequena fortuna, mas a ideia de se retirar para uma vida mais convencional não lhe havia ainda ocorrido, pois, na verdade, tirava muito partido do seu trabalho e se sentia orgulhosa dos momentos felizes que podia oferecer aos peões. Paulo era um homem seco, de ossos de frango e mãos de menino, cuja aparência física contradizia a tremenda tenacidade de seu temperamento. Ao lado da opulenta e jovial Hermelinda ele parecia um sujeito tímido, encabulado; mas aqueles que ao vê-lo chegar pensaram que poderiam rir um bom bocado a sua custa tiveram surpresa bem desagradável. O pequeno forasteiro reagiu como uma víbora à primeira provocação, disposto a brigar com quem lhe ficasse à frente, mas a briga acabou antes de começar, porque a primeira regra de

Hermelinda proibia brigas sob seu teto. Estabelecida sua dignidade, Paulo sossegou. Tinha expressão decidida e meio fúnebre, falava pouco, e, quando o fazia, ficava evidente a pronúncia espanhola. Tinha saído da sua pátria fugindo da polícia e vivia de contrabando ao longo dos desfiladeiros dos Andes. Até então vivera como eremita, carrancudo e brigão, pouco ligando para o clima, as ovelhas e os ingleses. Não pertencia a nenhum lado e não reconhecia amores nem deveres, mas já não era jovem, e a solidão ia-lhe entrando nos ossos. Por vezes despertava ao amanhecer sobre o chão gelado, embrulhado na sua manta negra de Castela e com a sela por travesseiro, sentindo que lhe doía todo o corpo. Não era dor de músculos intumescidos, mas de tristezas acumuladas e abandono. Estava farto de vagar como um lobo, embora não estivesse preparado para a mansidão doméstica. Chegou àquelas terras porque ouvira o boato de que no fim do mundo havia uma mulher capaz de alterar a direção do vento e quis vê-la com os próprios olhos. A enorme distância e os perigos do caminho não conseguiram fazê-lo desistir, e, quando por fim se encontrou na adega e teve Hermelinda ao alcance da mão, vendo que ela era feita do mesmo metal rijo que ele, decidiu que depois de viagem tão longa não valia a pena continuar a viver sem ela. Sentou-se num canto do quarto observando-a com cuidado e calculando suas possibilidades.

O asturiano tinha tripas de aço e pôde emborcar vários copos do licor de Hermelinda sem que as lágrimas lhe viessem aos olhos. Não aceitou tirar a roupa para a Roda de São Miguel, para o Mandandirun-dirun-dan nem para as outras coisas que lhe pareceram francamente infantis, mas, no final da noite, quando chegou o momento culminante do Sapo, cuspiu o sabor ruim do álcool e juntou-se ao coro de homens à volta do círculo de giz. Hermelinda pareceu-lhe formosa e selvagem como uma leoa das montanhas. Sentiu acordar o instinto de caçador, e a vaga dor do desamparo, que lhe tinha atormentado os ossos durante toda a viagem, tornou-se antecipação do gozo. Viu os pés calçados com botas curtas, as meias grossas presas com elásticos abaixo dos joelhos, os ossos grandes e os músculos tensos daquelas pernas de ouro entre as ondas de anáguas amarelas, e soube que só tinha uma oportunidade de conquistá-la. Tomou posição, fincando os pés no chão e inclinando o corpo até encontrar o próprio eixo de sua existência, e, com cortante olhadela, paralisou a mulher no seu lugar, obrigando-a a renunciar aos truques de contorcionista. Talvez as coisas não tivessem acontecido assim; talvez ela o tivesse escolhido entre os outros para aquecê-lo com o presente de sua companhia. Paulo aguçou a vista, expirou todo o ar do peito e, depois de alguns segundos de concentração absoluta, atirou a moeda. Todos a viram fazer um arco perfeito e entrar certeira no lugar preciso. Uma salva de palmas e assobios de inveja celebraram a façanha. Impassível, o contrabandista ajeitou o cinturão, deu três grandes passos em frente, agarrou a mão da mulher e a levantou, disposto a provar-lhe, em precisamente duas horas, que também ela já não podia prescindir dele. Saiu quase arrastando-a, e os outros ficaram olhando os relógios e bebendo, até que passou o tempo do prêmio, mas nem Hermelinda, nem o estrangeiro apareceram. Passaram três horas, quatro, toda a noite, amanheceu, e soaram os sinos da companhia chamando para o trabalho, sem que se abrisse a porta.

Ao meio-dia os amantes saíram do quarto. Paulo não trocou um só olhar com ninguém; selou seu cavalo, outro para Hermelinda e uma mula para carregar a bagagem. A mulher vestia calças e casaco de viagem e levava, atada à cintura, uma bolsa de lona cheia de moedas. Tinha nova expressão nos olhos e um satisfeito bambolear no traseiro inesquecível. Acomodaram cuidadosamente os objetos no lombo dos animais, montaram e começaram a andar. Hermelinda fez um vago gesto de despedida a seus desolados admiradores e seguiu Paulo, o asturiano, pelas planícies desertas, sem olhar para trás. Nunca mais regressou.

Foi tanta a consternação provocada pela partida de Hermelinda, que, para divertir os trabalhadores, a Companhia Pecuária instalou balanços, comprou dardos e flechas para o tiro ao alvo e mandou vir de Londres um enorme sapo de louça pintado com a boca aberta, para que os peões afinassem a pontaria atirando-lhe moedas. Mas, face à indiferença geral, esses brinquedos acabaram decorando o terraço da companhia, onde os ingleses ainda os usam para combater o tédio dos fins de tarde.

O OURO DE TOMÁS VARGAS

Antes de começar o avanço descomunal do progresso, quem tinha algumas economias enterrava-as; era a única maneira conhecida de se guardar dinheiro; mais tarde, porém, as pessoas passaram a confiar nos bancos. Quando fizeram a estrada, e se tornou mais fácil chegar de ônibus à cidade, trocaram as moedas de ouro e prata por papéis pintados e guardaram-nos em caixas-fortes, como se fossem tesouros. Tomás Vargas debochava delas às gargalhadas, porque não acreditava naquele sistema. O tempo deu-lhe razão; quando acabou o governo do Benfeitor — que durou cerca de trinta anos, dizem —, as notas nada valiam, e muitas acabaram coladas como adorno nas paredes, infame recordação da ingenuidade de seus donos. Enquanto todos os outros escreviam cartas ao novo presidente e aos jornais, queixando-se da fraude coletiva das novas moedas, Tomás Vargas tinha as suas, de ouro, num buraco seguro, embora isso não elimi-nasse seus hábitos de avarento e pedinte. Era homem sem qualquer decên-cia, pedia dinheiro emprestado sem intenção de devolvê-lo e mantinha os filhos esfomeados e a mulher em farrapos, enquanto ele mesmo usava ricos chapéus e fumava charutos de grande senhor. Nem sequer pagava a mensa-lidade da escola; seus seis filhos legítimos educaram-se gratuitamente, por-que a professora Inês decidiu que, enquanto ela estivesse em perfeito juízo e com forças para trabalhar, nenhum menino do povoado ficaria sem saber ler. A idade não lhe tirou o ser brigão, bebedor e mulherengo. Tinha muito orgulho de ser o mais macho do lugar, como apregoava na praça sempre que a bebedeira o fazia perder o juízo e gritar a plenos pulmões os nomes das jovens que seduzira e dos bastardos que tinham o seu sangue. Se fossem acreditar nele, teria perto de trezentos, porque em cada bebedeira dava nomes diferentes. Os policiais levaram-no preso várias vezes, e o tenente em pessoa deu-lhe umas palmadas para ver se melhorava seu caráter, mas isso não surtiu mais resultados do que as censuras do padre. Na verdade só respeitava Riad Halabí, o dono do armazém, razão por que os vizinhos recorriam a ele quando suspeitavam de que Tomás tinha exagerado na bebida e estava batendo na mulher ou nos filhos. Nessas ocasiões, o árabe abandonava o balcão com tanta pressa, que nem se lembrava de fechar a loja, e aparecia sufocado de desgosto justiceiro, pondo ordem no rancho dos Vargas. Não tinha necessidade de dizer muita coisa, bastando ao velho sua visão para acalmar-se. Riad Halabí era o único capaz de envergonhar aquele velhaco.

Antonia Sierra, a mulher de Vargas, era vinte e seis anos mais nova do que ele. Ao chegar aos quarenta já estava muito desgastada, quase não tinha dentes sãos na boca, e seu firme corpo de mulata deformara-se pelo trabalho, pelos partos e abortos; no entanto, conservava ainda o resto da arrogância do passado, uma maneira de caminhar de cabeça bem erguida e a cintura marcada, um traço da antiga beleza, um tremendo orgulho que fazia calar qualquer intenção de lastimá-la. Mal lhe chegavam as horas para cumprir seu dia, porque, além de atender aos filhos e de se ocupar da horta e das galinhas, ganhava alguns pesos preparando o almoço dos policiais, lavando roupa alheia e limpando a escola. As vezes andava com o corpo cheio de manchas negras, e, mesmo que ninguém perguntasse, toda Água Santa sabia das surras dadas pelo marido. Apenas Riad Halabí e a professora Inês se atreviam a dar-lhe discretos presentes, procurando desculpas para não a ofender, alguma roupa, alimentos, cadernos e vitaminas para as crianças.

Antonia Sierra teve de suportar muitas humilhações do marido, incluindo a imposição de uma concubina em sua própria casa.

*

Concha Díaz chegou a Água Santa a bordo de um dos caminhões da Companhia de Petróleo, desconsolada e lastimável, como um fantasma. O motorista compadeceu-se ao vê-la descalça no caminho, com a trouxa às costas e a barriga de mulher prenhe. Ao atravessar a aldeia, os caminhões paravam no armazém, por isso Riad Halabí foi o primeiro a saber do assunto. Viu-a aparecer à porta e, pela maneira como deixou cair o corpo no balcão, viu que não estava de passagem; a moça vinha para ficar. Era muito jovem, morena e de pequena estatura, com uma mata compacta de cabelo crespo descolorido pelo sol, onde parecia não entrar pente há muito tempo. Como costumava fazer com os visitantes, Riad Halabí ofereceu uma cadeira e um refresco de ananás e se dispôs a escutar o rosário de suas aventuras ou de suas desgraças, mas a moça falava pouco, limitando-se a assoar o nariz com os dedos, os olhos cravados no chão, as lágrimas escorrendo sem parar pelas faces e uma enxurrada de censuras saindo-lhe por entre os dentes. Por fim, o árabe conseguiu entender que ela queria ver Tomás Vargas e mandou-o buscar na taberna. Esperou-o à porta e, mal o viu pela frente, agarrou-o por um braço, forçando-o a olhar para a forasteira, sem lhe dar tempo de se refazer do susto.

— A moça diz que o bebê é seu — disse Riad Halabí com o suave tom que usava quando estava indignado.

— Isso não pode ser provado, turco. Sabe-se sempre quem é a mãe, mas do pai nunca se tem certeza — respondeu o outro, confundido, mas com ânimo suficiente para esboçar uma careta de picardia que ninguém apreciou.

Então a mulher começou a chorar forte, murmurando que não teria viajado de tão longe se não soubesse quem era o pai. Riad Halabí perguntou a Vargas se não sentia vergonha, lembrou-lhe que tinha idade para ser avô da moça e que, se pensava que a aldeia ia fazer vista grossa aos seus pecados, estava bem enganado; o que estava imaginando, mas, quando o pranto da jovem aumentou, acrescentou o que todos sabiam que diria.

— Está bem, menina, acalme-se. Pode ficar em minha casa por algum tempo, pelo menos até o nascimento da criança.

Concha Díaz começou a soluçar com mais força e disse que não moraria em parte alguma, apenas com Tomás Vargas, porque para isso tinha vindo. O ar parou no armazém, fez-se um grande silêncio, apenas se ouviam as pás do ventilador no teto e o soluçar da mulher, sem ninguém se atrever a dizer que o velho era casado e tinha seis rebentos. Por fim, Vargas agarrou o corpo da viajante e ajudou-a a pôr-se de pé.

— Muito bem, Conchita, se é isso o que quer, não há mais conversa, vamos para minha casa agora mesmo — disse.

Foi assim que Antonia Sierra, ao voltar do trabalho, encontrou outra mulher descansando na sua rede, e, pela primeira vez, seu orgulho não conseguiu dissimular seus sentimentos. Os insultos rolaram pela rua principal, e o eco chegou até a praça, entrou em todas as casas, anunciando que Concha Díaz era uma ratazana imunda e que Antonia Sierra lhe tornaria a vida infernal até fazê-la voltar à sarjeta, de onde nunca devia ter saído, que, se julgava que seus filhos iam viver sob o mesmo teto com uma puta, ia ter uma grande surpresa, porque ela não era nenhuma palerma, e que o marido deveria ter mais cuidado, porque ela aguentara muito sofrimento e muita decepção, tudo em nome dos filhos, pobres inocentes, mas bastava, agora todos iam ver quem era Antonia Sierra. O ódio durou uma semana, ao fim da qual os gritos se fizeram contínuo murmúrio; ela perdeu o resto da antiga beleza, já nem mantinha sua maneira de caminhar, arrastava-se como cadela apedrejada. Os vizinhos tentaram explicar-lhe que toda aquela confusão não era culpa de Concha, mas de Vargas, mas ela não estava disposta a ouvir conselhos de moderação ou de justiça.

A vida no rancho daquela família nunca tinha sido agradável, mas com a chegada da concubina tornou-se um tormento sem fim. Antonia passava as noites encolhida na cama dos filhos, cuspindo maldições, enquanto ao lado roncava o marido, abraçado à jovem. Mal nascia o sol, Antonia tinha de se levantar, preparar o café, amassar as *arepas*,* mandar os garotos para a escola, cuidar da horta, cozinhar para os policiais, lavar e engomar.

---

* Pão especial (da América), com milho, ovos e manteiga, cozido no forno; uma espécie de empadão. (N. T.)

Ocupava-se de todas essas tarefas como um autômato, enquanto na alma lhe escorria um rosário de amarguras. Como se negava a dar comida ao marido, Concha encarregou-se de alimentá-lo quando a outra saía, para não se encontrar com ela na cozinha, junto ao fogão. Era tanto o ódio de Antonia Sierra, que algumas pessoas na aldeia, julgando que acabasse por matar a rival, foram pedir a Riad Halabí e à professora Inês que interviessem antes que fosse tarde.

No entanto, as coisas não se passaram dessa maneira. Após dois meses, a barriga de Concha parecia uma cabaça, suas pernas tinham inchado tanto, que estavam a ponto de estourar as veias, e ela chorava continuamente porque se sentia só e assustada. Tomás Vargas cansou-se de tanta lágrima e decidiu ir a casa só para dormir. Já não era necessário que as mulheres fizessem turnos para cozinhar. Concha perdeu o último incentivo para se vestir e ficou estendida na rede, olhando o teto, sem ânimo nem para coar um café. Antonia ignorou-a totalmente no primeiro dia, mas à noite mandou-lhe um prato de sopa e um copo de leite quente por um dos rapazes, para que não dissessem que ela deixava morrer alguém com fome sob seu teto. A rotina repetiu-se, e, em poucos dias, Concha levantou-se para comer com os outros. Antonia fingia não a ver, mas, pelo menos, deixou de lançar insultos para o ar sempre que a outra passava perto. Pouco a pouco, foi vencida pela pena. Quando viu que a moça estava cada vez mais magra, pobre espantalho com descomunal ventre e olheiras profundas, começou a matar as galinhas uma a uma para lhe fazer canja e, acabadas as aves, fez o que nunca fizera até então: foi pedir ajuda a Riad Halabí.

— Tive seis filhos e abortei várias vezes, mas nunca vi ninguém ficar tão doente por estar prenhe — explicou, ruborizada. — Ela está nos ossos, turco, não consegue engolir a comida, começa logo a vomitar. Não é que me importe, não tenho nada a ver com isso, mas o que vou dizer à mãe dela se morrer? Não quero que depois venham tomar satisfações.

Riad Halabí levou a doente na camioneta ao hospital, e Antonia os acompanhou. Voltaram com um saquinho de pílulas de diferentes cores e um vestido novo para Concha, porque o dela não lhe passava da cintura. A desgraça da outra mulher forçou Antonia Sierra a reviver passagens de sua juventude, de sua primeira gravidez e das mesmas violências que ela suportara. Desejava, apesar de tudo, que o futuro de Concha Díaz não fosse tão funesto como o seu. Já não lhe tinha ódio, apenas compaixão calada, e começou a tratá-la como se fosse uma folha desencaminhada, com brusca autoridade que mal conseguia ocultar a ternura. A jovem ficava aterrorizada vendo as perniciosas transformações de seu corpo, a deformidade que aumentava sem controle, a vergonha de andar se urinando toda de quando em quando e de caminhar como uma pata, o enjoo incontrolável e a vontade de morrer. Nos dias em que acordava muito mal e não podia sair da cama, Antonia escalava as crianças para cuidarem dela enquanto saía para cumprir seu trabalho, correndo para regressar cedo a fim de atendê--la; mas, em outras ocasiões, Concha acordava mais animada e, quando Antonia voltava, extenuada, encontrava a janta pronta e a casa limpa. A moça servia-lhe café e ficava de pé a seu lado, à espera de que ela o bebesse, com um olhar molhado de animal agradecido.

O menino nasceu no hospital da cidade, porque não queria vir ao mundo e tiveram de abrir Concha Díaz para tirá-lo. Antonia ficou com ela oito dias, durante os quais a professora Inês se ocupou dos garotos. As duas mulheres regressaram na camioneta do armazém, e toda Água Santa saiu para lhes dar as boas-vindas. A mãe vinha sorrindo, enquanto Antonia exibia o recém-nascido com algazarra de avó, anunciando que seria batizado com o nome de Riad Vargas Díaz, em justa homenagem ao turco, porque, sem sua ajuda, a mãe não teria chegado a tempo à maternidade e, além disso, tinha sido ele quem pagara todas as despesas quando o pai fez ouvidos surdos e fingiu estar mais bêbado do que de costume para não desenterrar seu ouro.

Em menos de duas semanas, Tomás Vargas quis exigir que Concha Díaz voltasse para sua rede, apesar de a mulher ter ainda a costura fresca e uma bandagem de guerra no ventre; mas Antonia Sierra colocou-se diante dele, com os braços na cintura, decidida pela primeira vez na vida a impedir que o velho levasse adiante o capricho. O marido esboçou o gesto de tirar o cinturão para lhe dar as correadas de costume, mas ela não o deixou completar e caiu-lhe em cima com tal firmeza, que o homem retrocedeu, surpreso. Essa vacilação o derrotou, porque, então, ela soube quem era o mais forte. Enquanto isso, Concha Díaz, que tinha deixado o filho num canto, erguia uma pesada vasilha de barro, com o propósito evidente de parti-la na cabeça de Tomás Vargas. O homem compreendeu sua desvantagem e saiu do rancho blasfemando. Toda Água Santa soube do sucedido porque ele próprio o contou às mulheres do prostíbulo, que, por sua vez, disseram que Vargas já não funcionava e que seus alardes de semeador eram pura conversa sem fundamento algum.

A partir desse incidente as coisas mudaram. Concha Díaz recompôs-se rapidamente e, enquanto Antonia Sierra saía para trabalhar, ela ficava tomando conta das crianças e das tarefas da horta e da casa. Tomás Vargas engoliu a mágoa e regressou humildemente à sua rede, onde não teve companhia. Aliviava o despeito maltratando os filhos e comentando na taberna que as mulheres, como as mulas, só entendem a pauladas, mas em casa não voltou a castigá-las. Nas bebedeiras, apregoava aos quatro ventos as vantagens da bigamia, e o padre teve de dedicar vários domingos a rebatê-lo do púlpito para que a ideia não pegasse e fossem para o caralho tantos anos de prédicas à virtude cristã da monogamia.

Em Água Santa podia-se tolerar que um homem maltratasse a família, fosse preguiçoso, desordeiro e não devolvesse o dinheiro emprestado, mas as dívidas de jogo, essas eram sagradas. Nas brigas de galos, as notas eram colocadas bem dobradas entre os dedos, para que todos pudessem vê-las, e, no dominó, nos dados ou nas cartas, eram dispostas sobre a mesa à esquerda do jogador. Às vezes, os caminhoneiros da Companhia de Petróleo paravam para algumas rodadas de pôquer e, embora não mostrassem o dinheiro, antes de ir embora pagavam até o último centavo. Aos sábados chegavam os guardas da Penitenciária de Santa Maria para visitar o bordel e jogar na taberna a remuneração da semana. Nem eles — que eram muito mais bandidos do que os presos a seu cargo — se atreviam a jogar se não podiam pagar. Ninguém violava essa regra.

ISABEL ALLENDE

Tomás Vargas não apostava, mas gostava de olhar os jogadores; podia passar horas olhando um dominó; era o primeiro a se instalar nas brigas de galos, e acompanhava os números da loteria anunciados pelo rádio, mesmo que nunca comprasse bilhete. Estava defendido dessa tentação pelo tamanho da sua avareza. No entanto, quando a férrea cumplicidade de Antonia Sierra e Concha Díaz derrubou-lhe, definitivamente, o ímpeto viril, voltou--se para o jogo. A princípio apostava quantias mínimas, e só os bêbados mais pobres aceitavam sentar-se à mesa com ele; mas, como nas cartas teve mais sorte do que com as suas mulheres, depressa foi atacado pela comichão do dinheiro fácil, que começou a decompor até os miolos sua natureza mesquinha. Na esperança de enriquecer num só golpe de sorte e recuperar ao mesmo tempo — mediante a ilusória projeção desse triunfo — seu humilhado prestígio de reprodutor, começou a aumentar os lances. Em breve mediam-se com ele os jogadores mais bravos, e os outros faziam roda para acompanhar as alternativas de cada encontro. Tomás Vargas não punha as notas estendidas sobre a mesa, como era a tradição, mas pagava quando perdia. Em casa, a pobreza se agudizou, e Concha também saiu para trabalhar. As crianças ficaram sozinhas, e a professora Inês teve de alimentá-las para que não andassem pela povoação aprendendo a mendigar.

As coisas se complicaram para Tomás Vargas quando aceitou o desafio do tenente e, depois de seis horas de jogo, ganhou duzentos pesos. O oficial confiscou o soldo dos subalternos para pagar a derrota. Era um moreno bonito com bigode de morsa e a casaca sempre aberta para as moças poderem ver seu peito peludo e sua coleção de correntes de ouro. Ninguém o estimava em Água Santa, porque era homem de caráter imprevisível, atribuindo--se autoridade de inventar leis segundo seu capricho e sua conveniência. Antes de sua chegada, a prisão era só um par de quartos para passar a noite depois de alguma rixa — nunca houve crimes graves em Água Santa, e os únicos malfeitores eram os presos em trânsito para a Penitenciária de Santa Alaria mas o tenente encarregou-se de não deixar ninguém passar pela tropa sem levar um golpe. Graças a ele as pessoas passaram a ter medo da lei. Estava indignado pela perda dos duzentos pesos, mas entregou o dinheiro

CONTOS DE EVA LUNA

sem discutir e até com certo desprendimento elegante, porque nem ele, com todo o peso de seu poder, teria deixado a mesa sem pagar.

Tomás Vargas passou dois dias gabando-se do triunfo, até que o tenente o avisou de que o esperava no sábado para a revanche. Desta vez, a aposta seria de mil pesos, disse em tom tão peremptório, que o outro, lembrando-se das palmadas recebidas no traseiro, não se atreveu a discordar. No sábado à tarde a taberna estava cheia de gente. Com o aperto e o calor, o ar tornou-se irrespirável; tiveram de levar a mesa para a rua a fim de que todos pudessem testemunhar o jogo. Nunca se tinha apostado tanto dinheiro em Água Santa, e, para assegurar a lisura do procedimento, chamaram Riad Halabí. Este começou exigindo que o público se mantivesse a dois passos de distância, para impedir qualquer tramoia, e que o tenente e os outros policiais deixassem as armas no quartel.

— Antes de começar, os jogadores devem pôr o dinheiro sobre a mesa — disse o árbitro.

— A minha palavra basta, turco — respondeu o tenente.

— Nesse caso, a minha palavra também chega — acrescentou Tomás Vargas.

— Como vão pagar se perderem? — quis saber Riad Halabí.

— Tenho uma casa na capital. Se eu perder, Vargas terá os títulos de propriedade amanhã mesmo.

— Está bem. E você?

— Eu pago com o ouro que tenho enterrado.

O jogo foi o mais emocionante ocorrido na povoação em muitos anos. Toda Água Santa, até os velhos e as crianças, juntou-se na rua. As únicas pessoas ausentes foram Antonia Sierra e Concha Díaz. Nem o tenente, nem Tomás Vargas lhes inspiravam qualquer simpatia, tanto fazia quem ganhasse; a diversão consistia em adivinhar as angústias dos dois jogadores e dos que haviam apostado em um ou em outro. Tomás Vargas contava com a sorte que, até então, tivera com as cartas, mas o tenente tinha a vantagem do sangue-frio e do prestígio de valentão.

Às sete da noite terminou a partida e, de acordo com as normas estabelecidas, Riad Halabí declarou vencedor o tenente. No triunfo, o policial manteve a mesma calma que demonstrara na derrota, uma semana antes, nem um sorriso debochado, nem uma palavra desmedida; ficou simplesmente sentado na cadeira, limpando os dentes com a unha do dedo mindinho.

— Bom, Vargas, chegou a hora de desenterrar seu tesouro — disse, quando se calou o vozerio dos curiosos.

A pele de Tomás Vargas ficara acinzentada, tinha a camisa empapada de suor, e parecia que o ar não lhe entrava no corpo, ficando entupido na boca. Tentou pôr-se de pé por duas vezes, mas lhe falharam os joelhos. Riad Halabí teve de segurá-lo. Por fim, juntou forças para começar a andar em direção à estrada, seguido pelo tenente, os policiais, o árabe, a professora Inês e, mais atrás, toda a povoação em ruidosa procissão. Andaram quase quatro quilômetros, e então Vargas virou à direita, enfiando-se pela densidade da vegetação ávida que rodeava Água Santa. Não havia caminho, mas ele abriu passagem sem grandes hesitações em meio às árvores gigantescas e aos fetos, até chegar à beira de um barranco que mal se via, porque a selva formava impenetrável biombo. Ali parou a multidão, enquanto ele descia com o tenente. Fazia um calor úmido e pesado, apesar de faltar pouco para o pôr do sol. Tomás Vargas fez sinal para que o deixassem sozinho, agachou-se e, arrastando-se, desapareceu sob alguns filodendros de grandes folhas carnudas. Passou-se um longo minuto antes que se escutasse seu alarido. O tenente enfiou-se pela folhagem, agarrou-o pelas pernas e puxou-o para fora.

— O que está acontecendo?

— Não está, não está!

— Como não está?

— Juro, meu tenente, eu não sei de nada, roubaram, roubaram o meu tesouro! — E começou a chorar como uma viúva, tão desesperado, que nem sentia os pontapés que o tenente lhe dava.

— Miserável! Vai me pagar. Por sua mãe, vai me pagar!

Riad Halabí escorregou barranco abaixo e tirou Tomás Vargas das mãos do tenente antes que ele o esmigalhasse. Conseguiu convencer o tenente a se acalmar, porque com pancadaria não resolveriam o assunto, e depois ajudou o velho a subir. Tomás Vargas tinha o esqueleto desconjuntado pelo espanto do sucedido, afogava-se em soluços, e eram tantos os seus balbucios e desmaios, que o árabe teve de levá-lo quase nos braços todo o caminho de volta, até deixá-lo finalmente no rancho. À porta estavam Antonia Sierra e Concha Díaz sentadas em duas cadeiras de palha, tomando café e olhando o cair da noite. Não fizeram sequer sinal de consternação ao saber o que acontecera e continuaram tomando café, impávidas e serenas.

Tomás Vargas esteve com febre mais de uma semana, delirando com moedas de ouro e cartas marcadas, mas era de natureza firme e, em vez de morrer de angústia, como todos supunham, recuperou a saúde. Quando se pôde levantar, não se atreveu a sair durante vários dias, mas, afinal, seu amor pela bebida falou mais alto do que a prudência; pegou o chapéu e, ainda trêmulo e assustado, foi para a taberna. Não regressou nessa noite, e, dois dias depois, alguém veio trazer a notícia de que ele estava esmagado no mesmo barranco onde tinha escondido o tesouro. Encontraram-no aberto de alto a baixo a facão, como uma rês, como todos sabiam que acabaria seus dias, mais cedo ou mais tarde.

Antonia Sierra e Concha Díaz enterraram-no sem grandes cenas de desgosto e sem cortejo além de Riad Halabí e a professora Inês, que foram para acompanhá-las e não para render homenagem póstuma a quem tinham desprezado em vida. As duas mulheres continuaram a viver juntas, dispostas a ajudarem-se mutuamente na educação dos filhos e nas dificuldades do dia a dia. Pouco depois do funeral, compraram galinhas, coelhos e porcos, foram de ônibus à cidade e voltaram com roupa para toda a família. Nesse ano consertaram o rancho com tábuas novas, acrescentaram-lhe dois quartos, pintaram-no de azul e instalaram depois uma cozinha a gás, onde começaram uma indústria de refeições para vender em domicílio. Todos os dias, ao meio-dia, partiam com as crianças para distribuir suas comidas no quartel, na escola, no correio, e, se sobrava alguma coisa, deixavam-na no armazém, para que Riad Halabí oferecesse aos caminhoneiros. Assim saíram da miséria e se iniciaram no caminho da prosperidade.

SE TOCASSE MEU CORAÇÃO

Amadeo Peralta cresceu no bando de seu pai e tornou-se um valentão, como todos os homens da família. O pai achava que estudos são para os efeminados; não são precisos livros para triunfar na vida, mas colhões e astúcia, dizia ele, tendo, por isso, educado os filhos na rudeza. Com o tempo, no entanto, compreendeu que o mundo estava mudando rapidamente e que era preciso consolidar seus negócios em bases mais estáveis. A época da pilhagem desenfreada tinha sido substituída pela corrupção e pelo roubo dissimulado, era tempo de administrar a riqueza com critério moderno e melhorar sua imagem. Reuniu os filhos e impôs-lhes a tarefa de fazer amizade com pessoas influentes e aprender assuntos legais, para continuarem a prosperar sem perigo de que lhes falhem a impunidade. Também lhes pediu para procurarem noivas entre os sobrenomes mais antigos da região, para ver se conseguiam lavar o nome dos Peralta de tantos respingos de barro e sangue. A essa altura, Amadeo completara trinta e dois anos e tinha, muito arraigado, o hábito de seduzir moças e, logo depois, abandoná-las. Por isso não gostou nada da ideia de casamento, mas não se atreveu a desobedecer ao pai. Começou a cortejar a filha de um fazendeiro, cuja família morava no mesmo lugar há seis gerações. Apesar da má fama do pretendente, ela o aceitou, porque, sendo muito pouco bonita, receava ficar solteira. Então, iniciaram ambos um desses monótonos noivados de província. Envergando o desconfortável terno de linho branco de botões lustrosos, Amadeo a visitava todos os dias, sob o olhar atento da futura sogra ou de alguma tia, e, enquanto a jovem lhe servia café e bolos de goiaba, olhava o relógio, calculando o momento oportuno de se despedir.

Poucas semanas antes do casamento, Amadeo Peralta teve de fazer uma viagem de negócios pela província. Assim, chegou a Água Santa, um desses lugares onde ninguém fica, e cujo nome os viajantes raramente recordam. Passava por uma rua estreita, à hora da sesta, amaldiçoando o calor e aquele cheiro de doce de manga que tornavam o ar pesado, quando ouviu um som cristalino de água correndo por entre pedras, vindo de uma casa modesta, com a pintura descascada pelo sol e pela chuva, como quase todas por ali. Pela janela de treliça, conseguiu ver um saguão de ladrilhos escuros e paredes caiadas, ao fundo um pátio e, mais à frente, a figura surpreendente de uma jovem sentada no chão, de pernas cruzadas, com um saltério de madeira vermelha sobre os joelhos. Observou-a durante um bom tempo.

— Vem, menina — chamou-a finalmente. Ela ergueu o rosto e, apesar da distância, ele distinguiu os olhos assustados e um incerto sorriso num rosto ainda infantil. — Vem comigo — ordenou, implorou Amadeo com voz seca.

Ela hesitou. As últimas notas ficaram suspensas no ar do pátio, como uma pergunta. Peralta chamou-a de novo, ela se pôs de pé e aproximou-se, ele enfiou o braço por entre as frestas da janela, correu o ferrolho, abriu a porta, segurou-lhe a mão, enquanto lhe recitava todo seu repertório de galã, jurando que a tinha visto em sonhos, que a procurara toda a vida, que não podia deixá-la ir, que era a mulher destinada a ele, e tudo isso poderia ter omitido, porque a moça era simples de espírito e não compreendeu o sentido de suas palavras, embora talvez o tom da voz a tivesse seduzido. Hortênsia acabara de fazer quinze anos, tinha o corpo pronto para o primeiro abraço, embora não soubesse nem pudesse dar nome a essas inquietações e tremores. Para ele foi tão fácil levá-la até o carro e conduzi-la a um descampado, que já a tinha esquecido por completo uma hora depois. Nem pôde lembrar-se dela quando lhe apareceu em casa, a cento e quarenta quilômetros de distância, uma semana depois, vestindo uma jardineira de algodão amarelo, alpargatas de lona e seu saltério debaixo do braço, incendiada pela febre do amor.

Quarenta e sete anos mais tarde, quando Hortênsia foi tirada do fosso em que permanecera sepultada, e os jornalistas viajaram de todas as partes do país para fotografá-la, nem ela própria sabia seu nome nem como chegara até ali.

— Por que a manteve trancada, como um animal selvagem? — perguntaram os repórteres a Amadeo Peralta.

— Porque me deu vontade — respondeu calmamente. A essa altura já tinha oitenta anos e estava tão lúcido como sempre, mas não compreendia aquele alvoroço tardio por algo ocorrido há tanto tempo.

Não estava disposto a dar explicações. Era homem de palavra autoritária, patriarca e bisavô; ninguém se atrevia a olhá-lo nos olhos, e até os padres o saudavam de cabeça inclinada. Na sua longa vida aumentou a fortuna herdada do pai, apoderou-se de todas as terras desde as ruínas do forte espanhol até os limites do Estado, lançando-se depois em carreira política que o tornou o cacique mais poderoso da região. Casou-se com a filha feia do fazendeiro, dela teve nove descendentes legítimos e, com outras mulheres, engendrou um número impreciso de bastardos, sem guardar recordações de nenhuma, porque tinha o coração definitivamente mutilado para o amor. A única que não pôde esquecer totalmente foi Hortênsia, porque ficou gravada na consciência como persistente pesadelo. Depois do rápido encontro com ela em meio ao mato de um terreno baldio, regressou à casa, ao trabalho e à austera noiva de família respeitável. Foi Hortênsia quem o procurou até encontrá-lo, foi ela quem se lhe atravessou na frente e se lhe agarrou à camisa com aterradora submissão de escrava. Grande encrenca, pensou, então; eu quase me casando com pompas e festança e aparece-me agora esta garota desengonçada. Quis desembaraçar-se dela, mas, ao vê-la com o vestido amarelo e os olhos suplicantes, pareceu-lhe desperdício não aproveitar a oportunidade; por isso decidiu escondê-la enquanto não lhe ocorria outra solução.

E assim, quase por descuido, Hortênsia foi parar no porão do antigo engenho de açúcar dos Peralta, onde permaneceu enterrada toda a vida. Era um recinto amplo, úmido, escuro, asfixiante no verão e frio em algumas noites da época seca, mobiliado com meia dúzia de trastes e um tapete. Amadeo Peralta não se deu o trabalho de acomodá-la melhor, embora algumas vezes tivesse acarinhado a fantasia de fazer da moça uma concubina de contos orientais, envolta em tules leves e rodeada de plumas de pavão real, cortinas de brocado, candeeiros de vidros pintados, móveis dourados de pernas retorcidas e tapetes peludos sobre os quais ele pudesse caminhar descalço. Talvez o tivesse feito se ela lhe houvesse recordado suas promessas, mas Hortênsia era como um pássaro noturno, um desses guácharos* cegos que habitam o fundo dos buracos, só necessitando de um pouco de alimento e água. O vestido amarelo apodreceu-lhe no corpo, e acabou nua.

— Ele gosta de mim, sempre gostou — disse quando os vizinhos a resgataram. Em tantos anos de reclusão tinha perdido o uso das palavras, a voz saía-lhe aos solavancos, como um ronco de moribundo.

Nas primeiras semanas, Amadeo passou muito tempo no porão com ela, saciando um apetite que julgou inesgotável. Temendo que a descobrissem e receoso até dos próprios olhos, não a quis expor à luz natural, deixando entrar apenas um tênue raio através da clarabóia de ventilação. No escuro possuíram-se na maior desordem dos sentidos, com a pele ardente e o coração qual caranguejo esfomeado. Ali os cheiros e os sabores adquiriam qualidade extrema. Ao se tocarem na escuridão, conseguiam penetrar a essência um do outro e mergulhar nas intenções mais secretas. Naquele lugar, suas vozes soavam com eco, as paredes devolviam-lhes, ampliados, os murmúrios e os beijos. O porão tornou-se um frasco fechado onde rebolavam como gêmeos travessos nadando em águas amnióticas, duas crianças arrogantes e atordoadas. Durante algum tempo perderam-se em absoluta intimidade que confundiram com o amor.

Quando Hortênsia dormia, o amante saía a fim de buscar qualquer coisa para comer e, antes que ela despertasse, regressava para abraçá-la de novo com desejo renovado. Deviam ter-se amado assim até morrer, derrotados pelo desejo, deviam ter-se devorado um ao outro ou arder em dupla tocha; mas nada disso aconteceu. Ao contrário, ocorreu o mais previsível e vulgar, o menos grandioso. Em menos de um mês, Amadeo Peralta cansou-se das brincadeiras que já começavam a repetir-se, sentiu a umidade

---

* Pássaro dentirrostro noturno de plumagem avermelhada com manchas esverdeadas. (N. T.)

CONTOS DE EVA LUNA

atacar suas articulações e começou a pensar em tudo que estava do outro lado daquele antro. Era hora de voltar ao mundo dos vivos e retomar as rédeas de seu destino.

— Espere-me aqui, menina. Vou sair por aí, tornar-me rico. Vou trazer presentes, vestidos e joias de rainha — disse-lhe ao despedir-se.

— Quero filhos — disse Hortênsia.

— Filhos não, mas terás bonecas.

Nos meses seguintes Peralta esqueceu-se dos vestidos, das joias e das bonecas. Visitava Hortênsia sempre que combinavam, nem sempre para fazer amor, às vezes só para ouvi-la tocar alguma melodia antiga no saltério; gostava de vê-la inclinada sobre o instrumento, dedilhando as cordas. As vezes tinha tanta pressa, que nem conseguia trocar uma só palavra com ela, enchia-lhe os cântaros de água, deixava-lhe um saco de provisões e partia. Quando se esqueceu de fazê-lo por nove dias e a encontrou moribunda, compreendeu a necessidade de arranjar alguém que o ajudasse a cuidar da prisioneira, porque a família, as viagens, os negócios e os compromissos sociais mantinham-no muito ocupado. Uma indígena silenciosa serviu-lhe para esse fim. Guardava a chave do cadeado, entrava regularmente para limpar o calabouço e raspar os fungos que cresciam em todo o corpo de Hortênsia, como flora delicada e pálida, quase sempre invisível a olho nu, cheirando a terra revolvida e a coisa abandonada.

— Não teve pena dessa pobre mulher? — perguntaram à indígena quando a levaram também presa, acusada de cumplicidade no sequestro, mas ela não respondeu; limitou-se a olhar de frente, com olhos impávidos, e a dar uma cuspidela negra de tabaco.

Não, não tivera pena porque acreditara que a outra tinha vocação de escrava e que, por isso mesmo, era feliz em sê-lo, que era idiota de nascença e, como tantos da sua condição, melhor estaria fechada do que exposta aos enganos e perigos da rua. Hortênsia não contribuíra para mudar a opinião da carcereira, nunca manifestou qualquer curiosidade pelo mundo, não quis sair para respirar ar limpo nem de nada se queixava. Nem parecia aborrecida, sua mente detida em algum momento da infância, e a solidão acabou por perturbá-la de todo. Na realidade foi-se tornando uma pessoa subterrânea. Naquele túmulo aguçaram-se-lhe os sentidos, aprendeu a ver o invisível, foi rodeada por espíritos alucinantes que a levavam pela mão para outros universos. Enquanto seu corpo permanecia encolhido num canto, ela viajava pelo espaço sideral, como partícula mensageira, vivendo em território obscuro, muito além da razão. Se tivesse tido um espelho para se ver, teria sentido medo da própria aparência, mas, como não se podia ver, não percebeu seu desfazer-se nem as escamas que lhe saíram da pele, os bichos-da-seda que fizeram ninho no seu longo cabelo feito estopa, as nuvens de chumbo que lhe cobriram os olhos já mortos de tanto espreitar a penumbra. Não sentiu como lhe cresciam as orelhas para captar os ruídos externos, mesmo os mais tênues e longínquos, como o riso das crianças no recreio da escola, a sineta do vendedor de sorvetes, os pássaros voando, o murmúrio do rio. Nem se deu conta de que suas pernas, antes bonitas e firmes, se tinham entortado pela necessidade de estar quieta e de se arrastar, nem de que as unhas dos pés lhe cresceram como cascos de animal ou de que os ossos se lhe tinham transformado em tubos de vidro, e o ventre mirrara, e lhe crescera uma corcova. Só as mãos mantiveram a forma e o tamanho, ocupadas sempre no exercício do saltério, embora os dedos já não recordassem as melodias aprendidas e, pelo contrário, arrancassem do instrumento o pranto que não lhe saía do peito. De longe, Hortênsia parecia um macaco de feira; de perto, inspirava infinita lástima. Não tinha consciência alguma dessas transformações malignas; na sua memória guardava intacta a imagem de si própria; continuava a ser a mesma jovem que se viu refletida pela última vez no vidro da janela do automóvel de Amadeo Peralta, no dia em que ele a conduziu à sua guarida. Julgava-se tão bonita como sempre e continuou agindo como se o fosse. Desse modo, a recordação de sua beleza ficou encolhida no seu interior, e quem quer que se aproximasse o suficiente podia vislumbrá-la sob o aspecto externo de anão pré-histórico.

Entretanto, Amadeo Peralta, rico e temido, estendia por toda a região a sede do seu poder. Aos domingos sentava-se à cabeceira de uma grande mesa, com os filhos e netos varões, os seus sequazes e cúmplices e alguns convidados especiais, políticos e chefes militares a quem tratava com cordialidade ruidosa, mas não isenta da altivez necessária para lembrarem bem quem era o senhor. Às suas costas falava-se de suas vítimas, de quantas deixara na ruína ou fizera desaparecer, dos subornos às autoridades, de que metade de sua fortuna provinha do contrabando; mas ninguém estava disposto a procurar provas. Diziam também que Peralta mantinha uma mulher prisioneira num porão. Essa parte da sua fama negra repetia-se com maior certeza do que a dos negócios ilícitos. Na verdade, muitos a conheciam, e, com o tempo, isso se transformou em murmúrio.

Numa tarde de muito calor, três crianças fugiram da escola para tomar banho no rio. Passaram quase duas horas chapinhando no lodo da margem e depois foram caminhar perto do antigo engenho de açúcar dos Peralta, fechado há duas gerações, quando a cana deixou de ser rentável. O lugar tinha fama de assombrado, diziam que se ouviam ruídos de demônios, e muitos tinham visto por ali uma bruxa desgrenhada invocando as almas dos escravos mortos. Estimulados pela aventura, os garotos enfiaram-se pela propriedade e se aproximaram do prédio da fábrica. Atreveram-se a entrar pelas ruínas, percorreram as amplas divisões de grandes paredes de adobe e vigas roídas pelos cupins, saltaram por cima da erva que crescia no chão, dos montes de lixo e merda de cão, das telhas apodrecidas e dos ninhos de cobras. Encorajando-se à força de palavrões, empurrando-se, chegaram até a sala de moagem, enorme divisão a céu aberto, com restos de máquinas despedaçadas, onde a chuva e o sol tinham criado um incrível jardim e onde julgaram perceber penetrante rasto de açúcar e suor. Quando começavam a perder o medo, ouviram com toda a clareza um canto monstruoso. Tremendo, quiseram voltar, mas a atração do horror pôde mais do que o medo, e ficaram abaixados, escutando até a última nota. Pouco a pouco conseguiram vencer a imobilidade, sacudiram o espanto e começaram a procura daqueles estranhos sons tão diferentes de qualquer música conhecida. Encontraram um pequeno alçapão rente ao chão, fechado com cadeado que não puderam abrir. Limparam a tábua que fechava a entrada, e o cheiro indescritível de fera enjaulada bateu-lhes no rosto. Chamaram, mas ninguém respondeu; só ouviram, do outro lado, surda respiração ofegante. Correram para avisar, aos gritos, que tinham descoberto a porta do inferno.

O barulho das crianças não pôde ser calado, e foi assim que os vizinhos comprovaram finalmente aquilo de que suspeitavam há décadas. Primeiro chegaram as mães atrás dos filhos, espreitando pelas ranhuras do alçapão, e ouviram também as notas terríveis do saltério, muito diferentes da melodia banal que atraíra Amadeo Peralta, ao parar numa ruela de Água Santa para enxugar o suor da testa. Depois delas veio um tropel de curiosos, e, por último, quando já se tinha juntado uma multidão, apareceram os policiais e os bombeiros, que arrancaram a porta a machadadas e entraram no buraco com suas lanternas e equipamento de incêndio. No porão encontraram um ser nu, com a pele flácida caindo em pregas pálidas, que arrastava madeixas cinzentas pelo chão e que gemia, aterrorizada pelo ruído e pela luz. Era Hortênsia, brilhando com a fosforescência de madrepérola sob as lanternas implacáveis dos bombeiros, quase cega, com os dentes gastos e as pernas tão fracas, que quase não se podia manter em pé. O único sinal de sua origem humana era um velho saltério, apertado contra o peito.

A notícia produziu indignação em todo o país. Nas telas de televisão e nos jornais apareceu a mulher tirada do buraco onde passou a vida, mal coberta por uma manta que alguém lhe pôs nos ombros. A indiferença que, durante quase meio século, rodeou a prisioneira transformou-se, em poucas horas, em paixão para vingá-la e socorrê-la. Os vizinhos improvisaram piquetes para linchar Amadeo Peralta, atacaram sua casa, puxaram-no à força e, se a polícia não chega a tempo para salvá-lo, tinham-no despedaçado na praça. Para calar a culpa de tê-la ignorado durante tanto tempo, todo mundo quis ocupar-se de Hortênsia. Arrecadou-se dinheiro para lhe dar uma pensão, juntaram-se toneladas de roupas e medicamentos de que ela não necessitava, e várias organizações de beneficência trataram de lhe raspar a imundície, cortar-lhe o cabelo e vesti-la dos pés à cabeça, até fazer dela uma anciã comum. As freiras emprestaram-lhe uma cama no asilo de indigentes e durante meses mantiveram-na amarrada a fim de que não fugisse novamente para o porão, até que por fim se acostumou à luz do dia e se resignou a viver com outros seres humanos.

Aproveitando o furor público atiçado pela imprensa, os numerosos inimigos de Amadeo Peralta finalmente reuniram forças para persegui-lo.

As autoridades, que durante anos ampararam seus abusos, caíram-lhe em cima com o garrote da lei. A notícia ocupou a atenção de todos durante o tempo suficiente para levar o velho caudilho à prisão, mas logo se foi esfumaçando até desaparecer de todo. Repudiado por familiares e amigos, convertido em símbolo de tudo o que havia de abominável e abjeto, hostilizado por guardas e companheiros de infortúnio, esteve na prisão até que a morte o encontrou. Permanecia na cela, de onde podia ouvir os ruídos da rua, sem nunca sair ao pátio com os outros presos.

Todos os dias, às dez da manhã, Hortênsia caminhava com seu passo vacilante até a penitenciária e entregava ao segurança da porta uma marmita quente para o preso.

— Ele quase nunca me deixou com fome — dizia ao porteiro em tom de desculpa. Depois sentava-se na rua para tocar o saltério, arrancando-lhe gemidos de agonia impossíveis de suportar. Na esperança de distraí-la e fazê-la calar, alguns transeuntes davam-lhe moedas.

Encolhido no outro lado do muro, Amadeo Peralta escutava esse som que, parecendo vir do fundo da terra, lhe atravessava os nervos. Essa censura diária devia significar qualquer coisa, mas não podia recordar. As vezes sentia certos raios de culpa, mas logo em seguida a memória falhava, e as imagens do passado desapareciam em densa névoa. Não sabia por que razão estava naquela tumba, e, pouco a pouco, esqueceu também o mundo da luz, abandonando-se à desdita.

PRESENTE PARA UMA NOIVA

Horacio Fortunato tinha chegado aos quarenta e seis anos quando entrou em sua vida a judia esquálida que quase lhe mudou os hábitos de impostor e lhe acabou com a fanfarronice. Descendente de gente de circo, era desses que nascem com ossos de borracha e habilidade natural para dar saltos mortais e que, na idade em que outras pessoas se arrastam como bichos, se penduram no trapézio de cabeça para baixo e limpam os dentes do leão. Antes de seu pai torná-lo uma empresa séria, em vez da palhaçada que tinha sido até então, o Circo Fortunato passou por mais dificuldades do que glórias. Em algumas épocas de catástrofes ou desordem, a companhia reduzia-se a dois ou três membros do clã vagueando pelos caminhos numa carroça desconjuntada e uma barraca esburacada que montavam em aldeias miseráveis. O avô de Horacio aguentou sozinho o peso de todo o espetáculo durante anos; andava na corda bamba, fazia malabarismos com tochas ardentes, engolia sabres toledanos, tirava de um chapéu alto tanto laranjas como serpentes e dançava um gracioso minueto com sua única companheira, uma macaca vestida com saia rodada e chapéu de plumas. Mas o avô conseguiu vencer o infortúnio e, enquanto muitos outros circos sucumbiram, vencidos por outras diversões modernas, ele salvou o seu e, no fim da vida, pôde retirar-se para o sul do continente a fim de cultivar uma horta de aspargos e morangos, deixando uma empresa sem dívidas ao filho, Fortunato II. A esse homem faltava a humildade do pai; não tinha inclinação para equilibrar-se na corda ou para piruetas com um chimpanzé, mas, em contrapartida, era dotado de firme prudência de comerciante. Sob sua direção, o circo cresceu em tamanho e prestígio, até se transformar no maior do país. Três barracas monumentais pintadas com listras substituíram a modesta tenda de outros tempos, jaulas diversas guardavam um jardim zoológico ambulante de feras amestradas, e outros carros de fantasia transportavam os artistas, incluindo o único anão hermafrodita e ventríloquo da história. Uma réplica exata da caravela de Cristóvão Colombo transportada sobre rodas completava o Grande Circo Internacional Fortunato. Essa enorme caravana já não navegava à deriva, como antes o fizera o avô, mas ia em linha reta pelas estradas principais, desde o Rio Grande até o Estreito de Magalhães, parando só nas grandes cidades, onde entrava com tal estardalhaço de tambores, elefantes e palhaços, com a caravela à frente, como uma prodigiosa recordação da conquista, que todo mundo ficava sabendo que o circo havia chegado.

Fortunato II casou com uma trapezista e dela teve um filho, a quem chamaram Horacio. A mulher ficou pelo caminho, decidida a tornar-se independente do marido e manter-se com sua profissão incerta, deixando o menino com o pai. Dela restou uma vaga recordação na cabeça do filho, que não conseguia separar a imagem da mãe das inúmeras acrobatas que conheceu na vida. Quando ele tinha dez anos, o pai casou com outra artista de circo, dessa vez uma amazona, capaz de se equilibrar de cabeça sobre um animal a galope ou de saltar de uma garupa para outra com os olhos vendados. Era muito bonita. Por mais água, sabão e perfumes que usasse, não podia deixar de cheirar a cavalo, um aroma seco de suor e esforço. No seu magnífico regaço o pequeno Horacio, envolvido nesse cheiro único, encontrava consolo para a ausência da mãe. Mas, com o tempo, a amazona também partiu sem se despedir. Na idade madura, Fortunato II casou em terceiras núpcias com uma suíça que viajava pela América num ônibus de turistas. Estava cansado de sua existência de beduíno e sentia-se velho para novos sobressaltos, de modo que, quando ela lhe pediu, não teve nem o menor inconveniente em trocar o circo por um destino sedentário. Acabou instalado numa casa nos Alpes, entre colinas e bosques bucólicos. Seu filho Horacio, que já tinha vinte e tantos anos, assumiu o comando da empresa.

Horacio crescera na incerteza de mudar de lugar todos os dias, dormir sempre sobre rodas e viver sob uma barraca, mas sentia-se contente com

CONTOS DE EVA LUNA

sua sorte. Não invejava de maneira alguma as outras crianças que iam de uniforme cinzento para a escola e tinham seus destinos traçados já antes de nascer. Ao contrário, sentia-se poderoso e livre. Conhecia todos os segredos do circo, e, com a mesma atitude de desenfado, limpava os excrementos das feras ou balançava-se a cinquenta metros de altura vestido de hussardo, seduzindo o público com seu sorriso de delfim. Se em determinada altura desejou alguma estabilidade, não o admitiu, nem dormindo. A experiência de ter sido abandonado, primeiro pela mãe e logo depois pela madrasta, fê-lo desconfiar das mulheres, mas não chegou a tornar-se cínico, porque herdara do avô um coração sentimental. Tinha enorme talento circense, porém, mais do que a arte, o que lhe interessava era o lado comercial do negócio. Desde pequeno quis ser rico, com ingênua intenção de conseguir com dinheiro a segurança que não obtivera na família. Multiplicou os tentáculos da empresa comprando uma cadeia de estádios de boxe em várias capitais. Do boxe passou naturalmente à luta livre e, como era homem de imaginação brincalhona, transformou esse desporto grosseiro em espetáculo dramático. Foram iniciativas suas a Múmia, que se apresentava no ringue dentro de um sarcófago egípcio; Tarzan, cobrindo as vergonhas com uma pele de tigre tão pequena, que, a cada salto do lutador, o público retinha a respiração à espera de alguma revelação; o Anjo, que apostava a cabeleira de ouro e todas as noites a perdia sob as tesouras do feroz Kuramoto — um indígena mapuche disfarçado de samurai —, para reaparecer no dia seguinte com os caracóis intactos, prova irrefutável de sua condição divina. Essas e outras aventuras comerciais, assim como as suas aparições públicas com um par de guarda-costas, cujo papel consistia em intimidar seus competidores e aguçar a curiosidade das mulheres, deram-lhe o prestígio de homem mau, que ele celebrava com grande regozijo. Levava boa vida, viajava mundo afora, assinando contratos e procurando monstros, aparecia em clubes e cassinos, tinha um palácio de cristal na Califórnia e um rancho em Yucatán, mas vivia a maior parte do ano em hotéis de luxo. Desfrutava da companhia de louras de programa. Escolhia-as suaves e de seios generosos, como homenagem à recordação da madrasta, mas não se afligia muito com os assuntos amorosos, e, quando o avô lhe pedia que se casasse e desse filhos ao mundo para que o sobrenome dos Fortunato não desaparecesse sem herdeiro, ele respondia que nunca — nem demente — subiria ao patíbulo matrimonial. Era um moreno forte, com cabeleira puxada para trás, olhos travessos e voz autoritária, que acentuava a sua alegre vulgaridade. Preocupava-se com a elegância e comprava roupa de duque, mas seus ternos eram um tanto espalhafatosos; as gravatas, audazes, o rubi do anel, ostensivo demais, e seu perfume, muito penetrante. Tinha coração de domador de leões, o que nenhum alfaiate inglês conseguia disfarçar.

Esse homem, que passara boa parte de sua existência perturbando o ambiente com o seu esbanjamento, cruzou numa terça-feira de março com Patrícia Zimmerman, acabando-se-lhe, assim, a inconsequência do espírito e a clareza do pensamento. Estava no único restaurante daquela cidade onde, ainda hoje, não deixam os negros entrarem, com quatro cupinchas e uma diva que pensava levar às Bahamas por uma semana, quando Patrícia entrou no salão de braços com o marido, vestida de seda e adornada com alguns daqueles diamantes que tornaram célebre a firma Zimmerman & Cia. Nada mais diferente de sua inesquecível madrasta, cheirando a suor de cavalos, ou de suas aprazíveis louras, do que aquela mulher. Viu-a avançar, pequena, fina, as saboneteiras à vista e o cabelo castanho preso em severo coque, e sentiu os joelhos pesados e insuportável ardor no peito. Preferia as fêmeas simples e bem dispostas para a farra, e aquela mulher tinha de olhar de perto para lhe avaliar as virtudes, que, ainda assim, só seriam visíveis para olho treinado em apreciar sutilezas, o que não era o caso de Horacio Fortunato. Se a vidente de seu circo tivesse, consultando a bola de cristal, lhe profetizado que se iria enamorar à primeira vista de uma aristocrata quarentona e altiva, teria rido de bom grado, mas foi exatamente isso o que ocorreu ao vê-la avançar em sua direção, como a sombra de alguma antiga imperatriz viúva, em seu vestido escuro e com as luzes de todos aqueles diamantes brilhando no pescoço. Patrícia passou a seu lado e, durante um momento, parou em frente àquele gigante com o guardanapo preso ao colete e um bocado de molho no canto da boca. Horacio Fortunato conseguiu sentir-lhe o perfume e apreciar-lhe o perfil aquilino, esquecendo-se completamente da diva, dos guarda-costas, dos negócios, de todos os propósitos de sua vida, e decidiu, com toda a seriedade, arrebatar aquela mulher ao joalheiro para amá-la da melhor maneira possível. Pôs a cadeira de lado e, desprezando seus convidados, começou a medir a distância que o separava dela, enquanto Patrícia Zimmerman se perguntava se aquele desconhecido não estaria examinando suas joias com algum desígnio desleal.

Naquela mesma noite chegou à residência dos Zimmerman descomunal ramo de orquídeas. Patrícia olhou o cartão, um retângulo de cor sépia com um nome de romance escrito em arabescos dourados. De péssimo gosto, disse para si mesma, adivinhando tratar-se do tipo com brilhantina no cabelo do restaurante, e ordenou que jogassem o presente na rua, esperando que o remetente andasse rondando a casa e desse pelo paradeiro das flores. No dia seguinte, levaram uma caixa de vidro com uma só rosa, perfeita, sem cartão. O mordomo também colocou-a no lixo. Ao longo da semana mandaram ramos diversos: uma cesta com flores silvestres num leito de alfazema, uma pirâmide de cravos brancos numa jarra de prata, uma dezena de tulipas negras importadas da Holanda e outras variedades impossíveis de encontrar naquela terra quente. Todos tiveram o mesmo destino do primeiro, mas isso não desanimou o galã, cuja corte se tornara tão insuportável, que Patrícia Zimmerman não se atrevia a atender ao telefone com medo de lhe ouvir a voz sussurrando indecências, como lhe aconteceu naquela mesma terça-feira às duas da madrugada. Devolvia-lhe as cartas fechadas. Deixou de sair porque encontrava Fortunato em lugares inesperados: observando-a do camarote vizinho, na ópera; na rua, disposto a abrir-lhe a porta do carro antes que seu motorista esboçasse o gesto de fazê-lo, materializando-se como uma ilusão, num elevador ou numa escadaria. Estava prisioneira em casa, assustada. Há de passar, há de passar, repetia-se, mas Fortunato não se dissipou como um pesadelo. Continuava ali, do outro lado das paredes, resfolegando.

A mulher pensou em chamar a polícia ou recorrer ao marido, mas o horror ao escândalo a impediu. Certa manhã estava à espera do correio quando o mordomo lhe anunciou a visita do presidente da empresa Fortunato & Filhos.

— Em minha própria casa, como se atreve? — murmurou Patrícia com o coração aos saltos, teve que lançar mão da disciplina implacável adquirida em tantos anos de atuação em salões para disfarçar o tremor das mãos e da voz. Por um momento experimentou a tentação de enfrentar aquele demente de uma vez para sempre, mas compreendeu que lhe faltariam forças, sentia-se derrotada antes de vê-lo.

— Diga-lhe que não estou. Mostre-lhe a porta e avise aos empregados que esse cavalheiro não é bem-vindo a esta casa — ordenou.

No dia seguinte, não tendo flores exóticas no café da manhã, Patrícia pensou, com um suspiro de alívio ou de despeito, que o homem compreendera, finalmente, sua mensagem. Naquela manhã, sentindo-se livre pela primeira vez na semana, foi jogar tênis e depois ao salão de beleza. Regressou às duas da tarde com novo corte de cabelo e forte dor de cabeça. Ao entrar, viu sobre a mesa do vestíbulo um estojo de veludo roxo, com a marca Zimmerman impressa em letras douradas. Abriu-o um pouco distraída, imaginando que o marido o deixara ali, e encontrou um colar de esmeraldas acompanhado de um daqueles rebuscados cartões cor de sépia que havia aprendido a conhecer e a detestar. A dor de cabeça transformou--se em pânico. Aquele aventureiro parecia disposto a arruinar-lhe a existência; não só comprava com seu marido uma joia impossível de disfarçar, mas, além disso, enviava-a com toda a desfaçatez à sua própria casa. Dessa vez não era possível jogar o presente no lixo, como os ramos de flores recebidos até então. Com o estojo apertado contra o peito, fechou-se em seu escritório. Meia hora depois, chamou o motorista e mandou-o entregar um embrulho no endereço para onde tinha devolvido várias cartas. Ao se separar da joia não sentiu alívio algum; pelo contrário, tinha a impressão de se afundar num pântano.

Mas a essa altura também Horacio Fortunato caminhava por um lodaçal, sem avançar sequer um passo, dando voltas ao acaso. Nunca tinha precisado de tanto tempo e dinheiro para cortejar uma mulher, embora também fosse certo, admitia ele, que até então todas tinham sido diferentes daquela. Sentia-se ridículo pela primeira vez em sua vida de saltimbanco; não poderia continuar assim por muito tempo; sua saúde de touro começava a ressentir-se, dormia aos sobressaltos, o ar acabava-lhe no peito, o coração quase parava, sentia ardor no estômago e zumbidos nas têmporas. Seus negócios também sofriam o impacto de seu mal de amor, tomava decisões precipitadas e perdia dinheiro. Porra, já não sei quem sou, nem onde estou, maldita seja ela, resmungava, suando, mas nem por um momento considerou a possibilidade de abandonar a caçada.

Com o estojo roxo novamente nas mãos, caído no sofá do hotel onde se hospedava, Fortunato lembrou-se do avô. Raramente pensava no pai, mas amiúde vinha à sua memória esse avô formidável que, aos noventa e tantos anos, ainda cultivava hortaliças. Pegou o telefone e pediu uma chamada interurbana.

O velho Fortunato estava quase surdo e nem podia assimilar o mecanismo daquele aparelho demoníaco que lhe trazia vozes do outro extremo do planeta, mas a idade avançada não lhe tinha roubado a lucidez. Escutou o melhor que pôde o triste relato do neto, sem interrompê-lo, até o fim.

— Então essa raposa dá-se o luxo de gozar com o meu rapaz, hem?

— Nem sequer me olha, avô. É rica, bela, nobre, tem tudo.

— É isso... e também tem marido.

— Também, mas isso tanto faz. Se pelo menos me deixasse falar-lhe!

— Falar-lhe? Para quê? Não há nada que dizer a uma mulher como essa, filho.

— Ofereci-lhe um colar de rainha, e ela o devolveu sem uma única palavra.

— Dá-lhe qualquer coisa que ela não tenha.

— O quê, por exemplo?

— Um bom motivo para rir; isso nunca falha com as mulheres. — E o avô adormeceu com o fone na mão, sonhando com as donzelas que o tinham amado quando fazia acrobacias mortais no trapézio e dançava com sua macaca.

No dia seguinte, o joalheiro Zimmerman recebeu na oficina uma linda jovem, manicure de profissão, segundo explicou, que vinha oferecer-lhe pela metade do preço o mesmo colar de esmeraldas que ele vendera quarenta e oito horas antes. O joalheiro recordava-se muito bem do comprador, era impossível esquecê-lo, um bronco presunçoso.

— Preciso de uma joia capaz de fazer caírem as defesas de uma senhora arrogante — tinha ele dito.

Zimmerman olhou-o por um segundo e achou que deveria ser um daqueles novos-ricos do petróleo ou da cocaína. Não tinha humor para vulgaridades, estava habituado a outra classe de gente. Raramente atendia ele mesmo aos clientes, mas aquele homem tinha insistido em falar com ele e parecia disposto a gastar sem hesitações.

— O que me recomenda o senhor? — perguntara ao ver a bandeja onde brilhavam suas mais valiosas obras de arte.

— Depende da senhora. Os rubis e as pérolas brilham bem sobre peles morenas, as esmeraldas sobre peles mais claras, os diamantes são sempre perfeitos.

— Ela tem muitos diamantes. O marido oferece-os como se fossem caramelos.

Zimmerman pigarreou. Repugnava-lhe aquele tipo de confidências. O homem pegou o colar, levantou-o até a luz sem nenhum respeito, agitou-o como a uma cascavel, e o ar encheu-se de tilintados e luzes verdes, enquanto a úlcera do joalheiro dava uma fisgada.

— Acha que as esmeraldas dão sorte?

— Suponho que todas as pedras preciosas cumpram esse requisito, senhor, mas não sou supersticioso.

— É uma mulher muito especial. Não posso enganar-me no presente, compreende?

— Perfeitamente.

Mas, pelo visto, foi o que aconteceu, disse Zimmerman para si, sem poder evitar um sorriso sarcástico, quando a mulher levou o colar de volta. Não, nada havia de mau na joia, era ela quem estava mal. Tinha imaginado uma mulher mais requintada, de maneira nenhuma uma manicure com aquela carteira de plástico e aquela blusa barata, mas a jovem o intrigava; havia nela qualquer coisa de vulnerável e patético, pobrezinha, não vai ter bom fim nas mãos daquele bandoleiro, pensou ele.

— É melhor contar-me tudo, minha filha — disse Zimmerman por fim.

A jovem narrou a história que havia decorado e, uma hora depois, saiu do escritório com passo ligeiro. Tal como Horacio Fortunato planejara

CONTOS DE EVA LUNA

desde o começo, o joalheiro não só comprara o colar como, além disso, a convidara para jantar. Foi-lhe fácil constatar que Zimmerman era um daqueles homens astutos e desconfiados para os negócios, mas ingênuos para todo o resto, e que seria fácil mantê-lo distraído pelo tempo de que necessitasse e estivesse disposto a pagar.

Foi uma noite memorável para Zimmerman, que, contando apenas com um jantar, começou a viver inesperada paixão. No dia seguinte tornou a ver sua nova namorada e, no fim de semana, gaguejou para Patrícia que ia, por alguns dias, para Nova York, a fim de participar de um leilão de joias russas, salvas do massacre de Ekaterimburgo. Sua mulher não lhe deu atenção.

Sozinha em casa, sem vontade de sair e com certa dor de cabeça que ia e vinha sem descanso, Patrícia decidiu dedicar o sábado a recuperar forças. Sentou-se no terraço para folhear revistas de moda. Não tinha chovido durante toda a semana, o ar estava seco e denso. Leu um bocado até que o sol começou a dar-lhe sono; o corpo pesava-lhe, os olhos fechavam-se, a revista caiu-lhe das mãos. Nisso ouviu um rumor no fundo do jardim e pensou no jardineiro, um tipo fechado, que, em menos de um ano, havia transformado sua propriedade numa selva tropical, arrancando seus canteiros de crisântemos para dar lugar a densa vegetação. Abriu os olhos, olhou distraída contra o sol e notou que qualquer coisa de tamanho imenso se mexia na copa do abacateiro. Tirou os óculos escuros e pôs-se em pé. Não havia dúvida, uma sombra agitava-se lá em cima e não fazia parte da folhagem.

Patrícia Zimmerman deixou a espreguiçadeira e, andando alguns passos, pôde então ver com nitidez um fantasma vestido de azul com uma capa dourada que passou voando a vários metros de altura, deu uma reviravolta no ar e por alguns instantes pareceu parar, no gesto de saudá-la do céu. Ela abafou um grito, certa de que a aparição cairia como uma pedra e se desintegraria ao tocar o chão, mas a capa inflou-se, e aquele coleóptero sorridente estendeu os braços e agarrou-se a uma nespereira vizinha. Logo surgiu outra figura azul, pendurada pelas pernas da copa de outra árvore, balançando pelos pulsos uma menina com uma coroa de flores. O primeiro trapezista fez um sinal, e o segundo lançou-lhe a criança, que deixou cair uma chuva de borboletas de papel antes de ser agarrada pelos tornozelos. Patrícia não conseguiu mover-se enquanto voavam aqueles pássaros silenciosos com capa de ouro.

De repente um alarido encheu o jardim, um grito longo e bárbaro que distraiu Patrícia dos trapezistas. Viu cair uma corda grossa por uma parede lateral da propriedade, por onde desceu Tarzan em pessoa, o mesmo da matinê no cinema e o das histórias da infância, com sua mísera tanga de pele de tigre e um macaco autêntico sentado no braço, abraçando-o pela cintura. O rei da selva aterrissou com elegância, bateu no peito com os punhos e repetiu o bramido visceral, atraindo todos os empregados da casa, que se precipitaram para o terraço. Patrícia, com um gesto, ordenou-lhes que ficassem quietos, enquanto a voz do Tarzan se apagava para dar passagem a um lúgubre grupo de tambores, anunciando uma comitiva de quatro egípcias que avançavam de lado, cabeça e pés torcidos, seguidas por um corcunda com capuz riscado, que arrastava uma pantera negra por uma corrente. Depois apareceram dois monges carregando um sarcófago, mais atrás um anjo de longos cabelos dourados e, fechando o cortejo, um indígena disfarçado de japonês, de quimono, equilibrando-se em tamancos de madeira. Todos ficaram atrás da piscina. Os monges colocaram o caixão sobre a relva, e, enquanto as vestais cantarolavam numa língua morta qualquer e o Anjo e Kuramoto faziam brilhar suas prodigiosas musculaturas, levantou-se a tampa do sarcófago, e um ser de pesadelo saiu do interior. Quando ficou de pé, com todas as ataduras à mostra, evidenciou-se que se tratava de uma múmia em perfeito estado de saúde. Nesse momento Tarzan deu outro grito e, sem que tivesse havido outra provocação, começou a dar saltos em volta das egípcias e a sacudir o símio. A múmia, perdendo sua paciência milenar, levantou um braço e deixou-o cair, qual cassetete, na nuca do selvagem, deixando-o inerte com o rosto enterrado na relva. A macaca subiu em uma árvore, guinchando. Antes que o faraó embalsamado liquidasse Tarzan com um segundo golpe, este se pôs de pé e caiu-lhe em cima, rugindo. Ambos rolaram engalfinhados em posição incrível, até que a pantera se soltou, e todos correram à procura de refúgio entre as plantas, e os empregados da casa voaram, escondendo-se na cozinha. Patrícia estava quase se benzendo quando apareceu por artes mágicas um tipo de fraque e chapéu alto que, com sonora chicotada seca, parou o felino, deixando-o no chão, ronronando como um gato, com as quatro patas para o ar. Isso permitiu ao corcunda apanhar a corrente, enquanto o outro tirava o chapéu, retirando de seu interior uma torta de merengue, que trouxe para o terraço e pôs aos pés da dona da casa.

Ao fundo do jardim apareceu o resto da companhia: os músicos da banda tocando marchas militares, os palhaços às bofetadas uns nos outros, os anões das cortes medievais, a amazona de pé sobre o cavalo, a mulher de barba, os cães de bicicleta, o avestruz vestido de colombina e, por fim, uma fila de pugilistas com seus calções de cetim e luvas de boxe, empurrando uma plataforma com rodas, coroada por um arco de cartão pintado. E aí, sobre esse estrado de imperador de fanfarronice, estava Horacio Fortunato, com a cabeleira penteada com brilhantina, o impecável sorriso de galã, vaidoso sob seu pórtico triunfal, rodeado por seu incrível circo, aclamado pelas trombetas e pratos de sua própria orquestra, o homem mais soberbo, mais apaixonado e mais divertido do mundo. Patricia deu uma gargalhada e foi ao seu encontro.

TOSCA

O pai sentou-a ao piano aos cinco anos, e, aos dez, Maurizia Rugieri dava o primeiro recital no Clube Garibaldi, vestida de organdi cor--de-rosa e botas de verniz, perante público benevolente, composto na sua maioria por membros da colônia italiana. No final da apresentação depositaram vários ramos de flores a seus pés, e o presidente do clube entregou--lhe uma placa comemorativa e uma boneca de porcelana, enfeitada com fitas e rendas.

— Nós a saudamos, Maurizia Rugieri, como um gênio precoce, um novo Mozart. Aguardam-na os grandes palcos do mundo — declamou.

A menina esperou que acabassem os aplausos e, sobre o choro orgulhoso da mãe, fez ouvir sua voz com inesperada altivez.

— Esta é a última vez que toco piano. O que eu quero ser é cantora — anunciou e saiu da sala arrastando a boneca por um pé.

Logo que se recompôs da vergonha, o pai colocou-a em aulas de canto com um mestre severo que, para cada nota desafinada, lhe dava uma palmada nas mãos, o que não conseguiu aplacar o entusiasmo da menina pela ópera. No entanto, no fim da adolescência viu-se que tinha uma voz de pássaro, suficiente apenas para embalar um bebê no berço, de forma que teve de trocar as pretensões de soprano por destino mais banal. Aos dezenove anos casou com Ezio Longo, emigrante de primeira geração no país, arquiteto sem diploma, construtor de profissão, que se havia proposto fundar um império sobre cimento e aço e, aos trinta e cinco anos, já o tinha quase consolidado.

Ezio Longo apaixonou-se por Maurizia Rugieri com a mesma determinação com que semeava na capital seus edifícios. Era de baixa estatura, ossos sólidos, pescoço de animal de tiro e rosto enérgico e meio bruto, lábios grossos e olhos negros. Seu trabalho obrigava-o a vestir-se com roupa rústica e, de tanto estar ao sol, tinha a pele escura e vincada, como se fosse couro curtido. Era de caráter bonachão e generoso, ria com facilidade e gostava de música popular e de comida abundante e sem cerimônias. Sob essa aparência um pouco vulgar havia uma alma refinada e uma delicadeza que não sabia traduzir em gestos ou palavras. Ao contemplar Maurizia por vezes os olhos enchiam-se de lágrimas e o peito de uma ternura oprimida, que ele dissimulava num repente, sufocado pela vergonha. Era-lhe impossível exprimir seus sentimentos e julgava que, cobrindo-a de presentes e suportando com paciência estoica suas extravagantes mudanças de humor e as suas doenças imaginárias, compensaria as falhas de seu repertório de amante. Ela lhe provocava desejo premente, todos os dias renovado com o ardor dos primeiros encontros, abraçava-a exacerbado, tentando destruir o abismo entre os dois, mas toda a sua paixão esbarrava nos gestos afetados de Maurizia, cuja imaginação permanecia inebriada por leituras românticas e discos de Verdi e Puccini. Ezio adormecia, vencido pela fadiga do dia, esmagado por pesadelos de paredes tortas e escadarias em espiral, e despertava ao amanhecer para ficar sentado na cama observando a mulher adormecida com tal atenção, que aprendeu a adivinhar-lhe os sonhos. Teria dado a vida para que ela respondesse aos seus sentimentos com igual intensidade. Construiu-lhe uma casa descomunal, apoiada em colunas, onde a mistura de estilos e a profusão de adornos confundiam o sentido de orientação e onde quatro criados trabalhavam sem descanso só para polir bronzes, dar brilho aos soalhos, limpar os globos de vidro dos lustres e retirar o pó dos móveis de pés dourados e dos falsos tapetes persas, importados da Espanha. A casa tinha um pequeno anfiteatro no jardim, com alto-falantes e luzes de grande palco, no qual Maurizia Rugieri costumava cantar para seus convidados. Ezio não teria admitido nem em transe de morte que era incapaz de apreciar aqueles vacilantes pios de pardal não só para não pôr em evidência as lacunas da sua cultura, mas sobretudo por respeito às inclinações artísticas de sua mulher. Era um homem otimista e seguro de si, mas, quando Maurizia anunciou chorando que estava grá-

CONTOS DE EVA LUNA

vida, assaltou-o incontrolável receio, sentiu que o coração se lhe partira como um melão, que não havia lugar para tanta felicidade neste vale de lágrimas. Pensou que alguma catástrofe fulminante destruiria seu precário paraíso e dispôs-se a defendê-lo contra qualquer interferência.

A catástrofe foi um estudante de medicina em quem Maurizia tropeçou num trem. Nessa ocasião já tinha nascido o menino — uma criança tão viva quanto o pai, que parecia imune a tudo, até a mau-olhado — e a mãe já recuperara a cintura. O estudante, um jovem magro e pálido, com perfil de estátua romana, sentou-se junto de Maurizia no trajeto para o Centro da cidade. Lia a partitura da Tosca, assobiando entre dentes uma ária do último ato. Ela sentiu que todo o sol do meio-dia se lhe eternizava nas faces e um suor de antecipação lhe inundava o espartilho. Sem poder evitar, cantarolou as palavras do infortunado Mário saudando o amanhecer, antes que o pelotão de fuzilamento encerrasse seus dias. Assim, entre duas linhas de partitura começou o romance. O jovem chamava-se Leonardo Gomez e era tão entusiasta do bel canto como Maurizia.

Durante os meses seguintes, o estudante obteve seu diploma de médico e ela viveu, uma por uma, todas as tragédias da ópera e algumas da literatura universal; mataram-na, sucessivamente, Don José, a tuberculose, um túmulo egípcio, uma adaga e veneno, amou cantando em italiano, francês e alemão; foi Aída, Carmem e Lucia de Lamermoor e, em todas as ocasiões, Leonardo Gomez era o objeto da sua paixão imortal. Na vida real, viviam um amor casto, que ela desejava consumar sem se atrever a tomar a iniciativa, e que ele combatia no seu coração, por respeito à condição de casada de Maurizia. Encontravam-se em lugares públicos e algumas vezes enlaçaram as mãos na zona sombria de algum parque, trocaram bilhetes assinados por Tosca e Mário e naturalmente chamaram Scarpia a Ezio Longo, tão agradecido pelo filho, pela formosa mulher e pelos bens outorgados pelo céu e tão ocupado trabalhando para oferecer à família toda a segurança possível, que, se não fosse um vizinho contar-lhe que sua esposa passeava muito de trem, talvez nunca tivesse sabido o que se passava às suas costas.

Ezio Longo estava preparado para enfrentar a contingência de falência nos negócios, doença e até acidente com o filho, como imaginava em seus piores momentos de terror supersticioso, mas nunca pensara que um melífluo estudante pudesse arrebatar-lhe a mulher diante de seu nariz. Quando soube, esteve quase a ponto de soltar uma gargalhada, porque, de todas as desgraças, aquela lhe parecia a mais fácil de resolver; depois desse primeiro impulso, entretanto, uma raiva cega transtornou-lhe o fígado. Seguiu Maurizia até uma discreta confeitaria, onde a surpreendeu bebendo chocolate com o namorado. Não pediu explicações. Agarrou o rival pelo paletó, levantou-o no ar e atirou-o contra a parede em meio ao estardalhaço de louça quebrada e berros da clientela. Depois pegou a mulher pelo braço e levou-a até o carro, um dos últimos Mercedes Benz importados antes que a Segunda Guerra Mundial arruinasse as relações comerciais com a Alemanha. Trancou-a em casa e mandou dois pedreiros de sua empresa tomar conta das portas. Maurizia passou dois dias chorando na cama, sem falar nem comer. Entretanto, Ezio Longo tinha tido tempo para meditar, e a ira transformara-se numa frustração surda que lhe trouxe à memória o abandono da infância, a pobreza da juventude, a solidão da existência e toda aquela fome inesgotável de carinho que o acompanharam até conhecer Maurizia Rugieri e julgar ter conquistado uma deusa. No terceiro dia, não aguentando mais, entrou no quarto da mulher.

— Pelo nosso filho, Maurizia, você tem de tirar da cabeça essa fantasia. Sei que não sou muito romântico, mas, se me ajudar, posso mudar. Não sou homem para aguentar chifres e gosto demais de você para deixá-la ir. Se me der oportunidade, farei você feliz, juro.

Como resposta, ela se virou para a parede e prolongou o jejum por mais dois dias. O marido regressou.

— Gostaria de saber que porra lhe falta neste mundo para ver se posso dá-la — disse-lhe, derrotado.

— Falta-me Leonardo. Sem ele vou morrer.

— Está bem. Pode ir com esse idiota se quiser, mas não voltará a ver nosso filho, nunca mais.

Ela fez as malas, vestiu-se de musselina, pôs um chapéu com véu e chamou um táxi. Antes de partir beijou o menino, soluçando, e sussurrou-lhe ao ouvido que logo viria buscá-lo. Ezio Longo, que em uma semana tinha perdido seis quilos e metade do cabelo, tirou-lhe a criança dos braços.

CONTOS DE EVA LUNA

Maurizia Rugieri chegou à pensão onde morava seu namorado e soube que ele partira há dois dias para trabalhar como médico num acampamento petrolífero, numa dessas províncias quentes, cujo nome evocava indígenas e cobras. Custou-lhe convencer-se de que ele tinha partido sem se despedir, mas atribuiu-o ao peso da pancada recebida na confeitaria, concluindo que Leonardo era um poeta e que a brutalidade do marido deveria tê-lo confundido. Hospedou-se num hotel e, nos dias seguintes, mandou telegramas para todos os pontos imagináveis. Por fim conseguiu localizar Leonardo Gómez para lhe dizer que por ele tinha renunciado ao seu único filho, desafiando o marido, a sociedade e mesmo Deus, e que a sua decisão de segui-lo em seu destino, até que a morte os separasse, era absolutamente irrevogável.

A viagem foi uma longa expedição de trem, caminhão e, em algumas partes, por via fluvial. Maurizia nunca tinha saído sozinha mais do que o raio de uma légua à volta de sua casa, mas nem a grandeza da paisagem, nem as incalculáveis distâncias puderam atemorizá-la. Pelo caminho perdeu um par de malas, e o vestido de musselina ficou transformado num trapo amarelo de pó, mas chegou finalmente à confluência do rio onde Leonardo deveria estar à sua espera. Ao descer do carro viu uma canoa na margem e correu até ela com as pontas do véu voando atrás de si e seu longo cabelo saindo em caracóis do chapéu. Mas em vez de seu Mário encontrou um negro com capacete de explorador e dois indígenas melancólicos de remos na mão. Era tarde para retroceder. Aceitou a explicação de que o doutor Gómez tinha tido uma emergência e subiu para o bote com o resto de sua maltratada bagagem, rezando para que aqueles homens não fossem bandoleiros ou canibais. Não eram, felizmente, e levaram-na sã e salva, por água, por extenso território abrupto e selvagem, até o lugar em que seu apaixonado a aguardava. Eram dois vilarejos, um de grandes dormitórios comuns, onde viviam os trabalhadores, e outro, habitado pelos empregados, que consistia em escritórios da companhia, vinte e cinco casas pré-fabricadas, trazidas por avião dos Estados Unidos, um absurdo campo de golfe e um tanque de água verde que todas as manhãs ficava cheio de enormes sapos, tudo rodeado por cerca metálica com o portão guardado por duas sentinelas. Era um acampamento de homens de passagem, no qual a existência girava em torno daquele lodo escuro que subia do fundo da terra como um infindável vômito de dragão. Naquela solidão não havia mais mulheres além de algumas resignadas companheiras dos trabalhadores; os gringos e os capatazes viajavam até a cidade de três em três meses para visitar as famílias. A chegada da esposa do doutor Gómez, como a chamaram, alterou a rotina por alguns dias, até se acostumarem a vê-la passar com seus véus, sua sombrinha e seus sapatos de baile, como personagem fugida de outro conto.

Maurizia Rugieri não consentiu que a rudeza daqueles homens ou o calor de cada dia a vencessem; propôs-se viver o seu destino com grandeza e quase o conseguiu. Transformou Leonardo Gómez no herói do seu próprio melodrama, adornando-o com virtudes utópicas e exaltando até a demência a qualidade do seu amor, sem se deter para medir a resposta do amante, para saber se ele a acompanhava naquela louca corrida passional. Se Leonardo Gómez dava mostras de ficar muito aquém, ela atribuía ao caráter tímido e à saúde fraca, afetada por aquele clima maldito. Na verdade, ele parecia tão frágil, que ela se curou definitivamente de todos os seus antigos mal-estares para se dedicar a cuidar dele. Acompanhava-o até o primitivo hospital, e aprendeu os ofícios de enfermeira para ajudá-lo. Atender a vítimas de malária ou curar horrendas feridas de acidentes nos poços parecia-lhe melhor do que permanecer fechada em casa, sentada sob o ventilador, lendo pela centésima vez as mesmas revistas antigas e novelas românticas. Entre seringas e ataduras podia imaginar-se como heroína de guerra, uma dessas valentes mulheres dos filmes que às vezes viam no clube do acampamento. Recusou-se com determinação suicida a perceber a crua realidade, empenhada em embelezar cada instante com palavras, já que não podia fazê-lo de outro modo. Falava sobre Leonardo Gómez — a quem continuou a chamar Mário — como santo dedicado ao serviço da humanidade e impôs a si própria o trabalho de mostrar ao mundo que ambos eram os protagonistas de um amor excepcional, o que acabou por desencorajar qualquer empregado da companhia que pudesse ter-se sentido inflamado pela única mulher branca da aldeia. A barbárie do acampamento, chamou Maurizia *contato com a natureza*, e ignorou os mosquitos, os bichos venenosos, as iguanas, o inferno do dia, o sufoco da noite e o fato de não poder se aventurar sozinha além do portão. Referia-se à sua solidão, ao aborrecimento e ao desejo natural de vasculhar a cidade, de se vestir na moda, de visitar as amigas e ir ao teatro, como uma ligeira *nostalgia*. A única coisa cujo nome não pôde mudar foi a dor animal que a dobrava em duas ao recordar o filho, de tal modo que optou por nunca mais falar a respeito dele.

Leonardo Gómez trabalhou como médico do acampamento durante mais de dez anos, até que as febres e o clima acabaram com sua saúde. Passava muito tempo dentro da cerca protetora da Companhia Petrolífera, não tinha forças para se iniciar num meio mais agressivo e, por outro lado, recordava ainda a fúria de Ezio Longo quando o atirou contra a parede; por isso tudo, nem sequer considerou a eventualidade de voltar à capital. Procurou outro posto num canto perdido, onde pudesse continuar a viver em paz. Chegou, assim, um dia a Água Santa, com a mulher, seus instrumentos de médico e seus discos de ópera. Corriam os anos 50, e Maurizia Rugieri desceu do ônibus vestida na moda, com vestido justo, decotado, e enorme chapéu de palha negra, que tinha encomendado por catálogo em Nova York, coisa nunca vista por aqueles lugares. De qualquer modo, acolheram-nos com a hospitalidade das terras pequenas, e, em menos de vinte e quatro horas, todos conheciam a história de amor dos recém-chegados. Chamaram-lhes Tosca e Mário, sem fazer a menor ideia de quem eram essas personagens, mas Maurizia encarregou-se de fazê-los saber. Abandonou as práticas de enfermeira junto de Leonardo, formou um coro litúrgico para a paróquia e deu os primeiros recitais de canto na aldeia. Mudos de assombro, os habitantes de Água Santa viram-na transformada em Madame Butterfly sobre palco improvisado na escola, vestida com um extravagante *robe-de-chambre,* uns pauzinhos de tear no cabelo, duas flores de plástico nas orelhas e o rosto pintado com gesso branco, trinando com sua voz de pássaro. Ninguém compreendeu uma só palavra do canto, mas, quando se ajoelhou e puxou de uma faca de cozinha ameaçando enterrá-la na barriga, o público deu um grito de horror, e um espectador correu para dissuadi-la, tirou-lhe a arma das mãos e obrigou-a a pôr-se de pé. Em seguida, armou-se uma grande discussão sobre as razões para a trágica resolução da dama japonesa, e todos concordaram que o marinheiro norte-americano que a tinha abandonado era um desalmado, que não valia a pena morrer por ele, já que a vida é longa e há muitos homens neste mundo. A representação terminou em festa, quando se improvisou uma banda que interpretou algumas *cumbias* e as pessoas começaram a dançar. A essa noite memorável seguiram-se outras idênticas: canto, morte, explicação do argumento da ópera por parte da soprano, discussão pública e festa final.

O doutor Mário e a senhora Tosca eram os membros seletos da comunidade; ele se encarregava da saúde de todos, e ela, da vida cultural e de informar sobre as mudanças na moda. Moravam numa casa fresca e agradável, metade da qual era ocupada pelo consultório. No pátio tinham uma arara azul e amarela, que voava sobre suas cabeças quando saíam para passear na praça. Sabia-se por onde o doutor e a mulher andavam porque o pássaro os acompanhava sempre a dois metros de altura, planando silenciosamente com as grandes asas de animal colorido. Viveram em Água Santa muitos anos, respeitados pelas pessoas, que os apontavam como exemplo de amor perfeito.

Num dos acessos, o doutor perdeu-se nos caminhos da febre e já não pôde regressar. Sua morte comoveu a povoação. Recearam que sua mulher cometesse ato fatal, igual a tantos que tinha representado cantando, e por isso fizeram turnos para acompanhá-la dia e noite durante as semanas que se seguiram. Maurizia Rugieri vestiu-se de luto dos pés à cabeça, pintou de negro todos os móveis da casa e arrastou sua dor como sombra tenaz que lhe marcou o rosto com dois profundos sulcos junto à boca, mas não tentou pôr fim à vida. Talvez na intimidade do quarto, quando estava só na cama, sentisse profundo alívio por já não ter de continuar a puxar a pesada carreta de seus sonhos, já não ser necessário manter viva a personagem inventada para representar para si mesma, nem continuar a fazer malabarismos para dissimular as fraquezas de um amante que nunca estivera à altura das suas ilusões. Mas o hábito do teatro estava nela definitivamente enraizado. Com a mesma paciência infinita com que antes criara a imagem de heroína romântica, na viuvez construiu a lenda de seu desconsolo. Ficou em Água Santa, sempre vestida de negro, embora já não se usasse luto há muito tempo, e negou-se a cantar de novo, apesar das súplicas dos amigos, que pensavam que a ópera lhe poderia dar consolo. O povo estreitou o

CONTOS DE EVA LUNA

círculo à sua volta, como forte abraço, para lhe tornar a vida suportável e ajudá-la nas recordações. Com a cumplicidade de todos, a imagem do doutor Gómez cresceu na imaginação popular. Dois anos depois fizeram uma coleta para fundir um busto de bronze, que colocaram sobre uma coluna na praça, em frente à estátua de pedra do Libertador.

No mesmo ano abriram a estrada que passou diante de Água Santa, alterando para sempre o aspecto e o ânimo do povoado. No começo, as pessoas opuseram-se ao projeto, julgando que trariam os pobres reclusos da Colônia Penal de Santa Maria para, algemados, cortarem árvores e picarem pedras, como, diziam os avós, tinha sido construída a estrada nos tempos da ditadura do Benfeitor, mas logo chegaram os engenheiros da cidade com a notícia de que o trabalho seria feito por máquinas modernas, em vez de presos. Atrás deles vieram os topógrafos e depois grupos de operários com capacetes de cor laranja e coletes que brilhavam no escuro. As máquinas, segundo cálculos da professora da escola, eram montanhas de ferro do tamanho de um dinossauro, em cujos flancos estava pintado o nome da empresa: *Ezio Longo & Filho*. Nessa mesma sexta-feira chegaram pai e filho a Água Santa para vistoriar as obras e pagar aos trabalhadores.

Ao ver os letreiros e as máquinas de seu antigo marido, Maurizia Rugieri escondeu-se em casa com portas e janelas fechadas, com a insensata esperança de se manter longe do passado. Durante vinte e oito anos suportara a recordação do filho ausente, como dor cravada no centro do corpo, mas, quando soube que os donos da companhia construtora estavam em Água Santa almoçando na taberna, não pôde continuar a luta contra o instinto. Olhou-se ao espelho. Era uma mulher de cinquenta e um anos, envelhecida pelo sol dos trópicos e pelo esforço de fingir felicidade quimérica, mas suas decisões ainda mantinham a nobreza do orgulho. Escovou o cabelo e penteou-o em coque alto, sem tentar disfarçar fios grisalhos, enfiou seu melhor vestido negro e o colar de pérolas de seu casamento, salvo de tantas aventuras, e, num gesto de tímida coqueteria, pôs um toque de lápis preto nos olhos e de carmim nas faces e nos lábios. Saiu de casa protegendo-se do sol sob o guarda-chuva de Leonardo Gómez. O suor escorria-lhe pelas costas, mas já não tremia.

A essa hora as persianas da taberna estavam fechadas, para evitar o calor do meio-dia, por isso Maurizia Rugieri necessitou de um bom tempo para acostumar os olhos à penumbra e distinguir numa das mesas do fundo Ezio Longo e o homem jovem que devia ser seu filho. O marido tinha mudado muito menos do que ela, talvez por ter sido sempre uma pessoa sem idade. O mesmo pescoço de leão, o mesmo esqueleto sólido, as mesmas faces rústicas, de olhos afundados, agora adocicados por um leque de rugas alegres produzidas pelo bom humor. Inclinado sobre o prato, mastigava com entusiasmo, ouvindo a conversa do filho. Maurizia observou-os de longe. O filho devia estar com trinta anos. Embora tivesse os ossos grandes e a pele delicada da mãe, os gestos eram os do pai; comia com igual prazer, batia na mesa para enfatizar as palavras, ria muito; era um homem vivo e enérgico, com categórico sentido da própria força, bem disposto para a luta. Maurizia observou Ezio Longo com novos olhos e viu, pela primeira vez, suas maciças virtudes masculinas.

Deu dois passos em frente, comovida, com o ar apertado no peito, vendo-se também sob outra dimensão, como se estivesse no palco, representando o momento mais dramático do longo teatro que fora a sua existência, com os nomes do marido e do filho nos lábios e a melhor disposição para ser perdoada por tantos anos de abandono. Nesses minutos viu as minuciosas engrenagens da armadilha em que tinha caído durante trinta anos de alucinações. Compreendeu que o verdadeiro herói do romance era Ezio Longo e quis acreditar que ele tinha continuado a desejá-la e a esperá-la durante todos aqueles anos com o amor persistente e apaixonado que Leonardo Gómez nunca lhe pudera dar porque isso não estava na sua natureza.

Nesse instante, quando apenas mais um passo a teria tirado da zona da sombra e posto em evidência, o jovem inclinou-se, agarrando o pulso do pai, e disse algo com um piscar de olho simpático. Ambos estouraram em gargalhadas, dando palmadas nos braços um do outro, despenteando-se mutuamente, com ternura viril e firme cumplicidade da qual Maurizia Rugieri e o resto do mundo estavam excluídos. Ela vacilou por um momento infinito na fronteira entre a realidade e o sonho, depois recuou, saiu da taberna, abriu o guarda-chuva negro e regressou a casa com a arara voando sobre sua cabeça, qual extravagante arcanjo de calendário.

WALIMAI

O nome que meu pai me deu é Walimai, que, na língua dos nossos irmãos do norte, quer dizer vento. Posso contar-lhe isto, porque agora é como minha própria filha e tem minha autorização para me tratar pelo nome, ainda que seja apenas quando estamos em família. Deve-se ter muito cuidado com os nomes das pessoas e dos seres vivos, porque, ao pronunciá-los, toca-se o seu coração e fica-se dentro da sua força vital. Assim, saudamo-nos como parentes de sangue. Não entendo a facilidade que os estrangeiros têm para se chamar uns aos outros sem uma ponta de receio, o que não só é falta de respeito como também pode ocasionar graves perigos. Já notei que essas pessoas falam com a maior leviandade, sem se dar conta de que falar é também ser. O gesto e a palavra são o pensamento do homem. Não se deve falar em vão; isso ensinei eu a meus filhos, mas nem sempre se ouvem os meus conselhos. Antigamente os tabus e as tradições eram respeitados. Os meus avós e os avós dos meus avós receberam dos seus avós os conhecimentos necessários. Nada mudava para eles. Um homem com bom aprendizado podia recordar cada um dos ensinamentos recebidos, sabendo, assim, como atuar em qualquer ocasião. Mas chegaram, depois, os estrangeiros, falando contra a sabedoria dos anciãos, empurrando-nos para fora de nossa terra. Internamo-nos cada vez mais dentro da selva, mas eles sempre nos alcançam; às vezes passam-se anos, mas, finalmente, chegam de novo e, então, temos de destruir as sementeiras, carregar as crianças nas costas, amarrar os animais e partir. Assim tem sido desde que me lembro: deixar tudo e sair correndo, como ratos e não como os grandes guerreiros e os deuses que povoaram este território na Antiguidade. Alguns jovens têm curiosidade pelos brancos e, enquanto nós viajamos até o fundo do bosque para continuar a viver como os nossos antepassados, fazem o caminho ao contrário. Consideramos os que se vão embora como se tivessem morrido, porque muito poucos regressam, e os que o fazem mudaram tanto, que não podemos reconhecê-los como parentes.

Dizem que nos anos anteriores à minha vinda ao mundo não nasceram fêmeas suficientes no nosso povo, e, por isso, meu pai teve de percorrer longos caminhos para procurar mulher em outra tribo. Viajou pelos bosques, seguindo as indicações de outros que antes percorreram esse caminho pela mesma razão e que voltaram com mulheres estrangeiras. Depois de muito tempo, quando meu pai já começava a perder a esperança de encontrar companheira, viu uma jovem próximo a uma grande cascata, um rio que caía do céu. Sem se aproximar demais, para não a assustar, falou-lhe no tom que os caçadores usam para tranquilizar a presa e explicou-lhe sua necessidade de casar. Ela lhe fez sinais para se aproximar e o observou todo, de alto a baixo; o aspecto do viajante deve ter-lhe agradado, porque achou que a ideia do casamento não era de todo descabida. Meu pai teve de trabalhar para o sogro até lhe pagar o valor da mulher. Depois de cumprir os rituais do casamento, os dois fizeram a viagem de regresso à sua aldeia.

Eu cresci com os meus irmãos debaixo das árvores, sem nunca ver o sol. Às vezes caía uma árvore ferida, e ficava um buraco na cúpula profunda do bosque; então, víamos o olho azul do céu. Meus pais contaram-me contos, cantaram-me canções e ensinaram-me o que devem saber os homens para sobreviver sem ajuda, só com seu arco e suas flechas. Desse modo, fui livre. Nós, os Filhos da Lua, não podemos viver sem liberdade. Quando nos fecham entre paredes ou barrotes, voltamo-nos para dentro, tornamo-nos cegos e surdos, e, em poucos dias, o espírito despega-se dos ossos do peito e abandona-nos. Por vezes tornamo-nos animais miseráveis, mas preferimos morrer quase sempre. Por isso as nossas casas não têm paredes, apenas um telhado inclinado para segurar o vento e desviar a chuva, sob o qual penduramos as nossas redes muito juntas, porque gostamos de escutar o sono das mulheres e crianças e de sentir a respiração dos macacos, cães e papagaios que dormem sob o mesmo telhado. Nos primeiros tempos vivi na selva sem saber que existia mundo além dos montes e dos rios. Em algumas ocasiões vieram amigos visitantes de outras tribos que nos contaram rumores de Boa Vista e do Pantanal, dos estrangeiros e de seus costumes, mas julgávamos que eram só contos para fazer rir. Fiz-me homem, e chegou a vez de arranjar uma esposa, mas decidi esperar, porque preferia andar com os solteiros; éramos alegres e nos divertíamos. No entanto, não me podia dedicar à brincadeira e ao descanso como os outros, porque minha família era numerosa: irmãos, primos, sobrinhos, várias bocas para alimentar, muito trabalho para um caçador.

Um dia chegou um grupo de homens pálidos à nossa aldeia. Caçavam com pólvora, de longe, sem destreza nem valor, eram incapazes de subir em uma árvore ou de cravar um peixe na água com uma lança, mal se podiam mover na selva, sempre enredados às suas mochilas, às suas armas e até aos próprios pés. Não se vestiam de ar, como nós, mas tinham umas roupas encharcadas e hediondas, eram sujos e não conheciam as regras da decência, mas estavam empenhados em nos falar dos seus conhecimentos e seus deuses. Comparamo-los com o que nos tinham contado acerca dos brancos e comprovamos a verdade desses boatos. Logo soubemos que esses não eram missionários, soldados ou coletores de borracha; estavam loucos, queriam a terra e levar a madeira, e também procuravam pedras. Explicamos-lhes que a selva não se pode carregar às costas e transportar como um pássaro morto. Mas não quiseram ouvir nossas razões. Instalaram-se perto da nossa aldeia. Cada um deles era como um vento de catástrofe, destruía à sua passagem tudo que tocava, deixava um rasto de desperdício, incomodava os animais e as pessoas. A princípio cumprimos com as regras da cortesia e fizemos-lhes as vontades, porque eram nossos hóspedes, mas eles não ficaram satisfeitos com nada, queriam sempre mais, até que, cansados dessas brincadeiras, começamos a guerra com todas as cerimônias habituais. Não eram bons guerreiros, assustavam-se com facilidade e tinham os ossos fracos. Não resistiram às pauladas que lhes demos na cabeça. Depois disso abandonamos a aldeia e fomos para leste, onde o bosque é impenetrável, viajando grandes trechos pelas copas das árvores para que os seus companheiros não nos alcançassem. Tinha-nos chegado a notícia de que são vingativos e que por cada um deles que morre, mesmo que seja em batalha limpa, são capazes de eliminar uma tribo inteira, incluindo as crianças. Descobrimos um lugar onde estabelecer outra aldeia. Não era tão bom, as mulheres tinham de caminhar horas para ir buscar água limpa, mas ali ficamos, porque julgamos que ninguém nos procuraria tão longe. Ao fim de um ano, numa ocasião em que tive de me afastar muito seguindo a pista de um puma, aproximei-me demais de um acampamento de soldados. Eu estava fatigado e não comia há vários dias, por isso o meu espírito estava atordoado. Em vez de dar meia-volta quando notei a presença dos soldados estrangeiros, deitei-me para descansar. Apanharam-me. No entanto, não falaram das cacetadas dadas nos outros; na realidade nada me perguntaram, talvez não conhecessem aqueles outros ou não soubessem que eu sou Walimai. Levaram-me para trabalhar com os seringueiros, onde havia muitos homens de outras tribos, que tinham vestido com calças e obrigavam a trabalhar sem ligar para seus desejos. A borracha requer muita dedicação, e não havia gente suficiente por aquelas bandas, por isso tinham de nos levar à força. Esse foi um período sem liberdade, e não quero falar disso. Fiquei só para ver se aprendia alguma coisa, mas, desde o princípio, soube que ia regressar para onde estavam os meus. Ninguém pode reter por muito tempo um guerreiro contra a sua vontade.

Trabalhava-se de sol a sol, alguns sangrando as árvores para lhes tirar a vida, gota a gota, outros cozinhando o líquido recolhido para condensá-lo e transformá-lo em grandes bolas. O ar livre estava doente com o cheiro da goma queimada, e o ar nos dormitórios coletivos estava doente com o suor dos homens. Nesse lugar, nunca pude respirar fundo. Davam-nos milho para comer, banana e o estranho conteúdo de umas latas, que nunca provei, porque nas latas não pode crescer nada de bom para os humanos. Numa das pontas do acampamento tinham construído uma cabana grande, em que mantinham as mulheres. Depois de duas semanas trabalhando com a borracha, o capataz entregou-me um pedaço de papel e mandou-me ir aonde elas estavam. Também me deu um copo de licor, que despejei no chão, porque já vi o quanto aquela água destrói a prudência. Fiquei na fila, como todos os outros. Eu era o último, e, quando chegou a minha vez de entrar

CONTOS DE EVA LUNA

na cabana, o sol já se tinha posto, e começava a noite com o seu estrépito de sapos e papagaios.

Ela era da tribo dos Ila, os de coração doce, de onde vêm as moças mais delicadas. Alguns homens viajam durante meses para se aproximar dos Ila, levam-lhes presentes e caçam para eles, na esperança de conseguir uma de suas mulheres. Eu a reconheci, apesar de sua aparência de lagarto, porque minha mãe também era Ila. Estava nua, sobre uma esteira, amarrada pelo tornozelo a uma corrente fixa no chão, adormecida como se tivesse aspirado pelo nariz o *yopo* da acácia, tinha o cheiro dos cães doentes e estava molhada pelo orvalho de todos os homens que tinham estado em cima dela antes de mim. Era do tamanho de uma criança de poucos anos, seus ossos soavam como pedrinhas do rio. As mulheres Ila tiram todos os pelos do corpo, até as pestanas, enfeitam as orelhas com penas e flores, atravessam paus polidos na face e no nariz, pintam desenhos em todo o corpo com cores, o vermelho do urucu, o roxo da palmeira e o negro do carvão. Mas ela já não tinha nada disso. Deixei minha faca no chão e saudei-a como irmã, imitando alguns cantos de pássaros e o ruído dos rios. Ela não respondeu. Bati-lhe com força no peito, para ver se seu espírito ressoava entre as costelas, mas não houve eco; sua alma estava muito débil e já não me podia responder. De cócoras a seu lado, dei-lhe de beber um pouco de água e falei-lhe na língua de minha mãe. Ela abriu os olhos e olhou longamente. Compreendi.

Antes de nada lavei-me sem desperdiçar água limpa. Enchi a boca com um bom sorvo e lancei-o em jorros finos nas minhas mãos, que esfreguei bem, depois limpei o rosto. Fiz o mesmo com ela, para lhe tirar o orvalho dos homens. Tirei as calças que o capataz me dera. Da corda que me rodeava a cintura pendiam os meus paus para fazer fogo, algumas pontas de flechas, o meu rolo de tabaco, a minha faca de madeira com um dente de ratazana na ponta e uma bolsa de couro bem firme, onde havia um pouco de curare. Pus um pouco dessa pasta na ponta da faca, inclinei-me sobre a mulher e, com o instrumento envenenado, abri-lhe um corte no pescoço. A vida é um presente dos deuses. O caçador mata para alimentar a família, ele procura não provar a carne da sua presa e prefere que outro caçador lhe ofereça. Por vezes, desgraçadamente, um homem mata outro na guerra, mas nunca poderá causar dano a uma mulher ou a uma criança. Ela me olhou com grandes olhos, amarelos como o mel, e pareceu-me que quis sorrir agradecida. Por ela eu tinha violado o primeiro tabu dos Filhos da Lua e teria de pagar minha vergonha com muitos trabalhos de expiação. Aproximei minha orelha de sua boca, e ela murmurou seu nome. Repeti-o duas vezes na minha mente para estar bem seguro, mas sem pronunciar em voz alta, porque não se devem nomear os mortos para não lhes perturbar a paz, e ela já estava morta, embora seu coração palpitasse ainda. Logo percebi que se lhe paralisavam os músculos do ventre, do peito e dos membros, perdeu a respiração, mudou de cor, deixou escapar um suspiro, e seu corpo morreu sem lutar, como morrem as crianças pequeninas.

Senti imediatamente que o espírito lhe saía pelas narinas e entrava em mim, agarrando-se ao meu esterno. Todo o peso dela caiu sobre mim, e tive de fazer algum esforço para me pôr em pé, porque me movia com dificuldade, como se estivesse debaixo de água. Dobrei-lhe o corpo na posição do último descanso, com os joelhos tocando o queixo, amarrei-a com as cordas da esteira, fiz uma pilha com os restos da palha e usei os meus paus para fazer fogo. Quando vi que a fogueira ardia bem, saí lentamente da cabana, pulei a cerca do acampamento com muita dificuldade, porque ela me puxava para baixo, e dirigi-me ao bosque. Tinha alcançado as primeiras árvores quando ouvi as sirenes de alarme.

Durante o primeiro dia caminhei sem parar nem por um instante. No segundo dia fabriquei um arco e algumas flechas, com o que pude caçar para ela e também para mim. O guerreiro que carrega o peso de outra vida humana deve jejuar durante dez dias, a fim de enfraquecer o espírito do defunto, que finalmente se desprende e vai para o território das almas. Se não o faz, o espírito engorda com os alimentos e cresce dentro do homem até sufocá-lo. Vi alguns de fígado valente morrerem assim. Mas, antes de cumprir esses requisitos, eu devia conduzir o espírito da mulher Ila até a vegetação mais escura, onde nunca fosse encontrado. Comi muito pouco, apenas o suficiente para não a matar pela segunda vez. Cada porção na minha boca tinha gosto de carne podre, e cada sorvo de água era amargo,

CONTOS DE EVA LUNA

mas obriguei-me a beber para nos alimentarmos os dois. Durante uma volta completa da lua entrei pela selva adentro, levando a alma da mulher, que cada dia pesava mais. Falávamos muito. A língua dos Ila é livre e soa debaixo das árvores com um longo eco. Comunicamo-nos um com o outro cantando, com todo o corpo, com os olhos, a cintura, os pés. Repeti-lhe as lendas que aprendi com minha mãe e meu pai, contei-lhe o meu passado, e ela contou-me a primeira parte do seu, quando era uma jovem alegre que brincava com os irmãos, lambuzando-se de barro e balançando nos ramos mais altos. Por delicadeza, não mencionou o tempo de desditas e humilhações. Cacei um pássaro branco, arranquei-lhe as melhores penas e fiz-lhe adornos para as orelhas. À noite, mantinha uma pequena fogueira acesa, para que ela não sentisse frio e para que os jaguares e as serpentes não incomodassem o seu sono. Banhei-a no rio com cuidado, esfregando-a com cinza e flores esmagadas, para lhe tirar as más recordações.

Um dia, chegamos finalmente ao local preciso e já não tínhamos mais pretextos para continuar a andar. Ali, a selva era tão densa, que em alguns pontos tive de abrir caminho cortando a vegetação com a faca e até com os dentes, e falávamos em voz baixa, para não alterar o silêncio do tempo. Escolhi um lugar perto de um fio de água, levantei um telhado de folhas e fiz uma rede para ela, com três grandes pedaços de casca. Com a faca raspei a cabeça e comecei o jejum.

Durante o tempo em que caminhamos juntos, a mulher e eu, amamo-nos tanto, que já não desejávamos separar-nos, mas o homem não é dono da vida, nem sequer da sua, por isso tive de cumprir com a minha obrigação. Por muitos dias nada levei à boca, apenas poucos goles de água. À medida que as forças enfraqueciam, ela ia se desprendendo do meu abraço, e o seu espírito, cada vez mais etéreo, já não me pesava como antes. Passados cinco dias, ela deu os primeiros passos pelos arredores, enquanto eu dormitava, mas, não estando pronta ainda para continuar a viagem sozinha, voltou para o meu lado. Repetiu essas excursões várias vezes, afastando-se cada vez um pouco mais. A dor da sua partida era para mim tão terrível quanto a de uma queimadura. Tive de recorrer a todo o valor aprendido com meu pai para não a chamar pelo nome, em voz alta, atraindo-a para

101

mim de novo, para sempre. No décimo segundo dia sonhei que ela voava como um tucano por cima das copas das árvores e acordei com o corpo muito leve e com vontade de chorar. Ela tinha ido embora, definitivamente. Peguei minhas armas e andei muitas horas até chegar a um braço do rio. Mergulhei na água até a cintura, fisguei um pequeno peixe com um pau afiado e o engoli inteiro, com escamas e cauda. De imediato, vomitei-o com um pouco de sangue, como deve ser. Já não me sentia triste. Aprendi, então, que, algumas vezes, a morte é mais poderosa do que o amor. E fui caçar, para não regressar à minha aldeia de mãos vazias.

ESTER LUCERO

Levaram Ester Lucero em maca improvisada, sangrando como um boi, os olhos escuros abertos de terror. Ao vê-la, o doutor Angel Sánchez perdeu pela primeira vez sua calma proverbial e não era para menos, pois estava apaixonado por ela desde o dia em que a conhecera, quando era ainda uma menina. Nesse tempo ela ainda não largara as bonecas, e ele, por seu lado, regressava mil anos envelhecido da sua última Campanha Gloriosa. Chegou no povoado à frente de sua coluna, sentado no teto de uma camioneta, a espingarda sobre os joelhos, a barba de meses e uma bala alojada para sempre na virilha, mas tão feliz como nunca estivera antes nem depois. Viu a menina agitando uma bandeira de papel vermelho, em meio à multidão que aclamava os libertadores. Naquele momento ele tinha trinta anos, e ela estaria com doze, mas Angel Sánchez adivinhou, pelos firmes ossos de alabastro e pela profundidade do olhar da menina, a beleza que em segredo estava se desenvolvendo. Observou-a do alto do seu veículo, convencido de que era uma visão provocada pelo calor dos pântanos e pelo entusiasmo da vitória, mas, como nessa noite não encontrou consolo nos braços da fugaz noiva que lhe coube, compreendeu que deveria sair para buscar aquela criança, pelo menos a fim de comprovar sua condição de miragem. No dia seguinte, quando se acalmaram os tumultos da rua pela celebração e começou o trabalho de ordenar as coisas e varrer os escombros da ditadura, Sánchez percorreu a aldeia. Sua primeira ideia foi visitar as escolas, mas verificou que estavam fechadas desde a última batalha, de maneira que teve de bater nas portas, uma a uma. Após vários dias de paciente peregrinação e quando já pensava que a moça tinha sido um engano de seu coração extenuado, chegou a uma casa minúscula, pintada de azul e com a frente perfurada pelas balas, cuja única janela se abria para a rua sem mais proteção do que cortinas floridas. Chamou várias vezes sem obter resposta, depois decidiu entrar. O interior era um único aposento, pobremente mobiliado, fresco e na penumbra. Atravessou a sala, abriu uma porta e encontrou-se num amplo pátio atulhado de móveis e ferro-velho com uma rede pendurada sob uma mangueira, um tanque para lavar roupa, um galinheiro ao fundo e uma quantidade de latas e potes de barro onde cresciam ervas, verduras e flores. Encontrou ali, por fim, quem julgava ter inventado. Ester Lucero estava descalça, com um vestido de linho ordinário, a floresta de cabelo atada na nuca com um cadarço de sapatos, ajudando a avó a estender roupa ao sol. Ao vê-lo, ambas recuaram num gesto instintivo, porque tinham aprendido a desconfiar de quem calçava botas.

— Não se assustem, sou um companheiro — apresentou-se ele com a boina sebenta na mão.

A partir desse dia, Angel Sánchez limitou-se a desejar Ester Lucero em silêncio, envergonhado daquela paixão inconfessável por uma menina impúbere. Por ela recusou ir para a capital quando se repartiu o bolo do poder, preferindo ter a seu cargo o único hospital daquela povoação esquecida. Não aspirava a consumar o amor além do âmbito de sua imaginação. Vivia de ínfimas satisfações: vê-la passar a caminho da escola, cuidar dela quando teve sarampo, dar-lhe vitaminas nos anos em que o leite, os ovos e a carne só eram conseguidos para os menores e os outros tinham de conformar-se com banana e milho, visitá-la no seu pátio, onde se sentava numa cadeira para ensinar-lhe a tabuada de multiplicação sob o olhar vigilante da avó. Ester Lucero acabou por chamá-lo de tio, na falta de nome mais apropriado, e a velha foi aceitando sua presença como outro dos inexplicáveis mistérios da Revolução.

— Que interesse pode ter um homem instruído, médico, diretor do hospital e herói da pátria, na conversa de uma velha e nos silêncios da neta? — perguntavam as comadres da aldeia.

Nos anos seguintes, a menina cresceu, como sucede quase sempre, mas Ángel Sánchez julgou que naquele caso era uma espécie de milagre e que só

CONTOS DE EVA LUNA

ele podia ver a beleza que amadurecia escondida sob os vestidos inocentes confeccionados pela avó na sua máquina de costura. Tinha certeza de que, à sua passagem, se excitavam os sentidos de quem a via, tal como acontecia com os seus, por isso achava estranho não encontrar um torvelinho de pretendentes à volta de Ester Lucero. Vivia atormentado por sentimentos confusos: receios naturais de todos os homens, uma constante melancolia — fruto do desespero — e a febre do inferno que o atacava à hora da sesta, quando imaginava a menina nua e úmida, chamando-o da sombra do quarto com gestos obscenos. Ninguém soube dos seus atormentados estados de ânimo. O controle que exercia sobre si mesmo tornou-se uma segunda natureza, e, assim, adquiriu fama de homem bom. Finalmente, as matronas da aldeia cansaram-se de procurar noiva para ele e acabaram aceitando o fato de o médico ser um pouco esquisito.

— Não parece maricas — cochicharam —, mas talvez a malária ou a bala que tem entre as pernas lhe tenha tirado para sempre o gosto pelas mulheres.

Ángel Sánchez amaldiçoava sua mãe, que o tinha trazido ao mundo vinte anos mais cedo, e o destino, que lhe semeara o corpo e a alma com tantas cicatrizes. Pedia que algum capricho da natureza alterasse a harmonia e apagasse a luz de Ester Lucero, para que ninguém suspeitasse de que era a mulher mais formosa deste mundo e de qualquer outro. Por isso, na quinta-feira fatídica, quando a levaram para o hospital numa maca, com a avó caminhando à frente e uma procissão de curiosos atrás, o doutor deu um grito visceral ao levantar o lençol e ver a jovem trespassada por horrível ferimento; julgou que, de tanto desejar que ela nunca pertencesse a nenhum homem, tinha provocado aquela catástrofe.

— Subiu na mangueira do pátio, escorregou e caiu espetada na estaca onde amarramos o ganso — explicou a avó.

— Pobrezinha, ficou atravessada como um vampiro. Não foi nada fácil desencravá-la — esclareceu um vizinho que ajudava a transportar a maca.

Ester Lucero fechou os olhos e queixou-se muito de leve.

Desde esse instante, Angel Sánchez bateu-se em duelo pessoal contra a morte. Fez tudo para salvar a jovem. Operou-a, deu-lhe injeções, fez-lhe transfusões, deu-lhe o seu próprio sangue, encheu-a de antibióticos, mas, dois dias passados, era evidente que a vida escapava pela ferida como incessante corrente. Sentado numa cadeira junto da moribunda, esmagado pela tensão e pela tristeza, apoiou a cabeça aos pés da cama e por alguns minutos dormiu como um recém-nascido. Enquanto ele sonhava com moscas gigantescas, ela andava perdida nos pesadelos da agonia, e, assim, se encontraram numa terra de ninguém, e, no sono partilhado, ela segurou a mão dele para lhe pedir que não se deixasse vencer pela morte e que não a abandonasse. Angel Sánchez acordou sobressaltado pela recordação nítida do Negro Rivas e do absurdo milagre que lhe devolveu a vida. Saiu correndo e tropeçou no corredor com a avó, enfronhada em murmúrio de intermináveis orações.

— Continue rezando, que eu volto daqui a um quarto de hora! — gritou ao passar.

Dez anos antes, quando Ángel Sánchez marchava com seus companheiros pela selva, com a vegetação até os joelhos e a tortura inconsolável dos mosquitos e do calor, encurralados, atravessando o país em todas as direções para fazer emboscadas aos soldados da ditadura, quando não eram mais do que um punhado de loucos visionários com o cinturão carregado de balas, o bornal, de poemas, e a cabeça, de ideais, quando levavam meses sem sentir cheiro de mulher ou esfregar sabão no corpo, quando a fome e o medo eram uma segunda pele e a única coisa que os mantinha em movimento era o desespero, quando viam inimigos em todo o lado e desconfiavam até das próprias sombras, o Negro Rivas caiu por um barranco e rolou oito metros até o abismo, espalmando-se sem ruído, como um saco de trapos. Os companheiros gastaram vinte minutos para descer por cordas em meio a pedras aguçadas e troncos retorcidos, até encontrá-lo enfiado no matagal, e quase duas horas para içá-lo, ensopado em sangue.

O Negro Rivas, um moreno, valente e alegre, com a canção sempre pronta nos lábios e boa disposição para carregar às costas outro combatente mais fraco, estava aberto como uma romã, as costelas à mostra e um cor-

CONTOS DE EVA LUNA

te profundo, que começava no ombro e acabava no meio do peito. Sánchez levava consigo a sua maleta para emergências, mas aquilo estava fora de seus modestos recursos. Sem a menor esperança, suturou a ferida, ligou-a com tiras de gaze e administrou os remédios disponíveis. Colocaram o homem sobre um pedaço de lona estendida entre dois paus e transportaram-no assim, revezando-se para carregá-lo, até que ficou evidente que cada sacudidela era um minuto a menos de vida, porque o Negro Rivas supurava como uma fonte e delirava com iguanas, seios de mulher e furacões de sal.

Estavam planejando acampar para deixá-lo morrer em paz, quando alguém viu, na margem de uma lagoa de água negra, dois indígenas que brincavam de lutar. Um pouco mais à frente, escondida no vapor denso da selva, estava a aldeia. Era uma tribo parada no tempo, sem mais contato com este século do que algum missionário atrevido que tivesse ido falar-lhes em vão das leis de Deus e, o que é mais grave, sem nunca ter ouvido falar da Insurreição nem ter escutado o grito de Pátria ou Morte. Apesar dessas diferenças e da barreira da língua, os indígenas compreenderam que aqueles homens exaustos não representavam grande perigo e deram-lhe tímidas boas-vindas. Os rebeldes apontaram o moribundo. O que parecia ser o chefe levou-os a uma cabana em eterna penumbra, onde flutuava uma pestilência de urina e lodo. Ali deitaram o Negro Rivas sobre uma esteira, rodeado por seus companheiros e toda a tribo. Pouco depois, chegou o feiticeiro em trajes de cerimônia. O comandante espantou-se ao ver seus colares de peônias, seus olhos de fanático e a crosta de imundície em seu corpo, mas Angel Sánchez explicou que já muito pouco se podia fazer pelo ferido, e qualquer coisa que o feiticeiro conseguisse — ainda que fosse só ajudá-lo a morrer — era melhor do que nada. O comandante ordenou aos homens que baixassem as armas e fizessem silêncio para aquele estranho sábio meio nu poder exercer seu ofício sem distrações.

Duas horas mais tarde a febre tinha desaparecido, e o Negro Rivas podia beber água. No dia seguinte voltou o curandeiro e repetiu o tratamento. Ao anoitecer, o enfermo estava sentado comendo uma espessa papa de milho e, dois dias depois, ensaiava os primeiros passos pelos arredores, com a ferida em pleno processo de cura. Enquanto os outros guerrilheiros acompanhavam os progressos do convalescente, Angel Sánchez percorreu a região com o bruxo, juntando plantas na sua bolsa. Anos depois, o Negro Rivas chegou a ser chefe da Polícia na capital e só se recordava de que estivera à beira da morte ao tirar a camisa para abraçar uma nova mulher, que invariavelmente lhe perguntava sobre aquela, a grande costura que o partia em dois.

— Se um indígena nu salvou o Negro Rivas, eu vou salvar Ester Lucero, nem que tenha de fazer pacto com o diabo — concluiu Angel Sánchez enquanto revirava a casa à procura das ervas que guardara durante todos aqueles anos e que, até aquele momento, esquecera por completo. Encontrou-as embrulhadas em papel de jornal, secas e quebradiças, no fundo de um baú desconjuntado, junto de seu caderno de versos, a boina e outras recordações de guerra.

O médico regressou ao hospital correndo como um perseguido, sob o calor de chumbo que derretia o asfalto. Subiu as escadas aos pulos e entrou no quarto de Ester Lucero escorrendo suor. A avó e a enfermeira do turno viram-no passar correndo e aproximaram-se para observar pelo postigo da porta. Viram-no tirar o jaleco branco, a camisa de algodão, as calças escuras, as meias compradas no contrabando e os sapatos de sola de borracha que costumava usar. Horrorizadas, viram-no tirar também as cuecas e ficar nu, como um recruta.

— Santa Maria, Mãe de Deus! — exclamou a avó.

Através do postigo puderam ver o doutor empurrar a cama até o centro do quarto e, depois de pôr ambas as mãos sobre a cabeça de Ester Lucero durante alguns segundos, iniciar frenético bailado à volta da enferma. Levantava os joelhos até tocarem o peito, fazia profundas inclinações, agitava os braços e fazia grotescas caretas, sem perder por um único instante o ritmo interior que lhe punha asas nos pés. E durante uma hora não parou de dançar como um louco, esquivando-se dos balões de oxigênio e dos frascos de soro. Depois tirou umas folhas secas do bolso do jaleco, colocou-as numa bacia, esmagou-as com o punho até reduzi-las a pó grosso, cuspiu em cima abundantemente, misturou tudo para fazer uma pasta e aproximou-se da moribunda. As mulheres viram-no tirar as ataduras e, tal como notificou a enfermeira em seu relatório, untar a ferida com aquela mistura asquerosa, sem a menor consideração pelas leis da higiene nem pelo fato de exibir a genitália nua. Terminada a cura, o homem caiu sentado no chão, totalmente exausto, mas iluminad, por um sorriso de santo.

Se o doutor Angel Sánchez não fosse o diretor do hospital e herói indiscutível da Revolução, ter-lhe-iam enfiado uma camisa de força e mandado, sem mais trâmites, para o manicômio. Mas ninguém se atreveu a botar abaixo a porta que ele trancou com o ferrolho, e, quando o administrador resolveu fazê-lo com a ajuda dos bombeiros, já se tinham passado quatorze horas, e Ester Lucero estava sentada na cama, de olhos abertos, contemplando divertida o tio Angel, que voltara a despojar-se de sua roupa e iniciava a segunda etapa do tratamento com novas danças rituais. Dois dias mais tarde, quando chegou a comissão do Ministério da Saúde enviada especialmente da capital, a doente passeava pelo corredor pelo braço da avó, toda a população desfilava pelo terceiro andar para ver a moça ressuscitada, e o diretor do hospital, vestido com impecável correção, recebia os colegas sentado à sua secretária. A comissão absteve-se de pedir pormenores sobre as inusitadas danças do médico e dedicou sua atenção às maravilhosas plantas do feiticeiro.

Passaram anos desde que Ester Lucero caiu da mangueira. A jovem casou-se com um inspetor de meio ambiente e foi morar na capital, onde deu à luz uma menina com ossos de alabastro e olhos escuros. Ao tio Ángel manda de vez em quando nostálgicas cartas salpicadas de horrores ortográficos. O Ministério da Saúde organizou quatro expedições para procurar as ervas portentosas na selva, sem nenhum êxito. A vegetação engoliu a aldeia indígena e, com ela, a esperança de um medicamento científico contra acidentes irremediáveis.

O doutor Angel Sánchez ficou sozinho, sem mais companheiros do que a imagem de Ester Lucero que o visita em seu quarto à hora da sesta, abrasando sua alma em perpétua bacanal. O prestígio do médico aumentou muito em toda a região, depois que o ouviram falar com os astros em línguas aborígines.

MARIA, A BOBA

Maria, a boba, acreditava no amor. Isso a converteu em uma lenda viva. Ao seu enterro foram todos os vizinhos, até os policiais e o cego do quiosque, que raramente abandonava o negócio. A Rua República ficou vazia, e, em sinal de luto, penduraram faixas negras nas varandas e apagaram as lâmpadas vermelhas das casas. Todas as pessoas têm sua história, e naquele bairro são quase sempre tristes, histórias de pobrezas e injustiças acumuladas, de violências sofridas, de filhos mortos antes de nascer e de amantes que vão embora; mas a de Maria era diferente, tinha um brilho elegante que excitava a imaginação dos outros. Conseguiu exercer o seu ofício sozinha, administrando-se sem alvoroço, discretamente. Nunca teve a menor curiosidade pelo álcool ou pelas drogas, nem sequer se interessava pelos consolos de cinco pesos que as adivinhas e as profetisas da vizinhança vendiam. Parecia estar a salvo dos tormentos da esperança, protegida pela qualidade de seu amor inventado. Era uma mulherzinha de aspecto inofensivo, de pequena estatura, feições e gestos finos, toda ela mansidão e suavidade, mas, sempre que algum homem rude tentou pôr-lhe a mão em cima, encontrou pela frente uma fera furiosa, garras e caninos afiados, disposta a devolver cada golpe, nem que morresse. Aprenderam a deixá-la em paz. Enquanto as outras mulheres passavam a vida escondendo equimoses debaixo de espessas camadas de maquilagem barata, ela envelhecia respeitada, com certo ar de rainha em farrapos. Não tinha consciência do prestígio de seu nome nem da lenda que tinham tecido às suas costas. Era uma prostituta velha com alma de donzela.

Nas suas recordações figuravam constantemente um baú assassino e um homem moreno com cheiro de mar, e, assim, suas amigas descobriram um a um os retalhos de sua vida e ligaram-nos com paciência, acrescentando o que faltava com recursos de fantasia, até reconstruir-lhe um passado. Não era, de maneira alguma, como as outras mulheres daquele lugar. Vinha de um mundo remoto, onde a pele é mais pálida e o castelhano tem pronúncia redonda, de consoantes duras. Nasceu para grande dama, deduziam as outras mulheres de sua forma rebuscada de falar e de seus modos estranhos, e se alguma dúvida havia, desapareceu com sua morte. Partiu com a dignidade intacta. Não padecia de nenhuma doença conhecida, não estava assustada nem respirava pelos ouvidos, como os moribundos comuns; simplesmente anunciou que já não suportava mais o tédio de estar viva, pôs seu vestido de festa, pintou os lábios de vermelho e abriu as cortinas de tule que davam acesso a seu quarto, para que todos pudessem acompanhá-la.

— Agora chegou a hora de eu morrer — foi sua única explicação.

Recostou-se na cama, com as costas apoiadas sobre três almofadões, com fronhas engomadas para a ocasião, e bebeu sem respirar uma grande jarra de chocolate espesso. As outras mulheres riram, mas, quando, quatro horas depois, não houve jeito de despertá-la, compreenderam que sua decisão era absoluta e espalharam a notícia pelo bairro. Alguns vieram só por curiosidade, mas a maioria apresentou-se com verdadeira aflição, ficando ali para acompanhá-la. Suas amigas coaram café para oferecer às visitas, porque lhes pareceu de mau gosto servir licor, não fossem confundir aquilo com uma celebração. Lá pelas seis da tarde, Maria teve um estremecimento, abriu as pálpebras, olhou à sua volta sem distinguir os rostos e, em seguida, abandonou este mundo. Foi tudo. Alguém sugeriu que talvez tivesse engolido veneno com o chocolate, nesse caso teriam culpa por não a terem levado a tempo para o hospital, mas ninguém deu atenção a tais maledicências.

— Se Maria decidiu partir, estava no seu direito, porque não tinha filhos nem pais para cuidar — sentenciou a senhora da casa.

Não quiseram velá-la num estabelecimento funerário, porque a quietude premeditada de sua morte foi êxito solene na Rua República, sendo justo

CONTOS DE EVA LUNA

que passasse as últimas horas antes de baixar à terra no ambiente em que tinha vivido e não como uma estrangeira de cujo luto ninguém quer tomar conta. Houve opiniões sobre se velar mortos naquela casa atrairia desgraça para a alma da defunta ou as dos clientes, e, por isso, quebraram um espelho para rodear o caixão e trouxeram água benta da capela do seminário para salpicar pelos cantos. Naquela noite não se trabalhou ali, não houve música nem risadas, mas também não houve prantos. Puseram o caixão sobre uma mesa na sala, os vizinhos emprestaram cadeiras, e ali se acomodaram os visitantes para tomar café e conversar em voz baixa. No centro estava Maria com a cabeça apoiada sobre um travesseiro de cetim, as mãos cruzadas e a fotografia de seu menino morto sobre o peito. Durante a noite foi-se-lhe mudando o tom de pele, até acabar escura como o chocolate.

Eu soube da história de Maria durante essas longas horas em que a velamos no caixão. Suas companheiras contaram que nasceu no início da Primeira Guerra, numa província do sul do continente, onde as árvores perdem as folhas na metade do ano e o frio enregela os ossos. Era filha de soberba família de emigrantes espanhóis. Ao revistarem seu quarto, encontraram, numa caixa de biscoitos, alguns papéis quebradiços e amarelos, entre eles uma certidão de nascimento, fotografias e cartas. O pai fora proprietário de uma fazenda e, segundo um recorte de jornal desbotado pelo tempo, a mãe havia sido pianista antes de casar. Quando Maria tinha doze anos, atravessou distraída um cruzamento ferroviário, e um trem de carga atropelou-a. Tiraram-na dos trilhos sem danos aparentes; tinha só alguns arranhões e havia perdido o chapéu. No entanto, pouco tempo depois, todos puderam comprovar que o impacto transportara a menina a um estado de inocência do qual nunca regressaria. Esqueceu até os rudimentos escolares aprendidos antes do acidente, recordando apenas algumas lições de piano e o uso da agulha de costura; quando lhe falavam, ficava como ausente, mas não esqueceu as normas do civismo, que conservou intactas até o último dia.

A pancada da locomotiva deixou Maria incapacitada para o raciocínio, a atenção ou o rancor. Estava, portanto, bem equipada para a felicidade, mas não foi essa a sua sorte. Ao fazer dezesseis anos, os pais, desejosos de passar a outro a carga daquela filha um pouco retardada, decidiram casá-la antes que a beleza murchasse e escolheram um certo doutor Guevara, homem de vida reclusa e despreparado para o casamento, mas que, como lhes devia algum dinheiro, não pôde negar quando lhe propuseram o enlace. Nesse mesmo ano celebrou-se o casamento em cerimônia íntima, adequada à noiva lunática e ao noivo várias décadas mais velho.

Maria chegou ao leito matrimonial com a mente de uma criança, embora o corpo tivesse amadurecido e já fosse mulher. O trem arrasara a curiosidade natural, mas não lhe pudera destruir a impaciência dos sentidos. Só contava com o que aprendera observando os animais da fazenda; sabia que a água fria era boa para separar os cães que ficam enganchados durante o coito e que o galo abre as penas e cacareja quando quer trepar numa galinha, mas não encontrou uso adequado para esses dados. Na sua noite de núpcias viu avançar um velhote todo trêmulo, com um pijama de flanela, aberto, e qualquer coisa imprevista abaixo do umbigo. A surpresa produziu-lhe um estremecimento do qual não se atreveu a falar e, quando começou a inchar como um balão, bebeu um frasco de água de flor, remédio reconstituinte, que, em grande quantidade, funcionava como purgante, tendo, por isso, passado vinte e dois dias no penico, tão descomposta, que quase perdeu os órgãos vitais, mas sem conseguir desinchar. Começou a não poder abotoar os vestidos e, no devido tempo, deu à luz um menino louro. Depois de um mês de cama, alimentando-se com caldo de galinha e dois litros de leite por dia, levantou-se mais forte e lúcida do que nunca tinha estado na vida. Parecia curada do constante estado de sonambulismo e até teve forças para comprar roupa elegante; no entanto, não conseguiu brilhar com o seu novo enxoval, porque o senhor Guevara sofreu ataque fulminante e morreu sentado à mesa, com a colher de sopa na mão. Maria acabou usando trajes de luto e chapéus com véu, enterrada num túmulo de trapos. Passou dois anos assim, de luto carregado, fazendo xales para os pobres, entretida com os seus cães rafeiros e com o filho, que penteava com caracóis e vestia de menina, tal como aparece num dos retratos encontrados na caixa de biscoitos, em que o podemos ver sentado sobre uma pele de urso e iluminado por um raio sobrenatural.

CONTOS DE EVA LUNA

Para a viúva o tempo parou num momento perpétuo, o ar dos quartos permaneceu imutável, com o mesmo cheiro velho que deixara o marido. Continuou a viver na mesma casa, cuidada por criados leais e vigiada de perto pelos pais e irmãos, que faziam turnos para visitá-la todos os dias, supervisionar seus gastos e tomar até as menores decisões. Passavam estações, caíam as folhas das árvores no jardim e voltavam a aparecer os colibris do verão, sem mudanças em sua rotina. Às vezes se perguntava sobre a causa de seus vestidos negros, porque tinha esquecido o esposo decrépito que umas duas vezes a abraçara suavemente entre os lençóis de linho, para, logo em seguida arrependido da luxúria, cair aos pés de Nossa Senhora e se açoitar com um chicote de cavalo. De vez em quando abria o armário para sacudir os vestidos e não resistia à tentação de despir as roupas escuras e experimentar, às escondidas, os trajes bordados de pedrarias, as estolas de pele, os sapatos de cetim e as luvas de pelica. Olhava-se na face tripla do espelho e cumprimentava aquela mulher enfeitada para um baile, em quem lhe custava muito reconhecer-se.

Ao fim dos dois anos de solidão, o rumor do sangue fervendo em seu corpo tornou-se insuportável. Aos domingos, à porta da igreja, atrasava-se para ver passarem os homens, atraída pelo som rouco de suas vozes, por suas faces barbeadas e pelo aroma do tabaco. Disfarçadamente levantava o véu do chapéu e sorria-lhes. O pai e os irmãos não tardaram a notar e, convencidos de que aquela terra americana corrompia até a decência das viúvas, decidiram, em conselho da família, enviá-la para a Espanha, onde moravam os tios, e onde ela sem dúvida estaria a salvo das tentações frívolas, protegida pelas sólidas tradições e pelo poder da Igreja. Assim começou a viagem que mudaria o destino de Maria, a boba.

Os pais embarcaram-na num transatlântico acompanhada de seu filho, de uma criada e dos cães rafeiros. A complicada bagagem incluía, além dos móveis de quarto de Maria e do piano, uma vaca que ia no porão do barco, a fim de fornecer leite fresco para o menino. Entre muitas malas e caixas de chapéus, também levava um baú com cantos e rebites de bronze, que guardava os vestidos de festa tirados da naftalina. A família pensava que na casa dos tios Maria não teria oportunidade alguma de usá-los, mas não quis contrariá-la. Nos três primeiros dias a viajante não pôde abandonar o beliche, vencida pelo enjoo, mas finalmente habituou-se ao balanço do navio e conseguiu levantar-se. Então chamou a criada, a fim de ajudá-la a pôr a roupa em ordem para a longa travessia.

A existência de Maria foi marcada por desgraças súbitas, como aquele trem que lhe levou o espírito e a transportou para irreversível infância. Estava colocando os vestidos em ordem no armário da cabina quando o menino se debruçou para dentro do baú aberto. Naquele momento, um solavanco do navio fechou com um golpe a pesada tampa, e a lâmina metálica bateu no pescoço da criança, decapitando-a. Foram precisos três marinheiros para arrancar a mãe do baú maldito e uma dose de láudano capaz de tombar um atleta para impedir que arrancasse o cabelo aos bocados e destroçasse o rosto com as unhas. Passou horas uivando e depois entrou em estado crepuscular, balançando-se de um lado para o outro, como nos tempos em que ganhou fama de idiota. O capitão do navio anunciou a triste notícia por alto-falante, leu um breve responso e depois deu ordens para envolver o pequeno cadáver com uma bandeira e lançá-lo ao mar, porque já estavam no meio do oceano e não havia recursos para conservá-lo até o próximo porto.

Vários dias depois da tragédia, Maria caminhou com passo incerto até a proa, para tomar um pouco de ar. Era uma noite morna, do fundo do mar subia inquietante odor de algas, mariscos, barcos submersos, que lhe entrou pelas narinas e lhe percorreu as veias com o efeito de telúrica sacudidela. Olhava o horizonte, com o espírito em branco e a pele arrepiada desde os calcanhares até a nuca, quando ouviu insistente assobio. Ao fazer meia-volta descobriu, dois andares mais abaixo, uma silhueta iluminada pela lua, fazendo-lhe sinais. Desceu a escadinha em transe. Aproximou-se do homem moreno que a chamava, submissa deixou que ele lhe tirasse os véus e as roupas de luto e acompanhou-o até atrás de um rolo de cordas. Fustigada por impacto semelhante ao do trem, aprendeu em menos de três minutos a diferença entre um marido ancião, tomado pelos temores a Deus, e um insaciável marinheiro grego ardendo pela penúria de várias semanas de castidade oceânica. Deslumbrada, a mulher descobriu suas

CONTOS DE EVA LUNA

próprias possibilidades, limpou as lágrimas e pediu-lhe mais. Passaram parte da noite conhecendo-se e só se separaram quando ouviram a sirene de emergência, um terrível bramido de naufrágio que alterou o silêncio dos peixes. Pensando que a mãe inconsolável se havia atirado ao mar, a criada tinha dado o alarme e toda a tripulação a procurava, menos o grego.

Maria juntou-se ao seu amante todas as noites detrás das cordas, até que o navio se aproximou das costas do Caribe, e o perfume doce das flores e frutos que a brisa arrastava acabou por lhe perturbar os sentidos. Aceitou, então, a proposta do companheiro de abandonar o navio, onde penava o fantasma do menino morto e onde havia tantos olhos observando-os, guardou o dinheiro da viagem na bainha da saia e despediu-se do passado de senhora respeitável. Desceram um bote e desapareceram ao amanhecer, deixando a criada a bordo, os cãezinhos, a vaca e o baú assassino. O homem remou com seus braços fortes de navegante até um porto admirável, que lhes surgiu diante dos olhos ao nascer do sol como uma aparição de outro mundo, com os seus ranchos, as suas palmeiras e os seus pássaros de variadas cores. Ali se instalaram os dois fugitivos enquanto lhes durou a reserva de dinheiro.

O marinheiro mostrou-se brigão e bebedor. Falava linguagem incompreensível para Maria e para os habitantes daquele lugar, mas conseguia fazer-se entender por caretas e sorrisos. Ela só acordava quando ele aparecia para praticar com ela as acrobacias aprendidas em todos os lupanares desde Singapura até Valparaíso, e o resto do tempo ficava entontecida por mortal languidez. Banhada pelos suores do clima, a mulher inventou o amor sem companheiro, aventurando-se sozinha em territórios alucinantes, com a audácia de quem não conhece qualquer risco. O grego não tinha intuição para adivinhar que havia aberto uma comporta, que ele mesmo não era senão o instrumento de uma revelação, e foi incapaz de dar valor ao presente oferecido por aquela mulher. Tinha a seu lado uma criança preservada no limbo de uma inocência invulnerável, decidida a explorar os próprios sentidos com a disposição brincalhona de um cachorro, mas ele não soube acompanhá-la. Até então, ela não tinha conhecido o desenfado do prazer, nem sequer o imaginara, embora ele sempre tivesse estado em seu sangue como o gérmen de febre calcinante. Ao descobri-lo, supôs tratar-se da sorte celestial que as freiras do colégio prometiam, no Além, às meninas bem-comportadas. Sabia muito pouco do mundo e era incapaz de olhar um mapa para se localizar no planeta, mas, ao ver os hibiscos e os papagaios, julgou estar no paraíso e dispôs-se a gozá-lo. Ali ninguém a conhecia, estava à vontade pela primeira vez, longe de casa, da tutela inexorável de seus pais e irmãos, das pressões sociais e dos véus de missa, livre finalmente para saborear a torrente de emoções que nascia na sua pele e penetrava por cada filamento até as cavernas mais profundas, onde caía em cataratas, deixando-a exausta e feliz.

A falta de malícia de Maria, a sua impermeabilidade ao pecado ou à humilhação acabaram por aterrorizar o marinheiro. As pausas entre cada abraço tornaram-se mais longas, as ausências do homem, mais frequentes, cresceu o silêncio entre os dois. O grego tratou de escapar daquela mulher com cara de menina que o chamava sem parar, úmida, cheia, escaldante, convencido de que a viúva que tinha seduzido em alto-mar se transformara numa aranha perversa disposta a devorá-lo como a uma mosca no tumulto da cama. Foi em vão que buscou alívio para a sua virilidade machucada gozando com as prostitutas, batendo-se a facadas e a murros com a escória e apostando em brigas de galos o que lhe restava das farras. Quando se encontrou com os bolsos vazios, aproveitou a desculpa para desaparecer para sempre. Maria esperou-o com paciência durante várias semanas. Pelo rádio tinha às vezes notícias de que um marinheiro francês, desertor de um barco britânico, ou um holandês, fugido de um navio português, tinha sido assassinado a navalhada nos bairros pesados do porto, mas ela ouvia a notícia sem se alterar, porque esperava um grego vindo de um transatlântico italiano. Quando já não podia suportar o calor dos ossos e a ansiedade da alma, saiu à rua para pedir consolo ao primeiro homem que passasse. Agarrou-o pela mão e pediu-lhe do modo mais gentil e educado que lhe fizesse o favor de se despir para ela. O desconhecido vacilou um pouco em frente àquela jovem que em nada se parecia com as profissionais da vizinhança, mas cuja proposta era muito clara, apesar da linguagem desusada. Calculou que podia gastar dez minutos do seu tempo com ela e seguiu-a,

CONTOS DE EVA LUNA

sem suspeitar de que se ia ver afogado no torvelinho de uma paixão sincera. Espantado e comovido, contou a todo mundo, tendo deixado para Maria uma nota sobre a mesa. Depois chegaram outros, atraídos pelo boato de que havia uma mulher capaz de vender por um instante a ilusão do amor. Todos os clientes saíram satisfeitos. Foi assim que Maria se tornou a prostituta mais célebre do porto, cujo nome os marinheiros levavam tatuado nos braços para fazê-lo conhecido em outros mares, até que a lenda deu a volta ao planeta.

O tempo, a pobreza e o esforço de iludir o desencanto destruíram o frescor de Maria. A pele tornou-se pardacenta, emagreceu até os ossos, para maior comodidade cortou o cabelo como um presidiário, mas manteve as maneiras elegantes e o mesmo entusiasmo em cada encontro com um homem, porque não via neles pessoas anônimas, mas o reflexo de si própria nos braços de seu amante imaginário. Confrontada com a realidade, não era capaz de perceber a sórdida urgência do companheiro do momento, porque em todas as ocasiões se entregava com o mesmo irrevogável amor, adiantando-se, como noiva atrevida, aos desejos do outro. Com a idade, a memória desordenou-se-lhe, dizia coisas disparatadas, e, na época em que se mudou para a capital e se instalou na Rua República, não se recordava de ter sido alguma vez a musa inspiradora de tantos versos improvisados por navegantes de todas as raças e ficava perplexa quando algum viajava do porto até a cidade só para comprovar se ainda existia aquela de quem tinha ouvido falar algures na Ásia. Ao verem-se em frente àquele gafanhoto, àquele montão de ossos patéticos, àquela mulherzinha de nada, ao verem a lenda reduzida a escombros, muitos davam meia-volta e iam embora, desconcertados, mas havia outros que ficavam, por pena. Esses recebiam um prêmio inesperado. Maria fechava a cortina de tule e a qualidade do ar da sala mudava. Mais tarde o homem partia maravilhado, levando a imagem de uma jovem mitológica, e não a da velha lastimosa que a princípio pensara ver.

Para Maria o passado foi-se apagando — a única recordação nítida era o terror de trens e baús e, se não tivesse sido pela tenacidade das companheiras de ofício, ninguém teria conhecido sua história. Viveu à espera do momento em que abrisse a cortina do seu quarto para dar passagem ao marinheiro grego ou a qualquer outro fantasma nascido de sua fantasia, que a apertasse no círculo preciso de seus braços para lhe devolver o prazer compartilhado na proa do barco em alto-mar, procurando sempre a antiga ilusão em cada homem de passagem, iluminada por um amor imaginário, enganando as sombras com abraços passageiros, como faíscas que se consumiam antes de arder, e, quando se cansou de esperar em vão e sentiu que também a alma se cobria de escamas, decidiu que era melhor deixar este mundo. E, com a mesma delicadeza e consideração de todos os seus atos, recorreu, então, à jarra de chocolate.

O MAIS ESQUECIDO DO ESQUECIMENTO

Ela se deixou acariciar, silenciosa, gotas de suor na cintura, cheiro de açúcar queimado no corpo quieto, como se adivinhasse que um só ruído poderia mexer nas suas recordações e botar tudo a perder, pulverizando esse momento em que ele era uma pessoa como todas, um amante casual que conheceu de manhã, outro homem sem história atraído por seu cabelo cor de palha, sua pele sardenta ou o forte chocalhar de suas pulseiras de cigana, um outro que a abordou na rua e começou a andar com ela sem rumo preciso, fazendo comentários sobre o tempo ou o tráfego e observando a multidão, com aquela confiança um pouco forçada dos compatriotas em terra estranha, um homem sem tristezas nem rancores, nem culpas, límpido como o gelo, que desejava simplesmente passar o dia com ela, vagueando por livrarias e parques, tomando café, celebrando a sorte de se terem conhecido, falando de nostalgias antigas, de como era a vida quando ambos cresciam na mesma cidade, no mesmo bairro, quando tinha quatorze anos, lembra-se, dos invernos de sapatos molhados pela geada e aquecedores, dos verões de pêssegos, lá no país proibido. Talvez se sentisse um pouco sozinha ou lhe parecesse que era uma oportunidade de fazer amor sem perguntas e, por isso, ao fim da tarde, quando já não tinha mais pretextos para continuar a caminhar, pegou-lhe a mão e levou--o a casa. Partilhava com outros exilados um apartamento sórdido, num edifício amarelo no fim de uma ruela cheia de latas de lixo. Seu quarto era estreito, um colchão no assoalho coberto com uma manta de riscas, prateleiras feitas com tábuas apoiadas em tijolos, livros, cartazes, roupa sobre uma cadeira, uma maleta em um canto. Foi ali que ela tirou a roupa sem preâmbulos, com atitude de menina complacente.

Ele fez por amá-la. Percorreu-a com paciência, resvalando por suas colinas e ribanceiras, abordando sem pressa os seus caminhos, amassando-a, suave argila sobre os lençóis, até que ela se entregou, aberta. Então ele recuou com muda reserva. Ela se voltou para procurá-lo, esquecida sobre o ventre do homem, escondendo o rosto, como que empenhada no pudor, enquanto o apalpava, o lambia e o fustigava. Ele quis abandonar-se de olhos fechados e deixou-a fazer por um instante, até que a tristeza o venceu, ou a vergonha, e teve de afastá-la. Acenderam outro cigarro, já não era cumplicidade, tinha-se perdido a antecipada urgência que os unira durante esse dia, e só ficavam sobre a cama duas pessoas desvalidas, com a memória ausente flutuando no vazio terrível de tantas palavras caladas. Ao se conhecerem nessa manhã, nada de extraordinário ambicionaram, não tinham pretendido muito, apenas um pouco de companhia e um pouco de prazer, nada mais; mas, na hora do encontro, foram vencidos pelo desconsolo. Estamos cansados, sorriu ela, pedindo desculpa por aquele peso instalado entre os dois. No último esforço de ganhar tempo, ele tomou o rosto da mulher entre as mãos e beijou-lhe as pálpebras. Estenderam-se lado a lado, de mãos dadas, e falaram de suas vidas naquele país onde se encontravam por casualidade, um lugar verde e generoso onde, no entanto, seriam sempre estrangeiros. Ele pensou em vestir-se e dizer-lhe adeus, antes que a tarântula de seus pesadelos lhes envenenasse o ar, mas, vendo-a jovem e vulnerável, quis ser seu amigo. Amigo, pensou, não amante, amigo para partilhar alguns momentos de sossego, sem exigências nem compromissos, amigo para não estar sozinho e para combater o medo. Não decidiu partir nem soltar-lhe a mão. Um sentimento cálido e brando e uma tremenda compaixão por si mesmo e por ela fizeram-lhe arderem os olhos. A cortina enfunou como vela, e ela se levantou para fechar a janela, imaginando que a obscuridade poderia ajudá-los a recuperar as forças para estar juntos e o desejo de se abraçar. Mas não foi assim; ele necessitava desse reflexo da luz da rua, para não se sentir apanhado de novo no abismo dos noventa centímetros sem tempo da cela, fermentando nos seus próprios excrementos, demente. Deixe a cortina aberta, quero ver você, mentiu-lhe, porque não se atreveu a confiar-lhe o terror da noite, quando o venciam de novo a sede, a atadura apertada na cabeça como uma coroa de espinhos, as visões de cavernas e o assalto de tantos fantasmas. Não podia falar-lhe sobre isso, porque uma coisa leva a outra e acaba por se dizer o que nunca se disse. Ela voltou para a cama, acariciou-o sem entusiasmo, passou-lhe os dedos pelas estranhas marcas, explorando-as. Não se preocupe, não é nada contagioso, são só cicatrizes, riu ele quase num soluço. A moça percebeu seu tom angustiado e deteve-se, o gesto suspenso, alerta. Nesse momento, ele deveria ter dito que aquilo não era o começo de um novo amor, nem sequer de uma paixão passageira, era apenas um instante de trégua, um breve momento de inocência, e que dentro em pouco, quando ela adorme-cesse, ir-se-ia embora; deveria ter dito que não haveria planos para eles, nem telefonemas furtivos, não passeariam juntos outra vez de mãos dadas pelas ruas, nem partilhariam jogos de amantes, mas não conseguiu falar, a voz ficou presa ao ventre, como uma garra. Soube que se afundava. Quis segurar a realidade que lhe fugia, ancorar o espírito em qualquer coisa, na roupa em desordem em cima da cadeira, nos livros empilhados no chão, no cartaz do Chile na parede, no frescor daquela noite do Caribe, no ruído surdo da rua; tentou concentrar-se naquele corpo oferecido e pensar ape-nas no cabelo espalhado da jovem, no seu cheiro doce. Suplicou-lhe sem voz que, por favor, o ajudasse a salvar aqueles segundos, enquanto ela o ob-servava da ponta mais afastada da cama, sentada como um faquir, os claros mamilos e o olho do umbigo olhando-o também, registrando o seu tremor, o bater dos dentes, o gemido. O homem ouviu o silêncio crescer no seu in-terior, soube que a alma se lhe partia, como tantas vezes acontecera antes, e deixou de lutar, soltando a última amarra ao presente, despencando por um desfiladeiro inacabável. Sentiu as correias enterradas nos tornozelos e nos pulsos, a descarga brutal, os tendões dilacerados, as vozes a insultar exigindo nomes, os gritos inesquecíveis de Ana torturada a seu lado e dos outros, pendurados no pátio pelos braços.

O que está acontecendo, meu Deus, o que está acontecendo com você?, chegou-lhe de longe a voz de Ana. Não, Ana ficou atolada nos pantanais do Sul. Julgou ver uma desconhecida nua, que o sacudia e o chamava pelo nome, mas não conseguiu desprender-se das sombras onde se agitavam chicotes e bandeiras. Encolhido, tentou controlar as náuseas. Começou a chorar por Ana e pelos outros. O que está acontecendo com você?, a jovem chamava outra vez, de qualquer parte. Nada, abrace-me!... pediu, e ela se aproximou tímida e o envolveu nos braços, embalou-o como a um menino, beijou-lhe a testa, disse-lhe chora, chora, estendeu-o de costas sobre a cama e deitou-se crucificada sobre ele.

Ficaram mil anos assim abraçados, até que lentamente se afastaram as alucinações, e ele regressou ao quarto, para se descobrir vivo apesar de tudo, respirando, palpitando com o peso dela descansando em seu peito, os braços e as pernas dela sobre os seus, dois órfãos apavorados. E, nesse instante, como se soubesse tudo, ela lhe disse que o medo é mais forte do que o desejo, o amor, o ódio, a culpa, a raiva, mais forte do que a lealdade. O medo é qualquer coisa total, concluiu, com as lágrimas escorrendo pelos seios. Tudo parou para o homem, tocado na ferida mais oculta. Pressentiu que ela não era apenas uma moça disposta a fazer amor por comiseração, que ela conhecia aquilo que se encontrava escondido além do silêncio, da completa solidão, da caixa selada em que ele se tinha escondido do coronel e da sua própria traição, além da recordação de Ana Díaz e dos outros companheiros denunciados, a quem foram traindo um a um de olhos vendados. Como pode ela saber tudo isso?

A mulher endireitou-se. Seu braço magro recortou-se contra a bruma clara da janela, procurando o interruptor às apalpadelas. Acendeu a luz e tirou, uma a uma, as pulseiras de metal, que caíram sem ruído sobre a cama. O cabelo cobria-lhe metade do rosto quando lhe estendeu as mãos. Também a ela, cicatrizes brancas atravessavam os pulsos. Durante um interminável momento, ele as observou, imóvel, até compreender tudo, amor, vê-la atada com as correias sobre a grelha elétrica, e, então, puderam abraçar-se e chorar, famintos de pactos e de confidências, de palavras proibidas, de promessas de amanhãs, partilhando, por fim, o mais recôndito segredo.

O PEQUENO HEIDELBERG

Tantos anos dançaram juntos o capitão e a menina Eloísa, que alcançaram a perfeição. Cada um podia intuir o movimento seguinte do outro, adivinhar o momento exato da próxima volta, interpretar a mais sutil pressão de mão ou o desvio de um pé. Não haviam perdido o passo nem uma única vez em quarenta anos, moviam-se com a precisão de um par acostumado a fazer amor e dormir em estreito abraço, por isso era tão difícil imaginar que nunca tinham chegado a trocar uma única palavra.

O Pequeno Heidelberg é um salão de baile a certa distância da capital, construído numa colina rodeada de plantações de bananeiras, onde, além de boa música e de ar menos quente, oferecem um insólito guisado afrodisíaco aromatizado com toda a variedade de especiarias, contundente demais para o clima ardente daquela região, mas em perfeito acordo com as tradições que inspiraram o proprietário, Dom Rupert. Antes da crise do petróleo, quando se vivia ainda a ilusão da abundância e se importavam frutos de outras latitudes, a especialidade da casa era o *struddel* de maçã, mas, depois que do petróleo restou apenas um monte de lixo indestrutível e a recordação de tempos melhores, fazem o *struddel* com goiabas ou mangas. As mesas, dispostas em amplo círculo que deixa no centro um espaço livre para o baile, são cobertas com toalhas de quadrados verdes e brancos, e, nas paredes, brilham cenas bucólicas da vida campestre dos Alpes: pastoras de tranças amarelas, robustos rapazes e vacas magníficas. Os músicos — vestidos com calções curtos, meias de lã, suspensórios tiroleses e chapéus de feltro, que com o suor perderam a excelência e, de longe, parecem perucas esverdeadas — ficam sobre plataforma coroada por uma águia embalsamada, em quem, segundo diz Dom Rupert, de vez em quando nascem penas novas. Um toca acordeão, o outro, saxe e o terceiro com pés e mãos consegue tocar simultaneamente a bateria e os pratos. O do acordeão é mestre no seu instrumento e também canta com voz quente de tenor e vago sotaque de Andaluzia. Apesar de seu disparatado aparato de taberneiro suíço, é o favorito das senhoras assíduas do salão, de tal modo que muitas delas acalentam a secreta fantasia de se abraçarem com ele em alguma aventura mortal, por exemplo, um desabamento ou um bombardeio, em meio ao qual dariam, contentes, o último suspiro envoltas por aqueles braços poderosos, capazes de arrancar tão desgostosos lamentos ao acordeão. O fato de a média de idade dessas senhoras beirar os setenta anos não inibe a sensualidade evocada pelo cantor, pelo contrário, junta-lhe o doce sopro da morte. A orquestra começa sua atuação depois do pôr do sol e termina à meia-noite, exceto aos sábados e domingos, quando o local se enche de turistas, e os músicos continuam até que o último cliente se retire, de madrugada. Só interpretam polcas, mazurcas, valsas e danças regionais da Europa, como se, em vez de estar encravado no Caribe, o Pequeno Heidelberg estivesse nas margens do Reno.

Na cozinha reina Dona Burgel, a mulher de Dom Rupert, formidável matrona que poucos conhecem, porque sua existência desliza em meio a folhas e molhos de verduras, concentrada em preparar pratos estrangeiros com ingredientes crioulos. Ela inventou o *struddel* de frutas tropicais e o tal guisado afrodisíaco capaz de devolver o vigor ao mais depauperado. As mesas são servidas pelas filhas dos donos, um par de sólidas mulheres, perfumadas com canela, cravo, baunilha e limão, e por algumas moças da localidade, todas de faces coradas. A clientela habitual compõe-se de emigrantes europeus chegados ao país escapando de alguma guerra ou da pobreza, comerciantes, agricultores, artesãos, pessoas amáveis e simples, que talvez não o tenham sido sempre, mas que a passagem da vida nivelou na benévola cortesia dos velhos sadios. Os homens põem gravatas-borboleta e coletes, mas, à medida que as sacudidelas do baile e a abundância de cerveja lhes aquecem a alma, vão-se despojando do supérfluo até ficar apenas de camisa. As mulheres vestem-se de cores alegres e estilo antiquado, como se seus trajes tivessem sido tirados do baú de noiva que trouxeram ao emigrar. De vez em quando aparece um grupo de adolescentes agressivos, cuja presença é precedida pelo estardalhaço atroador de suas motos e do chocalhar de botas, chaves e correntes, e que chegam com o único propósito de gozar os velhos, mas o incidente não passa de uma escaramuça, porque o músico da bateria e o saxofonista estão sempre dispostos a arregaçar as mangas e impor ordem.

Aos sábados, lá pelas nove da noite, quando todo mundo já saboreou a sua porção do guisado afrodisíaco e se abandonou ao prazer do baile, aparece a Mexicana, que se senta sozinha. É uma cinquentona provocante, mulher de corpo galeão — quilha alta, barriguda, larga de popa, rosto de carranca de proa — que mostra o colo maduro, mas ainda eloquente sob o provocante decote, e uma flor na orelha. Não é a única vestida de baila-rina flamenca, certamente, mas nela fica mais natural do que nas outras senhoras de cabelo branco e cintura triste que nem sequer falam espanhol decente. A Mexicana bailando a polca é um navio à deriva em ondas abrup-tas, mas ao ritmo da valsa parece deslizar em águas doces. Assim a via por vezes em sonhos o capitão e despertava com a inquietação quase esquecida da adolescência. Dizem que o capitão provinha de uma frota nórdica cujo nome ninguém conseguiu decifrar. Era um especialista em barcos antigos e rotas marítimas, mas todos esses conhecimentos jaziam sepultados no fundo da sua mente, sem a menor possibilidade de serem úteis na paisagem quente daquela região, onde o mar é um plácido aquário de águas verdes e cristalinas, impróprio para a navegação dos intrépidos barcos do Mar do Norte. Era um homem alto e seco, uma árvore sem folhas, as costas retas, e os músculos do pescoço ainda firmes, vestido com seu casaco de botões dourados e envolto naquela aura trágica dos marinheiros reformados. Nunca ninguém lhe ouviu uma palavra em espanhol ou em algum outro idioma conhecido. Trinta anos atrás, Dom Rupert disse que o capitão era certamente finlandês, pela cor de gelo das suas pupilas e a justiça irrenun-ciável do seu olhar, e, como ninguém pôde contradizê-lo, acabaram por aceitá-lo. Além disso, no Pequeno Heidelberg o idioma não tem importân-cia, porque ninguém vai lá para conversar.

Algumas regras de comportamento têm sido modificadas, para comodidade e conveniência de todos. Qualquer um pode ir para a pista sozinho ou convidar alguém de outra mesa, e as mulheres também tomam a iniciativa de se aproximar dos homens, se assim o desejam. É uma solução justa para as viúvas sem companhia. Ninguém tira a Mexicana para dançar, porque se parte do princípio de que ela julgaria ofensivo, e os cavalheiros devem aguardar, tremendo por antecipação, que ela o faça. A mulher pousa o cigarro no cinzeiro, descruza as ferozes colunas de suas pernas, ajeita o espartilho, avança até o escolhido e fica na sua frente sem um olhar. Muda de par a cada dança, mas antes reservava pelo menos quatro músicas para o capitão. Ele a agarrava pela cintura com sua firme mão de timoneiro e a guiava pela pista sem permitir que os seus muitos anos lhe cortassem a inspiração.

A mais antiga paroquiana do salão, que em meio século não faltou nem um sábado ao Pequeno Heidelberg, era a menina Eloísa, dama minúscula, branda e suave, com pele de papel de arroz e uma coroa de cabelos transparentes. Por tanto tempo ganhou a vida fabricando bombons em sua cozinha, que o aroma do chocolate a impregnou completamente, deixando-a recender a festa de aniversário. Apesar da idade, ainda mantinha alguns gestos da primeira juventude e era capaz de passar toda a noite às voltas na pista de baile sem despentear os caracóis do coque nem perder o ritmo do coração. Tinha chegado ao país nos princípios do século, proveniente de uma aldeia do sul da Rússia, com a mãe, então de beleza deslumbrante. Viveram juntas fabricando chocolates, completamente alheias aos rigores do clima, do século e da solidão, sem maridos, sem família, sem grandes sobressaltos e sem outra diversão que o Pequeno Heidelberg, todos os fins de semana. Desde que morrera a mãe, a menina Eloísa aparecia sozinha. Dom Rupert recebia-a à porta com grande deferência e a acompanhava até a mesa, enquanto a orquestra lhe dava as boas-vindas com os primeiros acordes de sua valsa favorita. Em algumas mesas erguiam-se canecas de cerveja para saudá-la, porque era a pessoa mais velha e, sem dúvida, a mais querida. Era tímida; nunca se atreveu a convidar um homem para dançar, mas durante todos aqueles anos não teve necessidade de fazê-lo, porque

CONTOS DE EVA LUNA

para qualquer um representava privilégio pegar sua mão, enlaçá-la pela cintura com delicadeza para não lhe desconjuntar qualquer ossinho de cristal e levá-la até a pista. Era bailarina graciosa e exalava aquela fragrância doce, capaz de dar a quem dela se aproximasse as melhores recordações da infância.

O capitão sentava-se sozinho, sempre à mesma mesa, bebia com moderação, e nunca demonstrou nenhum entusiasmo pelo guisado afrodisíaco de Dona Burgel. Seguia o ritmo da música com um pé e, quando a menina Eloísa estava livre, convidava-a, perfilando-se-lhe à frente com discreto bater dos saltos e sutil inclinação. Nunca falavam, olhavam-se apenas e sorriam entre os galopes, fugas e diagonais de uma dança antiga.

Num sábado de dezembro, menos úmido do que os outros, chegou ao Pequeno Heidelberg um par de turistas. Desta vez não eram os disciplinados japoneses dos últimos tempos, mas uns escandinavos altos, de pele queimada e cabelos claros, que se instalaram numa mesa observando os bailarinos, fascinados. Eram alegres e ruidosos, batiam as canecas de cerveja, riam-se com gosto e falavam aos gritos. As palavras dos estrangeiros chegaram ao capitão, à sua mesa, e de muito longe, de outro tempo e outra paisagem, chegou-lhe o som da própria língua, inteira e fresca, como recém-inventada, palavras que há décadas não ouvia, mas que permaneciam intactas na sua memória. Uma expressão suavizou-lhe o rosto de velho navegante, fazendo-o vacilar por alguns minutos entre a reserva absoluta em que se sentia cômodo e o deleite quase esquecido de se abandonar a uma conversa. Por fim, pôs-se de pé e aproximou-se dos desconhecidos. Atrás do bar, Dom Rupert observou o capitão, que estava dizendo qualquer coisa aos recém-chegados, ligeiramente inclinado, com as mãos nas costas. Logo os outros clientes, as moças e os músicos deram-se conta de que aquele homem falava pela primeira vez desde que o conheciam e também ficaram quietos para ouvi-lo melhor. Tinha voz de bisavô, apagada e lenta, mas punha grande determinação em cada frase. Quando acabou de tirar todo conteúdo do seu peito, fez-se tal silêncio no salão, que Dona Burgel saiu da cozinha para saber se alguém havia morrido. Por fim, depois de longa pausa, um dos turistas tomou coragem e chamou Dom Rupert para dizer, em inglês primitivo, que o ajudasse a traduzir o discurso do capitão. Os nórdicos seguiram o velho marinheiro até a mesa onde a menina Eloísa aguardava, e Dom Rupert aproximou-se também, tirando o avental pelo caminho, com a intuição de algum acontecimento solene. O capitão disse algumas palavras no seu idioma, um dos estrangeiros interpretou-as em inglês, e Dom Rupert, com as orelhas vermelhas e o bigode trêmulo, repetiu tudo no seu espanhol retorcido.

— Menina Eloísa, o capitão pergunta se quer casar com ele.

A frágil anciã permaneceu sentada com os olhos redondos de surpresa e a boca oculta pelo lenço de batista, e todos esperaram, suspensos num suspiro, até que ela conseguisse falar.

— Não lhe parece um pouco precipitado? — cochichou.

Suas palavras passaram pelo taberneiro e pelos turistas, e a resposta fez o mesmo percurso, ao contrário.

— O capitão diz que esperou quarenta anos para dizer isso e que não poderia esperar até que volte a aparecer alguém que fale o seu idioma. Pede que lhe responda agora, por favor.

— Está bem — sussurrou Eloísa, e não foi necessário traduzir a resposta, porque todos a compreenderam.

Dom Rupert, eufórico, ergueu os braços e anunciou o compromisso, o capitão beijou as faces da noiva, os turistas apertaram as mãos de todos, os músicos tocaram os instrumentos numa algazarra de marcha triunfal, e os assistentes fizeram uma roda em torno do par. As mulheres limpavam as lágrimas, os homens brindavam, emocionados, Dom Rupert sentou-se à frente do bar e escondeu a cabeça entre os braços, sacudido pela emoção, enquanto Dona Burgel e as duas filhas abriam garrafas do melhor rum. Em seguida, os músicos tocaram a valsa *Danúbio Azul* e todos saíram da pista.

O capitão pegou a mão da suave mulher que tinha amado sem palavras por tanto tempo e levou-a até o centro do salão, onde dançaram com a leveza de duas garças em dança nupcial. O capitão segurava-a com o mesmo cuidado amoroso com que na sua juventude apanhava o vento nas velas de alguma nave etérea, levando-a pela pista como se navegasse as macias ondas de uma baía, enquanto lhe dizia no seu idioma de neves e bosques tudo o que o seu coração tinha calado até aquele momento. Dançando, dançando sempre o capitão sentia que se lhes ia recuando a idade, e, a cada passo, estavam mais alegres e leves. Uma volta, depois outra, os acordes da música mais vibrantes, os pés mais rápidos, a cintura dela mais delgada, o peso de sua mãozinha na dele mais leve, a sua presença mais incorpórea. Então, ele viu que a menina Eloísa se ia tornando renda, espuma, névoa, até se tornar imperceptível e, por último, desaparecer de todo, e ele se viu girando, girando com os braços vazios, sem outra companhia que um tênue aroma de chocolate.

O tenor indicou-o aos músicos que se dispuseram a continuar tocando a mesma valsa para sempre, porque compreenderam que, com a última nota, o capitão acordaria do sonho e que a recordação da menina Eloísa se esfumaria definitivamente. Comovidos, os velhos paroquianos do Pequeno Heidelberg permaneceram imóveis nas cadeiras, até que por fim a Mexicana, a arrogância transformada em caridosa ternura, se levantou, avançando discretamente até as mãos trementes do capitão, para dançar com ele.

A MULHER DO JUIZ

Nicolás Vidal soube desde sempre que perderia a vida por uma mulher. Vaticinara a parteira, no dia de seu nascimento, e confirmou a dona do armazém, na única ocasião em que ele permitiu que lhe visse a sorte na borra do café, mas não imaginou que a causa fosse Cacilda, a esposa do juiz Hidalgo. Viu-a a primeira vez no dia em que ela chegou à aldeia para se casar. Não a achou atraente, porque preferia as fêmeas descaradas e morenas, e aquela jovem transparente em seu traje de viagem, com o olhar esquivo e os dedos finos, inúteis para dar prazer a um homem, era para ele tão inconsistente quanto um punhado de cinza. Conhecendo bem seu destino, evitava as mulheres e, ao longo de sua vida, fugiu de todo contato sentimental, secando o coração para o amor e limitando-se a encontros rápidos para enganar a solidão. Tão insignificante e distante lhe pareceu Cacilda, que não tomou precauções com ela e, chegado o momento, esqueceu a predição que sempre estivera presente em suas decisões. Do telhado do edifício onde se tinha agachado com dois de seus homens, observou a jovem da capital quando ela desceu do carro no dia de seu casamento. Chegou acompanhada por meia dúzia de familiares, tão lívidos e delicados quanto ela, que assistiram à cerimônia abanando-se com ar de franca consternação e depois partiram para nunca mais voltar.

Como todos os habitantes da aldeia, Vidal pensou que a noiva não aguentaria o clima, e que, dentro em pouco, as comadres teriam de vesti-la para o próprio funeral. No caso improvável de resistir ao calor e ao pó que entrava pela pele e se fixava na alma, sem dúvida sucumbiria perante o mau humor e as manias de solteirão do marido. O juiz Hidalgo tinha o dobro da idade dela e dormia há tantos anos sozinho, que não sabia por onde começar a dar prazer a uma mulher. Em toda a província temiam-lhe o temperamento severo e a pertinácia para fazer cumprir a lei. No exercício de suas funções ignorava as razões do bom sentimento, castigando com igual firmeza tanto o roubo de uma galinha como o homicídio qualificado. Vestia-se de negro rigoroso para que todos conhecessem a dignidade de seu cargo, e, apesar da poeirada constante daquela aldeia sem ilusões, andava sempre de botas engraxadas com cera de abelha. Um homem assim não fora feito para marido, diziam as comadres. No entanto, não se cumpriram os funestos presságios do casamento, pelo contrário; Cacilda sobreviveu a três partos seguidos e parecia contente. Aos domingos ia com o marido à missa do meio-dia, imperturbável sob a mantilha espanhola, intocada pela inclemência daquele verão perene, descorada e silenciosa como uma sombra. Ninguém lhe ouviu mais do que tênue saudação nem lhe viram gestos mais ousados do que uma inclinação de cabeça ou um rápido sorriso; parecia volátil a ponto de se esfumar num descuido. Dava a impressão de não existir, por isso todos se surpreenderam ao perceber sua influência sobre o juiz, cujas mudanças eram notáveis.

Se Hidalgo continuou a ser o mesmo na aparência, fúnebre, áspero, suas decisões no tribunal sofreram estranha reviravolta. Perante o espanto de todos, deixou em liberdade um rapaz que roubou o patrão, com o argumento de que, durante três anos, este pagara àquele menos do que o justo e que o dinheiro subtraído era uma forma de compensação. Também se negou a castigar uma esposa adúltera, alegando que o marido não tinha autoridade moral para lhe exigir honradez se ele próprio mantinha uma concubina. As más línguas da aldeia murmuravam que o juiz Hidalgo se virava como luva quando ultrapassava a porta da casa e tirava as roupas solenes: brincava com os filhos, ria-se e sentava Cacilda nos joelhos, mas esses murmúrios nunca foram confirmados. De qualquer modo, atribuíram à mulher aqueles atos de benevolência, e seu prestígio melhorou, mas nada disso interessava a Nicolás Vidal, porque era um fora da lei e tinha certeza de que não haveria piedade para ele quando pudessem levá-lo al-

CONTOS DE EVA LUNA

gemado perante o juiz. Não dava ouvidos às piadas sobre Dona Cacilda e, nas poucas vezes em que a viu de longe, confirmou a primeira apreciação, de que era apenas um confuso ectoplasma.

Vidal nascera trinta anos antes, num quarto sem janelas do único prostíbulo da povoação, filho de Joana, a Triste, e de pai desconhecido. Não tinha lugar neste mundo, e a mãe sabia, por isso tentou arrancá-lo do ventre com ervas, cotocos de vela, lavagens de lixívia e outros recursos brutais, mas a criança se empenhou em sobreviver. Anos depois, Joana, a Triste, ao ver aquele filho tão diferente, compreendeu que, se os dramáticos artifícios para abortar não haviam conseguido acabar com ele, em contrapartida tinham-lhe temperado o corpo e a alma até lhe dar a dureza do ferro. Mal nasceu, a parteira levantou-o para vê-lo à luz de um candeeiro e imediatamente notou que tinha quatro mamilos.

— Pobrezinho, vai perder a vida por uma mulher — prognosticou, guiada pela experiência nesses assuntos.

Essas palavras pesaram como uma deformidade no rapaz. Talvez sua existência tivesse sido menos miserável com o amor de uma mulher. Para compensá-lo pelas numerosas tentativas de matá-lo antes de nascer, a mãe escolheu para ele um nome cheio de beleza e um sobrenome sólido, escolhido ao acaso; mas esse nome de príncipe não foi suficiente para afastar os maus sinais, e, em menos de dez anos, o menino tinha o rosto marcado a faca pelas brigas e muito pouco tempo depois vivia como fugitivo. Aos vinte, era chefe de um bando de homens desesperados. O hábito da violência desenvolveu-lhe a força dos músculos, a rua tornou-o desapiedado, e a solidão, à qual estava condenado por receio de se perder por amor, determinou a expressão de seus olhos. Qualquer habitante da povoação podia jurar, ao vê-lo, que era filho de Joana, a Triste, porque, tal como ela, tinha as pupilas molhadas de lágrimas que não caíam. Sempre que se cometia um crime na região, os guardas saíam com cães à caça de Nicolás Vidal para calar os protestos dos cidadãos, mas, depois de algumas voltas pelos morros, regressavam de mãos vazias. Na verdade não desejavam encontrá-lo, porque não poderiam lutar contra ele. O bando consolidou de tal modo a sua má fama, que as aldeias e fazendas pagavam um tributo para mantê-lo afastado. Com essas doações os homens podiam viver tranquilos, mas Nicolás Vidal obrigava-os a manter-se sempre a cavalo, em meio a um vendaval de morte e destruição, para que não perdessem o gosto pela guerra nem lhes diminuísse a má fama. Ninguém se atrevia a enfrentá-los. Em duas ou três ocasiões o juiz Hidalgo pediu ao governo que mandasse tropas do exército para reforçar seus policiais, mas, depois de algumas excursões inúteis, os soldados voltavam aos quartéis, e os foragidos, às suas andanças.

Apenas uma vez Nicolás Vidal esteve a ponto de cair nas malhas da Justiça, mas sua incapacidade para se comover salvou-o. Cansado de ver as leis atropeladas, o juiz Hidalgo decidiu deixar de lado os escrúpulos e preparar uma armadilha para o bandoleiro. Dava-se conta de que, em defesa da Justiça, ia cometer um ato atroz, mas, dos males, escolheu o menor. A única isca que lhe ocorreu foi Joana, a Triste, porque Vidal não tinha outros parentes nem se lhe conheciam amores. Tirou a mulher do local onde esfregava soalhos e limpava latrinas à falta de clientes dispostos a pagar pelos seus serviços, trancou-a numa jaula feita sob medida e colocou-a no centro da Praça de Armas, sem mais consolo do que uma jarra de água.

— Quando a água acabar vai começar a gritar. Então, aparecerá o filho, e eu estarei à espera dele com os soldados — disse o juiz.

A notícia desse castigo, em desuso desde a época dos escravos fugitivos, chegou aos ouvidos de Nicolás Vidal pouco antes de a mãe beber o último gole da jarra. Seus homens viram-no receber a notícia em silêncio, sem alterar a impassível máscara de solitário nem o ritmo tranquilo com que afiava a navalha numa tira de couro. Há muitos anos não tinha contato com Joana, a Triste, nem guardava uma só recordação agradável de sua meninice, mas essa não era a questão; tratava-se de caso de honra. Nenhum homem pode aguentar semelhante ofensa, pensaram os bandidos, enquanto preparavam suas armas e as montarias, dispostos a acudir à emboscada e perder nela a vida se necessário fosse, mas o chefe não deu mostras de pressa.

À medida que as horas passavam, a tensão do grupo aumentava. Olhavam-se uns aos outros, suando, sem se atrever a fazer comentários, esperando, impacientes, de mão na coronha dos revólveres, nas crinas dos

CONTOS DE EVA LUNA

cavalos, nas rédeas. Chegou a noite, e o único que dormiu no acampamento foi Nicolás Vidal. Ao amanhecer as opiniões dos homens estavam divididas, uns acreditando que era muito mais desalmado do que tinham imaginado, e outros dizendo que o chefe planejava ação espetacular para libertar a mãe. O que ninguém pensou foi que lhe pudesse faltar coragem, porque tinha dado mostras de tê-la em demasia. Chegado o meio-dia, não suportaram mais a incerteza e foram perguntar-lhe o que iria fazer.

— Nada — disse.

— E sua mãe?

— Veremos quem tem mais colhões, se o juiz ou eu — respondeu Nicolás Vidal, imperturbável.

Ao terceiro dia Joana, a Triste, já não pedia piedade nem suplicava por água, porque a língua se lhe tinha secado, e as palavras morriam-lhe na garganta antes de nascer, jazia enroscada no chão da jaula, com os olhos perdidos e os lábios inchados, gemendo como um animal nos momentos de lucidez e sonhando com o inferno o resto do tempo. Quatro guardas armados vigiavam a prisioneira para impedir que os vizinhos lhe dessem de beber. Seus lamentos enchiam toda a aldeia, entravam pelos postigos fechados, o vento enfiava-os pelas portas, grudavam-se aos cantos, os cães recolhiam-nos para repeti-los uivando, contagiavam os recém-nascidos e moíam os nervos de quem os ouvia. O juiz não pôde evitar o desfile de gente pela praça, compadecida da anciã, nem conseguiu impedir a greve solidária das prostitutas, que coincidiu com a folga dos mineiros. No sábado, as ruas estavam tomadas pelos rudes trabalhadores das minas, ansiosos para gastar suas poupanças antes de voltarem para debaixo da terra, mas o povoado não oferecia outra diversão senão a jaula e aquele murmúrio lastimoso, levado de boca em boca, desde o rio até a estrada da costa. O padre encabeçou um grupo de paroquianos que se apresentou ao juiz Hidalgo para recordar a caridade cristã e suplicar-lhe que poupasse aquela pobre mulher inocente daquela morte de mártir, mas o magistrado correu o ferrolho do escritório, negando-se a ouvi-los, apostando que Joana, a Triste, aguentaria mais um dia e que seu filho cairia na armadilha. Então as pessoas importantes da povoação decidiram recorrer a Dona Cacilda.

A mulher do juiz recebeu-os no sombrio salão de sua casa e ouviu suas razões calada, de olhos baixos, como era seu estilo. Há três dias o marido estava ausente, fechado no escritório, aguardando Nicolás Vidal com insensata determinação. Sem chegar à janela, ela sabia tudo o que acontecia na rua, porque o ruído daquele longo suplício também entrava pelos amplos cômodos de sua casa. Dona Cacilda esperou que as visitas se retirassem, vestiu os filhos com roupas domingueiras e saiu com eles em direção à praça. Levava uma cesta com provisões e uma jarra com água fresca para Joana, a Triste. Os guardas viram-na aparecer na esquina e adivinharam suas intenções, mas, como tinham ordens precisas, cruzaram as espingardas diante dela, e, quando quis avançar, observada por uma multidão expectante, agarraram-na pelo braço para impedi-la. Então as crianças começaram a gritar.

O juiz Hidalgo estava em seu escritório em frente à praça. Era o único habitante do bairro que não tinha tapado os ouvidos com cera, porque permanecia atento à emboscada, de ouvido no ruído dos cavalos de Nicolás Vidal. Durante três dias e três noites aguentou o choro de sua vítima e os insultos dos vizinhos amotinados, em frente ao edifício, mas, quando distinguiu as vozes dos filhos, compreendeu que tinha alcançado o limite de sua resistência. Esgotado, saiu do tribunal com a barba de três dias, os olhos ardendo da vigília e o peso da derrota nos ombros. Atravessou a rua, entrou no quadrilátero da praça e se aproximou de sua mulher. Olharam-se com tristeza. Era a primeira vez, em sete anos, que ela o enfrentava, e resolvera fazê-lo na frente de todo o povo. O juiz Hidalgo tirou a cesta e a jarra das mãos de Dona Cacilda e ele próprio abriu a jaula para socorrer sua prisioneira.

— Eu bem que dizia, tem menos colhões do que eu — riu Nicolás Vidal ao saber do fato.

Mas suas gargalhadas tornaram-se amargas no dia seguinte, quando lhe levaram a notícia de que Joana, a Triste, se tinha enforcado no lustre do bordel em que passara a vida, porque não pudera resistir à vergonha de ser abandonada pelo único filho numa jaula no centro da Praça de Armas.

CONTOS DE EVA LUNA

— Chegou a hora do juiz — disse Vidal.

Seu plano consistia em entrar na aldeia à noite, surpreender o magistrado, dar-lhe morte espetacular e colocá-lo dentro da maldita jaula, para que, ao romper do outro dia, todos pudessem ver seus restos humilhados. Mas soube que a família Hidalgo tinha partido em férias na costa a fim de passar o mal-estar da derrota.

A notícia de que o perseguiam para se vingar alcançou o juiz Hidalgo no meio do caminho, numa pousada onde haviam parado para descansar. O lugar não oferecia proteção suficiente até que chegasse o destacamento da guarda, mas levava algumas horas de vantagem, e seu veículo era mais rápido do que os cavalos. Calculou que poderia chegar à outra povoação e obter ajuda. Ordenou à mulher que subisse para o carro com as crianças, pisou fundo o pedal e lançou-se na estrada. Deveria chegar com ampla margem de segurança, mas estava escrito que Nicolás Vidal se encontraria nesse dia com a mulher de quem tinha fugido toda a vida.

Extenuado pelas noites em claro, pela hostilidade dos vizinhos, pelo calor sofrido e pela tensão daquela corrida para salvar a família, o coração do juiz Hidalgo estremeceu e estalou sem ruído. O carro, descontrolado, saiu da estrada, capotou e parou por fim na ribanceira. Dona Cacilda demorou uns bons minutos para se dar conta do sucedido. Muitas vezes tinha pensado na eventualidade de ficar viúva, já que o marido era quase ancião, mas nunca imaginara que ele a deixaria à mercê de seus inimigos. Não ficou pensando nisso, porque compreendeu a necessidade de agir imediatamente para salvar as crianças. Percorreu com os olhos o local onde se encontrava e esteve a ponto de chorar de desconsolo, porque naquela extensão nua, calcinada por sol impiedoso, não se vislumbravam traços de vida humana, apenas as colinas agrestes e o céu esbranquiçado pela luz. Mas, ao segundo olhar, distinguiu, numa ladeira, a sombra de uma gruta. Começou a correr até lá levando duas crianças no colo e a terceira agarrada às saias.

Três vezes subiu Cacilda carregando, um a um, os filhos até lá em cima. Era uma gruta natural, como muitas outras nos morros daquela região. Revistou o interior para se certificar de que não era o refúgio de algum animal, acomodou as crianças no fundo e beijou-as sem uma lágrima.

139

— Daqui a algumas horas virão os guardas buscá-las. Até lá não saiam por nenhum motivo, mesmo que me ouçam gritar, entenderam? — ordenou-lhes.

Os pequenos encolheram-se, aterrorizados, e, com um último olhar de adeus, a mãe desceu o morro. Chegou até o carro, baixou as pálpebras do marido, sacudiu a roupa, ajeitou o penteado e sentou-se à espera. Não sabia de quantos homens se compunha o bando de Nicolás Vidal, mas rezou para que fossem muitos, assim demorariam para saciar-se com ela, e reuniu forças, perguntando a si própria quanto tempo levaria para morrer se se esmerasse em fazê-lo a pouco e pouco. Desejou ser opulenta e forte para lhes opor maior resistência e ganhar tempo para os filhos.

Não teve de aguardar muito tempo. Avistou pó no horizonte, ouviu um galope e cerrou os dentes. Desconcertada, viu que se tratava de um só cavaleiro, que parou a poucos metros dela, de arma na mão. Tinha a face marcada por uma facada; era Nicolás Vidal, que decidira ir em perseguição do juiz Hidalgo sem os seus homens, porque aquele era um assunto particular que tinham de resolver entre os dois. Então ela compreendeu que precisava fazer qualquer coisa muito mais difícil do que morrer lentamente.

Ao bandido bastou uma olhadela para compreender que seu inimigo se encontrava a salvo de qualquer castigo, dormindo a sua morte em paz, mas estava ali sua mulher, flutuando à reverberação da luz. Saltou do cavalo e aproximou-se. Ela não baixou os olhos nem se moveu, e ele parou, surpreso, porque, pela primeira vez, alguém o desafiava sem ponta de medo. Mediram-se em silêncio durante alguns segundos eternos, avaliando cada um as forças do outro, estimando a sua própria tenacidade e aceitando que estavam perante um adversário formidável. Nicolás Vidal guardou o revólver, e Cacilda sorriu.

A mulher do juiz ganhou cada instante das horas que se seguiram. Empregou todos os recursos de sedução registrados desde os alvores do conhecimento humano e outros que improvisou, inspirada pela necessidade de oferecer àquele homem o maior deleite. Não só trabalhou sobre seu corpo como experiente cortesã, tocando-lhe cada fibra em busca do prazer, mas pôs também o refinamento do seu espírito a serviço de sua causa. Am-

CONTOS DE EVA LUNA

bos perceberam que jogavam a vida, e que isso dava ao encontro terrível intensidade. Nicolás Vidal tinha fugido do amor desde o nascimento, não conhecia a intimidade, a ternura, o sorriso secreto, a festa dos sentidos, o alegre gozo dos amantes. Cada minuto passado aproximava o destacamento de guardas e, com ele, o pelotão de fuzilamento, mas também o aproximava daquela mulher prodigiosa, e, por isso, entregou-se com prazer em troca dos dons que ela lhe oferecia. Cacilda era pudica e tímida, tinha estado casada com um velho austero a quem nunca se mostrara nua. Durante aquela tarde inesquecível, ela não deixou de pensar que seu objetivo era ganhar tempo, mas em algum momento abandonou-se, maravilhada pela própria sensualidade, e sentiu por aquele homem algo parecido com a gratidão. Por isso, quando ouviu o ruído longínquo da tropa, pediu-lhe que fugisse e se escondesse nos morros, mas Nicolás Vidal preferiu envolvê-la nos seus braços para beijá-la pela última vez, cumprindo assim a profecia que marcara seu destino.

UM CAMINHO PARA O NORTE

Claveles Picero e seu avô, Jesús Dionisio Picero, levaram trinta e oito dias para percorrer os duzentos e setenta quilômetros entre sua aldeia e a capital. Atravessaram a pé as planícies, onde a umidade macerava a vegetação num caldo eterno de lodo e suor, subiram e desceram morros, entre iguanas imóveis e palmeiras vergadas, atravessaram as plantações de café, esquivando-se dos capatazes, lagartos e cobras, por debaixo das folhas de tabaco, em meio a mosquitos fosforescentes e mariposas siderais. Iam diretamente à cidade, ladeando a estrada, mas tiveram de fazer grandes desvios para evitar os acampamentos dos soldados. Às vezes, os caminhoneiros diminuíam a marcha ao passar a seu lado, atraídos pelas costas de rainha mestiça e o grande cabelo negro da jovem, mas o olhar do velho logo os dissuadia de qualquer intenção de molestá-la. O avô e a neta não tinham dinheiro e não sabiam mendigar. Quando acabaram as provisões que levavam numa cesta, continuaram em frente à custa de pura coragem. À noite embrulhavam-se nas suas mantas e dormiam sob as árvores com uma ave-maria nos lábios e a alma posta no menino, para não pensar em pumas e em animais peçonhentos. Acordavam cobertos de escaravelhos azuis. Com a primeira claridade da manhã, quando a paisagem permanecia envolta pelas últimas brumas do sono e ainda os homens e os animais não iniciavam a faina do dia, começavam a andar outra vez para aproveitar o ar fresco. Entraram na capital pela Estrada dos Espanhóis, perguntando a quem encontravam nas ruas onde poderiam falar com o secretário do Bem-Estar Social. Os ossos de Jesús Dionisio estalavam, as cores do vestido de Claveles haviam desbotado, e ela tinha a expressão enfeitiçada de uma sonâmbula. Um século de fadiga derramara-se sobre o esplendor dos seus vinte anos.

Jesús Dionisio era o artesão mais conhecido da província; na sua longa vida ganhara prestígio do qual não se gabava, porque considerava seu talento como dom a serviço de Deus e do qual era apenas o administrador. Tinha começado como oleiro e ainda fazia potes de barro, mas sua fama vinha de santos de madeira e pequenas esculturas em garrafas, que os camponeses compravam para os altares domésticos ou vendiam aos turistas na capital. Era trabalho lento, coisas de olho, tempo e coração, como o homem explicava aos garotos que se juntavam à sua volta para vê-lo trabalhar. Introduzia com pinças os palitos pintados nas garrafas, com um pingo de cola nas partes que se deviam juntar, e esperava com paciência que secassem antes de pôr a peça seguinte. Sua especialidade eram os calvários: uma cruz grande, no centro, onde pendurava o Cristo esculpido, com os cravos, a coroa de espinhos e uma auréola de papel dourado, e outras duas cruzes mais simples para os ladrões do Gólgota. No Natal, fabricava nichos para o Menino Deus, com pombas representando o Espírito Santo, estrelas e flores para simbolizar a Glória. Não sabia ler nem assinar o nome, porque, quando era menino, não havia escola por aquelas bandas, mas podia copiar do livro de missa algumas frases em latim para decorar os pedestais dos santos. Dizia que seus pais lhe tinham ensinado a respeitar as leis da Igreja e as pessoas, o que era mais valioso do que ter instrução. Como a arte não lhe bastava para manter a casa, tinha de aumentar o orçamento criando galos de raça, hábeis para a luta. Dedicava muitos cuidados a cada galo, alimentava-os no bico com papa de cereais esmagados e sangue fresco, que conseguia no matadouro, tinha de lhes tirar as pulgas com as mãos, arejar-lhes as penas, polir-lhes as esporas e treiná-los diariamente para que não fraquejassem na hora de colocá-los à prova. Às vezes ia a outras povoações para vê-los lutar, mas nunca apostava, porque, para ele, todo dinheiro ganho sem suor e trabalho era coisa do diabo. Aos sábados à noite ia com a neta Claveles limpar a igreja para a cerimônia de domingo. Nem sempre

CONTOS DE EVA LUNA

o sacerdote, que percorria as aldeias de bicicleta, conseguia chegar, mas os cristãos juntavam-se de qualquer modo para rezar e cantar. Jesús Dionisio era também encarregado de recolher e guardar as esmolas para cuidar do templo e ajudar o padre.

Picero teve treze filhos com sua mulher, Amparo Medina, dos quais cinco sobreviveram às pestes e acidentes da infância. Quando o casal pensava já ter encerrada a tarefa de criação, porque todos os rapazes eram adultos e haviam saído de casa, o mais novo voltou, em licença do serviço militar, trazendo um volume embrulhado em trapos que pôs sobre os joelhos de Amparo. Ao abri-lo, viram que se tratava de uma menina recém-nascida, meio agonizante por falta de leite materno e pelas sacudidelas da viagem.

— De onde tirou isto, meu filho? — perguntou Jesús Dionisio Picero.

— À primeira vista é do meu sangue — respondeu o jovem, sem se atrever a enfrentar o olhar do pai, apertando a boina do uniforme entre os dedos suados.

— E, se não é perguntar muito, onde é que a mãe se meteu?

— Não sei. Deixou a menina na porta do quartel com um papel dizendo que sou eu o pai. O sargento mandou-me entregá-la nas freiras, diz que não há maneira de provar que é minha. Mas me dá pena, não quero que seja órfã...

— Onde é que se viu uma mãe abandonar a sua cria recém-parida?

— São coisas da cidade.

— Pois deve ser. E como se chama esta pobrezinha?

— Batize-a como quiser, pai, mas, se me perguntar, eu gostaria de que fosse Claveles,* que era a flor preferida da mãe dela.

Jesús Dionisio foi buscar a cabra para ordenhá-la, enquanto Amparo limpava o bebê com óleo e rezava à Virgem da Gruta, pedindo-lhe que lhe desse forças para tomar conta de outro menino. Logo que viu a criança em boas mãos, o filho mais novo despediu-se agradecido, pôs a bolsa no ombro e regressou ao quartel para cumprir seu castigo.

Claveles cresceu em casa dos avós. Era uma menina teimosa e rebelde, difícil de dominar com argumentos ou com o exercício da autoridade,

---

* Plural de clavel — cravo. (N. T.)

mas que sucumbia imediatamente quando lhe tocavam os sentimentos. Levantava-se ao amanhecer e caminhava sete quilômetros até um galpão no meio das pastagens, onde uma professora juntava os meninos da região para lhes dar instrução básica. Ajudava a avó nas tarefas da casa e o avô na oficina, ia ao morro buscar argila e lavava-lhe os pincéis, mas nunca se interessou por outros aspectos de sua arte. Quando Claveles tinha nove anos, Amparo Medina, que definhara, reduzindo-se ao tamanho de uma criança, apareceu fria na cama, extenuada por tantas maternidades e tantos anos de trabalho. O marido trocou o melhor galo por algumas tábuas e fez-lhe um caixão decorado com cenas bíblicas. A neta vestiu-a para o funeral com o hábito de Santa Benedita, túnica branca e cordão azul na cintura, o mesmo que ela usara na primeira comunhão, e que coube à perfeição no corpo mirrado da anciã. Jesús Picero e Claveles saíram de casa a caminho do cemitério, puxando uma carreta em que levavam o caixão ornamentado com flores de papel. Pelo caminho foram-se juntando os amigos, homens e mulheres com as cabeças cobertas, que os acompanharam em silêncio.

O velho santeiro e a neta ficaram sozinhos na casa. Em sinal de luto, pintaram uma grande cruz na porta e ambos usaram, durante anos, uma faixa negra costurada na manga. O avô substituiu a mulher nos pormenores práticos da vida, mas nada voltou a ser como antes. A ausência de Amparo Medina invadiu-o por dentro, como doença maligna, sentiu que o sangue se lhe tornava água, que as recordações se lhe turvavam, que os ossos se lhe tornavam algodão, que o espírito se lhe enchia de dúvidas. Pela primeira vez em sua existência revoltou-se contra o destino, perguntando-se por que razão a tinham levado sem ele. A partir de então já não pôde fazer presépios; das suas mãos apenas saíam calvários e santos mártires, todos vestidos de luto, em que Claveles punha letreiros com mensagens patéticas à Divina Providência ditados pelo avô. Aquelas figuras não tiveram a mesma aceitação dos turistas da cidade, que preferiam as cores escandalosas atribuídas, por erro, ao temperamento indígena; nem entre os camponeses, que necessitavam adorar divindades alegres, porque o único consolo para as tristezas deste mundo era imaginar que no céu havia sempre festa. A Jesús Dionisio Picero tornou-se quase impossível vender seus trabalhos,

CONTOS DE EVA LUNA

mas continuou a fabricá-los, porque naquele ofício as horas passavam-se sem cansaço, como se fosse sempre cedo. No entanto, nem o trabalho nem a presença da neta puderam aliviá-lo, e começou a beber às escondidas, para que ninguém notasse sua vergonha. Bêbado, chamava pela mulher e, às vezes, conseguia vê-la junto ao fogão na cozinha. Sem os cuidados diligentes de Amparo Medina, a casa foi-se deteriorando, as galinhas adoeceram, tiveram de vender a cabra, a horta secou e, em breve, eram a família mais pobre dos arredores. Pouco depois, Claveles foi trabalhar numa povoação vizinha. Aos quatorze anos, seu corpo já havia alcançado forma e tamanho definitivos, e, como não tinha a pele acobreada nem as maçãs do rosto como os outros membros da família, Jesús Dionisio Picero concluiu que a mãe deveria ser branca, o que explicava o fato insólito de ter sido abandonada na porta de um quartel.

Ao fim de um ano e meio Claveles Picero regressou a casa com manchas no rosto e barriga proeminente. Encontrou o avô sem outra companhia que uma matilha de cães esfomeados e um par de galos miseráveis, soltos pelo pátio; falava sozinho, o olhar perdido, com sinais de não se lavar há muito tempo. Em torno, a maior das desordens. Tinha abandonado o seu pedaço de terra e passava as horas fabricando santos com aplicação demente, mas do seu antigo talento já restava muito pouco. Suas esculturas eram seres disformes e lúgubres, impróprios para a devoção ou a venda, que se amontoavam pelos cantos da casa, como pilhas de lenha. Jesús Dionisio Picero tinha mudado tanto, que nem tentou fazer para a neta o discurso sobre o pecado de pôr filhos no mundo sem pai conhecido; na verdade, pareceu não notar os sinais da gravidez; limitou-se a abraçá-la, tremendo todo e chamando-lhe Amparo.

— Olhe bem para mim, avô, sou Claveles. Venho para ficar, porque aqui há muito que fazer — disse a jovem e foi acender o fogão para ferver sopa e aquecer água para dar banho no velho.

Durante os meses que se seguiram Jesús Dionisio pareceu ressuscitar do luto, deixou a bebida, tornou a cultivar a horta, a ocupar-se dos galos e a limpar a igreja. Ainda lhe falava a recordação da mulher, com quem, de vez em quando, confundia a neta, mas voltou a ter a capacidade de rir. A companhia de Claveles e a ilusão de que logo teria outra criança em casa devolveram-lhe o amor pelas cores, e, pouco a pouco, deixou de besuntar seus santos com tinta preta, vestindo-os com roupagem mais adequada para o altar. O menino de Claveles saiu do ventre da mãe um dia às seis da tarde e caiu nas mãos calejadas de seu bisavô, que tinha longa experiência desses trabalhos, porque ajudara a nascer seus treze filhos.

— Vai chamar-se Juan — decidiu o improvisado parteiro logo que cortou o cordão umbilical e envolveu seu descendente com um pano.

— Por que Juan? Não há nenhum Juan na família, avô.

— Porque Juan era o melhor amigo de Jesús, e este será o meu melhor amigo. E qual é o sobrenome do pai?

— Faça de conta que não tem pai.

— Então Picero, Juan Picero.

Duas semanas depois do nascimento de seu bisneto, Jesús Dionisio começou a cortar madeira para um presépio, o primeiro que fazia depois da morte de Amparo Medina.

Claveles e o avô não tardaram muito para verificar que o menino não era normal. Tinha olhar curioso e mexia-se como qualquer bebê, mas não reagia quando lhe falavam, podendo permanecer horas acordado e imóvel. Fizeram a viagem até o hospital, onde os informaram de que era surdo e, por isso, seria mudo. O médico acrescentou que não havia muita esperança, a menos que tivessem sorte e conseguissem interná-lo numa instituição na cidade, onde lhe ensinariam boa conduta e, no futuro, poderiam dar-lhe uma profissão para ganhar a vida com decência e não ser sempre uma carga para os outros.

— Nem pensar, Juan fica conosco — decidiu Jesús Dionisio Picero sem sequer olhar para Claveles, que chorava com a cabeça coberta por um xale.

— Que vamos fazer, avô? — perguntou ela ao sair.

— Criá-lo, é claro.

— Como?

— Com paciência, como se treinam os galos ou se armam calvários em garrafas. Coisa de olho, tempo e coração.

Assim fizeram. Sem considerar o fato de que a criança não os podia ouvir, falavam-lhe sem parar, cantavam-lhe, punham-na junto ao rádio a todo volume. O avô pegava a mão do menino e a apoiava com firmeza sobre o próprio peito, para que sentisse a vibração da sua voz falando, fazia-o gritar e aplaudia seus grunhidos com grande entusiasmo. Mal começou a sentar, instalou-o a seu lado num caixote, rodeou-o de paus, nozes, ossos, pedaços de pano e pedrinhas para brincar, e, mais tarde, quando aprendeu a não a enfiar na boca, dava-lhe uma bola de barro para modelar. Sempre que conseguia trabalho, Claveles ia para a aldeia, deixando o filho nas mãos de Jesús Dionisio. Para onde fosse o velho, a criança o seguia como sombra, raramente se separavam. Entre os dois desenvolveu-se sólida camaradagem que eliminou a tremenda diferença de idade e o obstáculo do silêncio. Juan acostumou-se a observar os gestos e as expressões do rosto do bisavô, decifrando-lhe as intenções com tão bons resultados, que, no ano em que aprendeu a caminhar, já era capaz de ler seus pensamentos. Por seu lado, Jesús Dionisio tratava dele como mãe. Enquanto suas mãos se esmeravam em delicados artesanatos, seu instinto seguia os passos do menino, atento a qualquer perigo, mas só intervinha em casos extremos. Não se aproximava para consolá-lo depois de uma queda nem para socorrê-lo quando estava em apuros; acostumou-o, assim, a defender-se por si mesmo. Na idade em que outros meninos ainda andam tropeçando como cachorros, Juan Picero podia vestir-se, lavar-se e comer sozinho, alimentar as aves, ir buscar água no poço, sabia talhar as partes mais simples dos santos, misturar cores e preparar as garrafas para os calvários.

— Temos de mandá-lo à escola para não ficar bruto como eu — disse Jesús Dionisio quando se aproximava o sétimo aniversário do menino.

Claveles informou-se, mas disseram-lhe que o filho não podia frequentar um curso normal, porque nenhuma professora estaria disposta a se aventurar no abismo de solidão em que estava afundado.

— Não importa, avô, ganhará a vida fazendo santos, como o senhor — resignou-se Claveles.

— Isso não dá para comer.

— Nem todos podem educar-se, avô.

— Juan é surdo, mas não é burro. Tem muito discernimento e pode sair daqui, a vida no campo é muito dura para ele.

Claveles estava convencida de que o avô perdera o juízo e que o amor pelo menino o impedia de ver suas limitações. Comprou uma cartilha e tentou transmitir-lhe seus escassos conhecimentos, mas não conseguiu fazer o filho compreender que aquelas garatujas representavam sons e acabou por perder a paciência.

Naquele tempo apareceram os voluntários da senhora Dermoth. Eram jovens provenientes da cidade, que percorriam as regiões mais afastadas do país falando sobre um projeto humanitário para socorrer os pobres. Explicavam que, em algumas regiões, nasciam muitos meninos e que os pais não os podiam alimentar, enquanto em outras havia muitos casais sem filhos. Sua organização pretendia atenuar esse desequilíbrio. Apresentaram-se no rancho dos Picero com um mapa da América do Norte e alguns folhetos impressos em cores, onde se viam fotografias de meninos morenos junto de pais louros, em luxuosos ambientes com lareiras acesas, grandes cães peludos, pinheiros decorados com neve prateada e bolas de Natal. Depois de fazerem um rápido inventário da pobreza dos Picero, informaram-nos sobre a missão caritativa da senhora Dermoth, que localizava os meninos mais desamparados e os entregava por adoção a famílias com dinheiro, para salvá-los de uma vida de miséria. Ao contrário de outras instituições destinadas ao mesmo fim, ela se ocupava apenas de crianças com problemas de nascimento ou afetadas por acidentes ou doenças. No Norte, havia alguns casais — bons cristãos, evidentemente — dispostos a adotar esses meninos. Dispunham de todos os recursos para ajudá-los. Lá havia clínicas e escolas que faziam milagres com os surdos-mudos, por exemplo, ensinando-lhes o movimento dos lábios e a fala, e os mandando, depois, para colégios especiais, onde recebiam educação completa; alguns inscreviam-se na universidade, acabando advogados ou médicos. A organização tinha auxiliado muitos meninos, os Picero podiam ver as fotografias, como estão contentes, que saudáveis, com todos esses brinquedos, nessas casas de ricos. Os voluntários nada podiam prometer, mas fariam todo o possível para conseguir que um daqueles casais acolhesse Juan, para lhe dar todas as oportunidades que a sua mãe não lhe podia oferecer.

— Nunca devemos nos separar dos filhos, aconteça o que acontecer — disse Jesús Dionisio Picero, apertando a cabeça do menino contra o peito, para que não visse os rostos e adivinhasse o motivo da conversa.

CONTOS DE EVA LUNA

— Não seja egoísta, homem, pense no que é melhor para ele. Não vê que lá terá tudo? Você não tem com que lhe comprar remédios, não pode mandá-lo à escola, que vai ser dele? Este pobrezinho nem sequer tem pai.

— Mas tem mãe e bisavô — respondeu o velho.

Os visitantes partiram, deixando sobre a mesa os folhetos da senhora Dermoth. No dia seguinte, Claveles surpreendeu-se muitas vezes, olhando para eles e comparando aquelas casas amplas e bem-decoradas com a modesta habitação de tábuas, telhado de palha e chão de terra batida, aqueles pais amáveis e bem-vestidos com ela própria, cansada e descalça, aqueles meninos rodeados de brinquedos com o seu, amassando o barro.

Uma semana mais tarde, Claveles encontrou-se com os voluntários no mercado, aonde tinha ido vender algumas esculturas do avô, e voltou a ouvir os mesmos argumentos, que uma oportunidade como esta não apareceria outra vez, que as pessoas adotam crianças saudáveis, nunca retardadas mentais, que aquelas pessoas do Norte eram de nobres sentimentos, que pensasse bem nisso, porque se ia arrepender toda a vida por ter negado ao filho tantas vantagens, condenando-o ao sofrimento e à pobreza.

— Por que é que só querem meninos doentes? — perguntou Claveles.

— Porque são uns gringos meio santos. A nossa organização ocupa-se só dos casos mais penosos. Para nós seria mais fácil colocar os normais, mas queremos ajudar os desvalidos.

Claveles Picero tornou a ver os voluntários várias vezes. Apareciam sempre quando o avô não estava em casa. No final de novembro mostraram-lhe o retrato de um casal de meia-idade, de pé à porta de uma casa branca, rodeada de um parque, e disseram-lhe que a senhora Dermoth tinha encontrado os pais ideais para seu filho. Apontaram-lhe, no mapa, o local exato onde viviam, explicaram-lhe que ali havia neve no inverno, com que os meninos faziam bonecos, patinavam no gelo e esquiavam, que, no outono, os bosques pareciam de ouro e que, no verão, podia-se nadar no lago. O casal estava tão contente com a ideia de adotar o pequeno, que já lhe tinha comprado uma bicicleta. Também lhe mostraram a fotografia da bicicleta. E tudo isso sem contar que ofereciam a Claveles duzentos e cinquenta dólares, com o que ela poderia casar-se e ter filhos saudáveis. Seria loucura recusar.

Dois dias mais tarde, aproveitando o fato de Jesus Dionisio ter saído para ir limpar a igreja, Claveles Picero vestiu o filho com as melhores roupas, pendurou-lhe ao pescoço a medalha de batismo e explicou-lhe, na língua dos gestos inventada pelo avô para ele, que não se veriam durante muito tempo, talvez nunca mais, mas que era para seu bem, que ele iria para um lugar onde teria comida todos os dias e presentes nos seus aniversários. Levou-o ao endereço dado pelos voluntários, assinou um papel entregando a custódia de Juan à senhora Dermoth e saiu correndo para que o filho não lhe visse as lágrimas e começasse também a chorar.

Quando Jesús Dionisio Picero soube do acontecido, perdeu a respiração e a voz. Com murros, atirou no chão tudo que encontrou ao seu alcance, incluindo os santos nas garrafas, e virou-se para Claveles, batendo-lhe com inesperada violência para um velho da sua idade e tão manso de caráter. Logo que conseguiu falar, acusou-a de ser igual à mãe, capaz de desfazer-se do próprio filho, o que nem as feras fazem, e chamou o espírito de Amparo Medina para que se vingasse daquela neta depravada. Nos meses seguintes não dirigiu a palavra a Claveles, só abria a boca para comer e murmurar maldições enquanto as mãos se ocupavam com os instrumentos de entalhar. Os Picero acostumaram-se a viver em silêncio fechado, cada um cumprindo as suas tarefas. Ela cozinhava e punha-lhe o prato na mesa, ele comia com o olhar fixo na comida... Juntos cuidavam da horta e dos animais, cada um repetindo os gestos da própria rotina, em perfeita coordenação com o outro, sem se tocar. No dia de feira, ela pegava as garrafas e os santos de madeira, ia vendê-los, voltava com algumas provisões e deixava o dinheiro que restara num pote. Aos domingos, iam os dois à igreja, separados, como estranhos.

Talvez tivessem passado o resto de suas vidas sem se falar se, por meados de fevereiro, o nome da senhora Dermoth não tivesse sido notícia. O avô ouviu o caso pelo rádio, quando Claveles estava lavando roupa no pátio, primeiro o comentário do locutor e depois a confirmação do secretário do Bem-Estar Social em pessoa. Com o coração na boca, assomou à porta chamando Claveles aos gritos. A moça voltou-se e, ao vê-lo tão descontrolado, julgando que estivesse morrendo, correu para acudi-lo.

— Mataram-no, meu Jesus, mataram-no, com certeza! — gemeu o ancião caindo de joelhos.

— Quem, avô?

— Juan... — e, meio sufocado pelos soluços, repetiu-lhe as palavras do secretário do Bem-Estar Social; uma organização criminosa, dirigida por uma tal senhora Dermoth, vendia meninos indígenas. Escolhiam os doentes ou os de famílias muito pobres, com a promessa de que seriam entregues para adoção. Mantinham-nos por algum tempo em processo de engorda e, quando estavam em melhores condições, levavam-nos a uma clínica clandestina, onde os operavam. Dezenas de inocentes foram sacrificados como bancos de órgãos, para que lhes tirassem os olhos, os rins, o fígado e outras partes do corpo, enviadas, então, para transplantes no Norte. Acrescentou que numa das casas de engorda haviam encontrado vinte e oito crianças à espera de vez, que a polícia entrara em ação e que o governo continuava as investigações para desmantelar aquele horrendo tráfico.

Assim começou a longa viagem de Claveles e Jesús Dionisio Picero para falar, na capital, com o secretário do Bem-Estar Social. Queriam perguntar-lhe, com todo o respeito devido, se, entre os meninos salvos, estava o seu e se porventura poderiam devolvê-lo. Do dinheiro recebido, restava-lhes muito pouco, mas estavam dispostos a trabalhar como escravos para a senhora Dermoth, pelo tempo que fosse necessário, até lhe pagar o último centavo daqueles duzentos e cinquenta dólares.

O HÓSPEDE DA PROFESSORA

A professora Inês adentrou A Pérola do Oriente, que àquela hora estava sem clientes, dirigiu-se ao balcão onde Riad Halabí enrolava um tecido de flores multicores e disse que acabava de cortar o pescoço de um hóspede da sua pensão. O comerciante tirou o lenço branco e tapou a boca.

— O quê, Inês?

— O que você ouviu, turco.

— Está morto?

— É claro.

— E o que vai fazer agora?

— É isso que venho perguntar — disse ela, ajeitando o cabelo.

— É melhor fechar a loja — suspirou Riad Halabí.

Conheciam-se há tanto tempo, que já não conseguiram recordar o número de anos, embora ambos guardassem na memória cada pormenor do dia em que iniciaram a amizade. Ele era, então, um daqueles vendedores ambulantes que vão pelos caminhos, oferecendo suas mercadorias, peregrino do comércio, sem bússola nem rumo fixo, um emigrante árabe com falso passaporte turco, solitário, cansado, com lábio rachado como o dos coelhos e uma vontade insuportável de se sentar à sombra; e ela, uma mulher ainda jovem, de quadris firmes e ombros fortes, a única professora da aldeia, mãe de um rapaz de doze anos, nascido de um amor passageiro. O filho era o centro da vida da professora, cuidava dele com dedicação inflexível e mal conseguia disfarçar sua tendência a mimá-lo, aplicando as mesmas normas de disciplina que aos outros meninos da escola, para que ninguém pudesse comentar que o educava mal. E, para anular a herança insociável do pai, educava-o ao contrário, para ter pensamento claro e coração bondoso. Na mesma tarde em que Riad Halabí entrou em Água Santa por um dos lados, por outro um grupo de rapazes trouxe o corpo do filho da professora Inês numa maca improvisada. Tinha entrado num terreno para pegar uma manga, e o proprietário, um sujeito de fora que ninguém conhecia por aquelas bandas, disparou um tiro de espingarda com a intenção de assustá-lo, marcando-lhe metade do rosto com um círculo negro por onde a vida lhe fugiu. Nesse momento, o comerciante descobriu sua vocação de chefe e, sem saber como, viu-se no centro do acontecimento, consolando a mãe, organizando o funeral, como se fosse para um membro da família, e segurando as pessoas para evitar que despedaçassem o responsável. Entretanto, o assassino, compreendendo que seria muito difícil salvar a vida se ficasse ali, fugiu da aldeia disposto a nunca mais voltar.

Coube a Riad Halabí, na manhã seguinte, encabeçar a multidão que foi do cemitério até o local onde o menino tinha caído. Todos os habitantes de Água Santa passaram esse dia transportando mangas, que atiraram pelas janelas da casa do assassino até enchê-la por completo, desde o chão até o teto. Em poucas semanas o sol fermentou a fruta, que explodiu em sumo espesso, impregnando as paredes de um sangue dourado, de um pus adocicado, que transformou a casa em fóssil de dimensões pré-históricas, uma enorme besta em processo de apodrecimento, atormentada pela infinita diligência das larvas e mosquitos da decomposição.

A morte do menino, o papel que lhe coube desempenhar nesses dias e a recepção que teve em Água Santa determinaram a existência de Riad Halabí. Esqueceu a sua ancestralidade de nômade e ficou na aldeia. Instalou ali o armazém A Pérola do Oriente. Casou-se e enviuvou, voltou a se casar e continuou vendendo, enquanto crescia seu prestígio de homem justo. Por sua vez, Inês educou várias gerações de crianças com o mesmo carinho tenaz que tinha dado ao filho, até que foi vencida pela fadiga. Então cedeu o lugar a outras professoras chegadas da cidade com novas cartilhas e aposentou-se. Ao deixar a escola, sentiu que envelhecia subitamente e que o tempo se acelerava, os dias passavam muito rápido, sem que ela pudesse recordar em que as horas haviam sido gastas.

CONTOS DE EVA LUNA

— Ando atordoada, turco. Estou morrendo sem me dar conta disso — comentou.

— Você está tão saudável como sempre, Inês. O que acontece é que se aborrece, não deve ficar ociosa — replicou Riad Halabí, e deu-lhe a ideia de acrescentar alguns quartos à casa e transformá-la em pensão. — Nesta aldeia não há hotel.

— Nem há turistas — disse ela.

— Uma cama limpa e um bom café quente são bênçãos para os viajantes de passagem.

Assim foi, principalmente para os caminhoneiros da Companhia de Petróleo, que ficavam para passar a noite na pensão quando o cansaço e o tédio da estrada lhes enchiam o cérebro de alucinações.

A professora Inês era a matrona mais respeitada de Água Santa. Educara todos os meninos do lugar durante várias décadas, o que lhe dava autoridade para intervir nas vidas de cada um e puxar-lhes as orelhas quando considerava necessário. As moças levavam os noivos para que os aprovasse, os esposos consultavam-na a propósito das suas zangas, era conselheira, árbitro e juiz em todos os problemas, sua autoridade era mais sólida do que a do padre, a do médico ou a da polícia. Nada a detinha no exercício desse poder. Numa ocasião, entrou na cadeia, passou pelo tenente sem o cumprimentar, pegou as chaves penduradas num prego na parede e tirou da cela um dos seus alunos, preso por causa de uma bebedeira. O oficial tentou impedi-la, mas ela lhe deu um empurrão e levou o rapaz pelo pescoço. Na rua, deu-lhe um par de bofetadas e disse-lhe que, da próxima vez, ela mesma lhe tiraria as calças para lhe aplicar uma surra inesquecível. No dia em que Inês foi anunciar-lhe que tinha matado um cliente, Riad Halabí não teve a menor dúvida de que falava sério, porque a conhecia bem demais. Pegou-lhe o braço e caminhou com ela os dois quarteirões que separavam A Pérola do Oriente de sua casa. Era uma das melhores construções da aldeia, em adobe e madeira, com amplo alpendre onde se penduravam redes nas tardes mais quentes, banhos com água corrente e ventiladores em todos os quartos. A essa hora parecia vazia, apenas um hóspede descansava na sala, tomando cerveja com o olhar perdido na televisão.

— Onde está? — sussurrou o comerciante árabe.

— Num quarto dos fundos — respondeu ela sem baixar a voz.

Levou-o ao longo corredor de quartos, coberto com amores-perfeitos roxos subindo pelas colunas e vasos com fetos pendurados nas vigas, à volta de um pátio onde cresciam nespereiras e bananeiras. Inês abriu a última porta, e Riad Halabí entrou no quarto sombrio. As persianas estavam fechadas, por isso necessitou de alguns instantes para habituar os olhos e ver sobre a cama o corpo de um velho de aparência inofensiva, um forasteiro decrépito, nadando na lama da própria morte, com as calças manchadas de excrementos, a cabeça pendurada por uma tira de pele lívida e uma terrível expressão de desconsolo, como se estivesse pedindo desculpa por tanta confusão e sangue e pela estupidez tremenda de ter-se deixado assassinar. Riad Halabí sentou-se na única cadeira do quarto, os olhos fixos no chão, tentando controlar o sobressalto do estômago. Inês ficou de pé, braços cruzados sobre o peito, calculando que necessitaria de dois dias para lavar as manchas e de outros dois, pelo menos, para arejar o cheiro de merda e espanto.

— Como fez isso? — perguntou, por fim, Riad Halabí, enxugando o suor.

— Com o machado de abrir os cocos. Vim por trás e dei-lhe um só golpe. Nem percebeu, pobre-diabo.

— Mas por quê?

— Tinha de fazê-lo, a vida é assim. Olha que pouca sorte, este velho não pensava parar em Água Santa, ia atravessando a aldeia, e uma pedra quebrou o vidro de seu carro. Veio passar umas horas aqui, enquanto o italiano da oficina substituía o vidro. Mudou muito, todos envelhecemos, segundo parece, mas reconheci-o logo. Esperei-o muitos anos, certa de que ele viria, mais cedo ou mais tarde. É o homem das mangas.

— Alá nos ampare! — murmurou Riad Halabí.

— Acha que devemos chamar o tenente?

— Nem brincando, não pense nisso!

— Estou no meu direito, ele matou meu filho.

— Não iria compreender isso, Inês.

— Olho por olho, dente por dente, turco. Não é isso que diz a sua religião?

CONTOS DE EVA LUNA

— A lei não funciona assim, Inês.

— Bom, então podemos arrumá-lo um pouco e dizer que se suicidou.

— Não o toque. Quantos hóspedes há na casa?

— Apenas um caminhoneiro. Vai-se embora logo que refrescar, tem de dirigir até a capital.

— Bem, então não receba mais ninguém. Feche à chave a porta deste quarto e me espere. Voltarei à noite.

— Que vai fazer?

— Vou resolver isso à minha maneira.

Riad Halabí tinha sessenta e cinco anos, mas ainda conservava o mesmo vigor da juventude e o mesmo espírito que o colocou à frente da multidão no dia em que chegou a Água Santa. Saiu da casa da professora Inês e encaminhou-se em passo rápido para a primeira das várias visitas que faria naquela tarde. Nas horas seguintes, um cochichar persistente percorreu a aldeia, cujos habitantes sacudiram o torpor de anos, excitados pela mais fantástica das notícias, que foram repetindo de casa em casa como um rumor incontrolável, uma notícia cuja tendência seria estalar aos gritos e a que a própria necessidade de manter em murmúrio dava um valor especial. Antes do pôr do sol já se sentia no ar essa inquietação alvoroçada que nos anos seguintes seria característica da aldeia, incompreensível para os forasteiros de passagem, que não podiam ver nesse lugar nada de extraordinário, mas apenas uma vila insignificante, como tantas outras, à beira da selva. Desde cedo começaram a chegar os homens à taberna, as mulheres saíram para as calçadas com suas cadeiras de cozinha para tomar ar, os jovens reuniram-se em massa na praça, como se fosse domingo. O tenente e seus homens deram duas ou três voltas de rotina e depois aceitaram o convite das mulheres do bordel, que celebravam um aniversário, segundo disseram. Ao anoitecer, havia mais gente na rua do que no dia de Todos os Santos, cada qual ocupado em seus afazeres com tão aparatosa diligência, que pareciam todos posar para uma fotografia, uns jogando dominó, outros bebendo rum e fumando pelas esquinas, alguns casais passeando de mãos dadas, as mães brincando com os filhos, as avós espiando pelas portas abertas. O padre acendeu as luzes da paróquia e tocou os sinos para a reza da novena de Santo Isidoro Mártir, mas ninguém estava com disposição para aquele tipo de devoção.

Às nove e meia reuniram-se, em casa da professora Inês, o árabe, o médico da aldeia e quatro jovens que ela educara desde as primeiras letras e eram já uns homenzarrões regressados do serviço militar. Riad Halabí levou-os até o último quarto, onde encontraram o cadáver coberto de insetos, porque a janela ficara aberta e era a hora da mosquitada. Enfiaram o infeliz num saco de lona, levaram-no suspenso até a rua e puseram-no sem maiores cerimônias na parte traseira do veículo de Riad Halabí. Atravessaram toda a povoação pela rua principal, saudando, como era costume, as pessoas com quem cruzavam pelo caminho. Alguns retribuíram o cumprimento com exagerado entusiasmo, enquanto outros fingiam não os ver, rindo dissimuladamente, como meninos surpreendidos em alguma travessura. A camioneta dirigiu-se para o lugar onde, anos antes, o filho da professora Inês se esticou pela última vez para colher uma fruta. No resplendor da lua viram a propriedade invadida pela erva maligna do abandono, deteriorada pela decrepitude e as más recordações, uma colina emaranhada em que as mangueiras cresciam selvagens, os frutos caíam dos ramos e apodreciam no chão, dando nascimento a outras matas que, por sua vez, engendravam outras e assim por diante, até criar uma selva fechada que tinha engolido as cercas, os caminhos e até as ruínas da casa, da qual só ficara um resto quase tão imperceptível como o cheiro doce da fruta. Os homens acenderam os lampiões de querosene e começaram a andar bosque adentro, abrindo passagem a machadadas. Quando consideraram que já tinham avançado bastante, um deles apontou o chão e ali, aos pés de uma árvore gigantesca carregada de fruta, cavaram um buraco profundo, onde jogaram o saco de lona. Antes de cobri-lo com terra, Riad Halabí disse uma pequena oração muçulmana, porque não conhecia outras. Regressaram à povoação por volta de meia-noite e viram que ninguém ainda tinha arredado pé, as luzes continuavam acesas em todas as janelas e, pelas ruas, transitava gente.

Enquanto isso, a professora Inês lavara com água e sabão as paredes e os móveis do quarto, queimara a roupa de cama, arejara a casa e esperava

CONTOS DE EVA LUNA

os amigos com a ceia preparada e uma jarra de rum com sumo de ananás. O repasto decorreu com alegria, comentando-se as últimas brigas de galos, desporto bárbaro segundo a professora, mas menos bárbaro do que as corridas de touros, em que um matador colombiano acabava de perder o fígado, diziam os homens. Riad Halabí foi o último a se despedir. Nessa noite, pela primeira vez em sua vida, sentia-se velho. À porta, a professora Inês pegou-lhe as mãos e as reteve um instante nas suas.

— Obrigada, turco — disse-lhe.

— Por que me chamou, Inês?

— Porque você é a pessoa de quem mais gosto neste mundo, e porque deveria ter sido você o pai do meu filho.

No dia seguinte, os habitantes de Água Santa voltaram aos afazeres de sempre, engrandecidos por uma cumplicidade magnífica, por um segredo de bons vizinhos, que haveriam de guardar com o maior zelo, passando-o uns aos outros, por muitos anos, como uma lenda de justiça, até que a morte da professora Inês nos libertou a todos, e agora posso contar tudo.

COM O DEVIDO RESPEITO

Eram dois malandros. Ele tinha cara de corsário, cabelo e bigode pintados, cor de azeviche, mas com o tempo mudou de estilo, deixou ficarem as cãs, que lhe suavizaram a expressão e lhe deram ar mais circunspecto. Ela era robusta com a pele leitosa das saxãs ruivas, pele que na juventude reflete a luz com brilhos de opala, mas que, na idade madura, se transforma em papel manchado. Os anos que passou nos acampamentos petrolíferos e nas aldeias da fronteira não lhe diminuíram o vigor, herança dos antepassados escoceses. Nem os mosquitos, nem o calor, nem o mau uso puderam esgotar seu corpo ou abrandar-lhe a vontade de ordenar. Aos quatorze anos abandonou o pai, um pastor protestante que pregava a Bíblia em plena selva, trabalho de todo inútil, porque ninguém entendia seu linguajar em inglês e porque, naquelas latitudes, as palavras, incluindo as de Deus, perdem-se na algazarra das aves. Nessa idade a moça já tinha alcançado sua estatura definitiva e estava em pleno domínio de sua pessoa. Não era sentimental. Afastou um a um os homens que, atraídos pela labareda incandescente de seus cabelos, tão raros nos trópicos, lhe ofereceram proteção. Não tinha ouvido falar do amor e não era de seu temperamento inventá-lo, mas soube tirar o melhor partido do único bem que possuía, e, ao completar vinte e cinco anos, já tinha um punhado de diamantes costurados na bainha da saia. Entregou-se sem vacilar a Domingo Toro, o único homem que conseguiu domá-la, um aventureiro que percorria a região caçando caimões e traficando armas e uísque falsificado. Um velhaco sem escrúpulos; o companheiro perfeito para Abigail McGovern.

Nos primeiros tempos, o casal teve de inventar negócios meio extravagantes para aumentar seu capital. Com os diamantes dela e algumas poupanças que ele fizera com o contrabando, as peles de lagarto e as trapaças no jogo, Domingo comprou fichas no cassino, porque soube que eram idênticas às do cassino do outro lado da fronteira, onde o valor da moeda era muito superior. Encheu uma maleta com fichas e viajou para trocá-las por dinheiro sonante, que se pudesse contar. Conseguiu repetir duas vezes a mesma operação, antes que as autoridades se dessem conta e, quando o fizeram, aconteceu que não o puderam acusar de ato ilegal. Enquanto isso, Abigail comercializava potes de barro que comprava dos camponeses e vendia como peças arqueológicas aos gringos da Companhia de Petróleo, com tanta sorte, que depressa pôde ampliar a empresa vendendo falsas pinturas coloniais, feitas por um estudante num canto atrás da catedral, envelhecidas à pressa com água do mar, fuligem e urina de gato. Tinha, então, posto de lado os modos e as palavras de ladra de cavalos, cortara o cabelo e vestia trajes caros. Embora seu gosto fosse muito rebuscado, e os esforços para parecer elegante, excessivamente notórios, podia passar por uma senhora, o que facilitava as suas relações sociais e contribuía para o êxito de seus negócios. Marcava entrevistas com os clientes nos salões do Hotel Inglês e, enquanto servia chá com gestos medidos que aprendera a copiar, falava de caçadas e campeonatos de tênis em hipotéticos lugares de nome britânico, que ninguém poderia localizar em mapa algum. Depois da terceira taça, mencionava em tom confidencial o propósito desse encontro, mostrava fotografias das supostas antiguidades e esclarecia que sua intenção era salvar esses tesouros da negligência local. O governo não tinha recursos para preservar aqueles objetos extraordinários, dizia ela, e mandá-los para fora do país, ainda que fosse ilegal, era ato de consciência arqueológica.

Logo que os Toro lançaram as bases de uma pequena fortuna, Abigail pretendeu fundar uma estirpe e convenceu Domingo da necessidade de ter um bom nome.

— Que há de mal com o nosso?

— Ninguém se chama Toro, é sobrenome de taberneiro — respondeu Abigail.

— É o nome de meu pai, e não pretendo mudá-lo.

— Nesse caso, terá que convencer todo mundo de que somos ricos.

CONTOS DE EVA LUNA

Sugeriu comprar terras e semear banana ou café, como os *godos** de outros tempos, mas Domingo não se sentia atraído pela ideia de ir para as províncias do interior, terra selvagem, exposta a bandos de ladrões, ao exército ou a guerrilheiros, a víboras e a todas as espécies de peste; achava que era estupidez partir para a selva em busca do futuro, porque este se encontrava ao alcance da mão na capital, sendo mais seguro dedicar-se ao comércio, como os milhares de sírios e judeus que desembarcavam com um saco de misérias às costas e que, ao fim de poucos anos, viviam com fartura.

— Nada de turquices. O que eu quero é uma família respeitável; quero que nos chamem senhor e senhora e que ninguém se atreva a falar-nos de chapéu na cabeça — disse ela.

Mas ele insistiu, e ela acabou por acatar sua decisão, como fazia quase sempre, porque, quando o enfrentava, o marido mortificava-a com longos períodos de abstinência e silêncio. Nessas ocasiões ele desaparecia de casa por vários dias, regressava maltratado por amores clandestinos, mudava de roupa e voltava a sair, deixando Abigail a princípio furiosa e depois aterrorizada à ideia de perdê-lo. Ela era pessoa prática, carecida por completo de sentimentos românticos, e, se alguma vez houve nela alguma semente de ternura, os anos de mulher vulgar a destruíram, mas Domingo era o único homem que podia tolerar a seu lado e não estava disposta a deixá-lo partir. Mal Abigail cedia, ele voltava a dormir na sua cama. Não havia reconciliações ruidosas, retomavam simplesmente o ritmo da rotina e voltavam à cumplicidade de suas vigarices. Domingo Toro instalou uma cadeia de tendas nos bairros pobres, onde vendia muito barato, mas em grandes quantidades. As tendas serviam de local para outros negócios menos lícitos. O dinheiro continuou a aumentar, podiam pagar extravagâncias de ricos, mas Abigail não estava satisfeita, percebendo que uma coisa era viver com luxo e outra, muito diferente, era serem aceitos na sociedade.

— Se você tivesse me ouvido, não nos confundiriam com comerciantes árabes. Vender trapos! — disse censurando o marido.

— Não sei do que você se queixa, temos tudo!

---

* Godo. Em itálico no texto. Nome com que, na América, se designavam os espanhóis. (N. T.)

— Continue com os seus bazares de pobres, se é isso o que quer. Eu vou comprar cavalos de corrida.

— Cavalos? O que você sabe sobre cavalos, mulher?

— Que são elegantes e que toda pessoa importante tem cavalos.

— Vamos falir!

Por fim, Abigail conseguiu impor sua vontade e, em pouco tempo, tiveram a prova de que não tinha sido má ideia. Os animais deram-lhes pretextos para lidar com as antigas famílias de criadores e, além disso, acabaram por ser rentáveis; mas, embora os Toro aparecessem com frequência nas páginas hípicas da imprensa, nunca estavam na crônica social. Despeitada, Abigail tornou-se cada vez mais espalhafatosa. Encomendou um serviço de porcelana com seu retrato pintado a mão em cada peça, taças de cristal gravado e móveis com gárgulas furiosas nos pés, além de um velho cadeirão que fez passar por relíquia colonial, dizendo a todos que havia pertencido ao Libertador, razão por que lhe amarrou um cordão vermelho na frente, para que ninguém pudesse pousar o rabo onde o Pai da Pátria o tinha feito. Contratou uma preceptora alemã para os filhos e um vagabundo holandês, que vestiu de almirante, para manobrar o iate da família. Os únicos vestígios do passado eram as tatuagens de flibusteiro de Domingo e uma lesão nas costas de Abigail, em consequência de serpentear de pernas abertas nos seus tempos de barbárie; mas ele escondia as tatuagens com mangas compridas, e ela mandou fazer um espartilho de ferro com almofadinhas de seda para a dor não lhe destruir a dignidade. Era, então, uma mulherona obesa, coberta de joias, parecida com Nero. A ambição marcou em seu corpo os estragos que as aventuras da selva não tinham conseguido.

Com a intenção de atrair a fatia mais seleta da sociedade, os Toro ofereciam, a cada ano, no carnaval uma festa de máscaras: a corte de Bagdá com o elefante e os camelos do zoológico e um exército de rapazes vestidos de beduínos; o Baile de Versalhes, cujos convidados com trajes de brocados e perucas empoadas dançavam minueto entre espelhos biselados; e outras pândegas escandalosas que passaram a fazer parte das lendas locais e deram motivo a violentas polêmicas nos jornais de esquerda. Precisaram pôr guarda na casa para impedir que os estudantes, indignados pelo esbanjamento, pintassem palavras de ordem nas colunas e atirassem merda pelas janelas, alegando que os novos-ricos enchiam suas banheiras com champanha enquanto os novos-

CONTOS DE EVA LUNA

-pobres caçavam os gatos dos telhados para comer. Essas festanças deram-lhes certa respeitabilidade, porque, então, a linha que dividia as classes sociais estava se esfumando, ao país chegava gente de todos os cantos da terra, atraída pelo miasma do petróleo, a capital crescia sem controle, as fortunas faziam-se e perdiam-se num piscar de olhos e já não havia possibilidade de averiguar as origens de cada um. No entanto, as famílias de linhagem mantinham os Toro a distância, apesar de elas próprias descenderem de outros emigrantes, cujo único mérito fora terem chegado àquelas costas com meio século de antecedência. Frequentavam os banquetes de Domingo e Abigail e, por vezes, passeavam pelo Caribe no iate guiado pela mão firme do capitão holandês, mas não retribuíam as atenções recebidas. Talvez Abigail tivesse de se resignar a um segundo plano, se um acontecimento inesperado não lhes mudasse a sorte.

Nessa tarde de agosto, Abigail acordou da sesta afogueada; fazia muito calor, e o ar estava carregado com presságio de tormenta. Enfiou um vestido de seda sobre o espartilho e fez-se conduzir ao salão de beleza. O automóvel atravessou as ruas abarrotadas de tráfego com os vidros fechados, para evitar que algum ressentido — desses que havia cada vez mais — cuspisse na senhora pela janela, e parou no local às cinco em ponto, onde entrou, depois de ordenar ao motorista que fosse apanhá-la uma hora mais tarde. Quando o homem regressou para buscá-la, Abigail não estava. As cabeleireiras disseram que, cinco minutos depois de chegar, a senhora anunciou que ia dar uma saída rápida e não voltara. Entretanto, Domingo Toro recebeu no seu escritório a primeira chamada dos Pumas Vermelhos, um grupo extremista do qual ninguém ouvira falar até então, dizendo que tinham sequestrado sua mulher.

Assim começou o escândalo que salvou o prestígio dos Toro. A polícia prendeu o motorista e as cabeleireiras, vasculhou bairros inteiros, cercou a casa dos Toro, com consequente incômodo para os vizinhos. Um carro da televisão bloqueou a rua durante dias, e um tropel de jornalistas, detetives e curiosos pisou os relvados da casa. Domingo Toro apareceu nas telas, sentado na poltrona de couro de sua biblioteca, entre um mapa-múndi e uma égua embalsamada, implorando aos energúmenos que lhe devolvessem a mãe de seus filhos. O magnata dos barateiros, como lhe chamou a imprensa, oferecia um milhão pela mulher, cifra muito exagerada; outro grupo guerrilheiro só conseguira a metade por um embaixador do Oriente Médio. No entanto, os

Pumas Vermelhos não acharam suficiente e pediram o dobro. Depois de ver a fotografia de Abigail nos jornais, muitos pensaram que o melhor negócio para Domingo seria pagar essa quantia não para recuperar a companheira, mas para que os sequestradores ficassem com ela. Uma exclamação incrédula percorreu o país quando o marido, depois de algumas consultas a banqueiros e advogados, aceitou a combinação, apesar das advertências da polícia. Horas antes de entregar a soma estipulada, recebeu por correio uma madeixa de cabelo ruivo e uma carta, indicando que o preço aumentara mais um quarto de milhão. A essa altura os filhos dos Toro também foram à televisão enviar a mensagem de desespero filial a Abigail. O macabro resgate foi subindo dia a dia, ante o olhar atento da imprensa.

O suspense acabou cinco dias mais tarde, precisamente quando a curiosidade do público começava a desviar-se para outras direções. Abigail apareceu amarrada e amordaçada num carro estacionado em pleno Centro, um pouco nervosa e despenteada, mas sem danos visíveis e até um pouco mais gorda. Na tarde em que Abigail regressou a casa, juntou-se pequena multidão na rua para aplaudir aquele marido que tinha dado tal prova de amor.

Perante a perseguição dos jornalistas e as exigências da polícia, Domingo Toro assumiu atitude de discreta galanteria, negando-se a revelar quanto havia pago, com o argumento de que a esposa não tinha preço. O exagero popular atribuiu-lhe cifra absolutamente improvável, muito mais do que algum homem alguma vez pagara por uma mulher e muito menos pela sua. Isso tornou os Toro um símbolo de opulência; dizia-se que eram tão ricos como o presidente, que se beneficiara durante anos das receitas nacionais do petróleo, e calcula-se sua fortuna como uma das cinco maiores do mundo. Domingo e Abigail foram equiparados à alta sociedade, aonde não tinham tido acesso até então. Nada embaciou seu triunfo, nem sequer os protestos públicos dos estudantes, que penduraram faixas na universidade acusando Abigail de se sequestrar, o magnata de tirar os milhões de um bolso para metê-lo no outro, sem pagar impostos, e a polícia de usar o conto dos Pumas Vermelhos para assustar as pessoas e justificar as perseguições aos partidos da oposição. Mas as más línguas não conseguiram destruir o magnífico efeito do sequestro, e, dez anos depois, os Toro McGovern tinham-se tornado uma das famílias mais respeitadas do país.

VIDA INTERMINÁVEL

Há histórias de todas as espécies. Algumas nascem ao ser contadas; sua substância é a linguagem, e, antes que alguém as ponha em palavras, são apenas uma emoção, um capricho da mente, uma imagem ou uma reminiscência intangível. Outras chegam completas, como maçãs, e podem repetir-se até o infinito sem risco de ter seu sentido alterado. Existem umas que são tomadas pela realidade e processadas pela inspiração, enquanto outras nascem de um instante de inspiração e se transformam em realidade ao serem contadas. E há histórias secretas que permanecem ocultas nas sombras da memória; são como organismos vivos, nascem-lhes raízes, tentáculos, enchem-se de aderências e parasitas e, com o tempo, transformam-se em matéria de pesadelos. Por vezes, para exorcizar os demônios de uma recordação, é necessário contá-la como um conto.

Ana e Roberto Blaum envelheceram juntos, tão unidos que, com os anos, chegaram a parecer irmãos; ambos tinham a mesma expressão de surpresa benevolente, rugas, gestos de mãos, inclinação de ombros iguais; os dois estavam marcados por costumes e anseios semelhantes. Tinham compartilhado cada dia durante a maior parte de suas vidas e, de tanto andar de mãos dadas e de dormir abraçados, podiam combinar para se encontrar no mesmo sonho. Nunca se tinham separado desde que se haviam conhecido, meio século atrás. Nessa época, Roberto estudava medicina e já tinha a paixão que determinou a sua existência de lavar o mundo e redimir o próximo, e Ana era uma dessas jovens virginais, capazes de embelezar tudo com sua candura. Descobriram-se por intermédio da música. Ela era violinista de uma orquestra de câmara, e ele, que vinha de uma família de virtuosos e gostava de tocar piano, não perdia um concerto. Distinguiu no palco aquela jovem vestida de veludo preto e gola de rendas que tocava seu instrumento com os olhos fechados e apaixonou-se por ela a distância. Passaram meses antes que se atrevesse a lhe falar, e, quando o fez, bastaram quatro frases para que ambos compreendessem que estavam destinados a um vínculo perfeito. A guerra surpreendeu-os antes que pudessem casar, e, como milhares de judeus alucinados pelo horror das perseguições, tiveram de fugir da Europa. Embarcaram num porto da Holanda, sem mais bagagem do que a roupa que vestiam, alguns livros de Roberto e o violino de Ana. O navio andou dois anos à deriva, sem poder atracar em nenhum cais, porque as nações do hemisfério não quiseram aceitar seu carregamento de refugiados. Depois de dar voltas por vários mares, arribou às costas do Caribe. Já tinha o casco como uma couve-flor de conchas de liquens, a umidade remanescia no seu interior em gotejar persistente, as máquinas haviam ficado verdes e todos os tripulantes e passageiros — menos Ana e Roberto, defendidos da falta de esperança pela ilusão do amor — haviam envelhecido duzentos anos. O capitão, resignado com a ideia de continuar a deambular eternamente, lançou o ferro de sua carcaça de transatlântico num recanto da baía, em frente a uma praia de areias fosforescentes e esbeltas palmeiras coroadas de plumas, para que os marinheiros à noite fossem buscar água doce para os depósitos. Mas eles nunca mais voltaram. Ao amanhecer do dia seguinte foi impossível pôr as máquinas em funcionamento, corroídas pelo esforço de se moverem com uma mistura de água salgada e pólvora, à falta de melhores combustíveis. Na metade da manhã chegaram, numa lancha, as autoridades do porto mais próximo, um punhado de mulatos alegres de uniforme desabotoado e com a maior boa vontade, mas que, de acordo com o regulamento, solicitavam que o navio saísse de suas águas territoriais; ao saber, entretanto, a triste sorte dos navegantes e o deplorável estado do navio, sugeriram ao capitão que ficasse alguns dias ali, tomando sol, para ver se, ficando à vontade, os problemas se resolveriam por si, como acontece quase sempre. Durante a noite todos os habitantes daquele navio desditoso desceram nos botes, pisaram as areias quentes daquele país, cujo nome mal sabiam pronunciar, e perderam-se terra adentro na voluptuosa vegetação, dispostos a fazer a barba, tirar os trapos bolorentos e afastar os ventos oceânicos que lhes tinham curtido a alma.

CONTOS DE EVA LUNA

Assim começaram Ana e Roberto Blaum os seus destinos de emigrantes, primeiro trabalhando como operários para sobreviver, e, mais tarde, quando já tinham aprendido as regras daquela sociedade versátil, lançaram raízes, e ele pôde acabar os estudos de medicina interrompidos pela guerra. Alimentavam-se de banana e café, moravam em humilde pensão, num quarto de dimensões escassas, com a janela voltada para um lampião da rua. À noite, Roberto aproveitava essa luz para estudar, e Ana, para costurar. Ao terminar o trabalho, ele se sentava para olhar as estrelas sobre os telhados vizinhos, e ela tocava antigas melodias no seu violino, costume que conservaram como forma de encerrar o dia. Anos depois, quando o nome de Blaum ficou célebre, esses tempos de pobreza eram mencionados como referência romântica nos prólogos dos livros ou nas entrevistas dos jornais. A sorte mudou para eles, mas mantiveram a atitude de extrema modéstia, porque não conseguiram apagar as sequelas dos sofrimentos passados nem se podiam livrar da sensação de carência própria do exílio. Eram os dois da mesma estatura, de pupilas claras e ossos fortes. Roberto tinha aparência de sábio, uma cabeleira em desordem coroando-lhe as orelhas, usava lentes grossas com aros redondos de tartaruga, vestia sempre terno cinzento, que substituía por outro igual quando Ana se recusava a continuar cerzindo os punhos, e apoiava-se em um bastão de bambu que um amigo lhe trouxera da Índia. Era um homem de poucas palavras, preciso no falar, como em todo o resto, mas com delicado senso de humor que suavizava o peso de seus conhecimentos. Seus alunos haveriam de recordá-lo como o mais bondoso dos professores. Ana tinha temperamento alegre e confiante, era incapaz de imaginar a maldade dos outros e, por isso, estava imune. Roberto reconhecia que a mulher era dotada de admirável senso prático e, desde o princípio, delegou a ela as decisões importantes e a administração do dinheiro. Ana cuidava do marido com carinho de mãe, cortava-lhe o cabelo e as unhas, vigiava-lhe a saúde, a comida e o sono, estando sempre ao alcance de seu chamamento. A companhia um do outro era para eles tão indispensável, que Ana renunciou à vocação musical, porque isso a teria obrigado a viajar com frequência, e só tocava o violino na intimidade da casa. Acostumou-se a ir à noite, com Roberto, ao necrotério ou à biblioteca da Universidade, onde ele ficava pesquisando durante longas horas. Ambos gostavam da solidão e do silêncio dos edifícios fechados.

Depois regressavam, caminhando pelas ruas vazias até o bairro de pobres, onde ficava sua casa. Com o crescimento descontrolado da cidade, esse bairro tornou-se um ninho de traficantes, prostitutas e ladrões, onde nem os carros da polícia se atreviam a circular depois do pôr do sol, mas eles o atravessavam de madrugada sem ser molestados, todo mundo os conhecia. Não havia doença nem problema que não fossem discutidos com Roberto, e nenhum menino crescera ali sem provar os biscoitos de Ana. Alguém se encarregava de explicar aos estranhos que, por questão de princípio, os velhos eram intocáveis. Acrescentavam que os Blaum constituíam um orgulho para a Nação, que o Presidente em pessoa havia condecorado Roberto e que eram tão respeitáveis, que nem mesmo a Guarda os incomodava quando entrava na vizinhança com as armas de guerra para vasculhar as casas uma a uma.

Conheci-os no fim da década de 60, quando, na sua loucura, minha madrinha cortou o pescoço com uma navalha. Levamo-la ao hospital, sangrando aos borbotões, sem que ninguém acalentasse a esperança real de salvá-la, mas tivemos a boa sorte de Roberto Blaum estar ali e começar tranquilamente a costurar-lhe a cabeça no devido lugar. Perante o assombro dos outros médicos, minha madrinha se recuperou. Passei muitas horas sentada junto de sua cama durante as semanas de convalescença e tive várias oportunidades de conversar com Roberto. Pouco a pouco iniciamos sólida amizade. Os Blaum não tinham filhos, e, creio, isso lhes fazia falta, porque, com o tempo, chegaram a tratar-me como se o fosse. Ia vê-los com frequência, mas raramente à noite, para não me aventurar sozinha naquele bairro; ao almoço, eles me recebiam com algum prato especial. Eu gostava de ajudar Roberto no jardim e Ana na cozinha. Às vezes ela pegava o violino e me presenteava com um par de horas de música. Entregaram-me a chave da casa e, quando viajavam, eu tratava do seu cão e regava-lhes as plantas.

Os sucessos de Roberto Blaum haviam começado cedo, apesar do atraso que a guerra impusera à sua carreira. Numa idade em que outros médicos

CONTOS DE EVA LUNA

se iniciam nas salas de operações, ele já tinha publicado alguns ensaios de mérito, mas sua notoriedade começou com a publicação de seu livro sobre o direito à morte sossegada. Não exercia a medicina privada, salvo quando se tratava de amigo ou vizinho, e preferia praticar seu ofício nos hospitais de pobres, onde podia atender maior número de enfermos e aprender todos os dias qualquer coisa nova. Longos turnos nos pavilhões de moribundos inspiraram-lhe a compaixão por esses corpos frágeis intubados às máquinas de viver, sob o suplício de agulhas e tubos, a quem a ciência negava final digno sob o pretexto de que se deve manter o alento a qualquer preço. Doía-lhe não os poder ajudar a deixar este mundo e ser obrigado, pelo contrário, a retê-los contra a vontade, agonizantes, em suas camas. Em algumas ocasiões, o tormento imposto a um de seus enfermos tornava-se tão insuportável, que não conseguia afastá-lo nem um momento de seu espírito. Ana tinha de acordá-lo, porque gritava quando dormia. No refúgio dos lençóis ele se abraçava à mulher, o rosto escondido entre seus seios, desesperado.

— Por que não desliga os tubos e alivia os padecimentos desse pobre infeliz? É a coisa mais piedosa que você pode fazer. Ele vai morrer de qualquer maneira, mais cedo ou mais tarde...

— Não posso, Ana. A lei é muito clara, ninguém tem o direito sobre a vida de outra pessoa, mas para mim isso é um problema de consciência.

— Já passamos antes por isso, e todas as vezes você tem os mesmos remorsos. Ninguém ficará sabendo, será coisa de um ou dois minutos.

Se, em alguma ocasião, Roberto o fez, só Ana o soube. Seu livro propunha que a morte, com sua ancestral carga de terror, é apenas o abandono de um invólucro que já não serve, enquanto o espírito se reintegra na energia única do cosmo. A agonia, como o nascimento, é uma etapa da viagem e merece a mesma misericórdia. Não há a menor virtude em prolongar os gemidos e tremores de um corpo além do fim natural, e o trabalho do médico deve ser facilitar esse fim em vez de contribuir para a pesada burocracia da morte. Mas tal decisão não podia depender apenas do discernimento dos profissionais ou da misericórdia dos parentes; era necessário que a lei estabelecesse um critério.

A proposta de Blaum provocou alvoroço em meio a sacerdotes, advogados e médicos. Imediatamente o assunto transcendeu os círculos científicos e invadiu a rua, dividindo as opiniões. Pela primeira vez alguém falava sobre isso — até então a morte fora assunto silenciado, apostava-se na imortalidade, cada qual com a secreta esperança de viver para sempre. Enquanto a discussão se manteve no nível filosófico, Roberto Blaum apresentou-se em todos os foros para defender a sua asserção, mas, quando se tornou diversão das massas, refugiou-se em seu trabalho, escandalizado com a vergonhosa exploração de sua teoria com fins comerciais. A morte passou para primeiro plano, despojada de toda a realidade, convertida em alegre tema da moda.

Parte da imprensa acusou Blaum de promover a eutanásia e comparou suas ideias com as dos nazistas, enquanto outra parte o aclamava santo. Ele ignorou a polêmica e continuou sua pesquisa e o trabalho no hospital. Seu livro foi traduzido em várias línguas e difundido em outros países, onde o tema também provocou reações apaixonadas. Seu retrato saía com frequência nas revistas científicas. Naquele ano ofereceram-lhe uma cátedra na Faculdade de Medicina, e logo se tornou o professor mais solicitado pelos estudantes. Não havia ponta de arrogância em Roberto Blaum nem o fanatismo exultante dos administradores das revelações divinas, apenas a calma certeza dos homens estudiosos. Quanto maior era a fama de Roberto, mais recolhida se tornou a vida dos Blaum. O impacto dessa rápida celebridade assustou-os, e acabaram por admitir muito poucos em seu círculo mais íntimo.

A teoria de Roberto foi esquecida pelo público com a mesma rapidez com que entrou na moda. A lei não foi alterada nem sequer se discutiu o problema no Congresso, mas, no âmbito acadêmico e científico, o prestígio do médico aumentou. Nos trinta anos seguintes, Blaum formou várias gerações de cirurgiões, descobriu novas drogas e técnicas cirúrgicas e organizou um sistema de consultórios ambulantes, com carroças, barcos e aviões equipados com tudo que fosse necessário para atender desde partos até epidemias diversas, que percorriam o território nacional levando socorro às zonas mais remotas, até onde, antes deles, só os missionários tinham posto os pés. Ganhou incontáveis prêmios, foi reitor da Universidade durante uma década e ministro da Saúde durante duas semanas, tempo que demorou para juntar as provas da corrupção administrativa e do esbanjamento dos recursos e apresentá-las ao Presidente, que não teve alternativa senão destituí-lo, porque não era ocasião de abalar os alicerces do governo para satisfazer um idealista. Nesses anos, Blaum continuou as pesquisas com moribundos. Publicou vários artigos sobre a obrigação de dizer a verdade aos doentes graves, para que tivessem tempo de acomodar a alma e não ficassem espantados pela surpresa de morrer, e sobre o respeito devido aos suicidas e às formas de pôr fim à própria vida sem dores nem estridências inúteis.

O nome de Blaum voltou a ser pronunciado pelas ruas quando foi publicado seu último livro, que não só abalou a ciência tradicional como provocou uma avalancha de ilusões em todo o país. Em sua longa experiência em hospitais, Roberto tinha tratado inúmeros doentes com câncer e observara que, enquanto alguns eram vencidos pela morte, outros sobreviviam com o mesmo tratamento. No seu livro, Roberto queria demonstrar a relação entre o câncer e o estado de espírito, assegurando que a tristeza e a solidão facilitam a multiplicação das células malignas, porque, quando o enfermo está deprimido, baixam as defesas do corpo; ao contrário, se tem boas razões para viver, o seu organismo luta sem tréguas contra o mal. Explicava que a cura, portanto, não se pode limitar à cirurgia, à química ou a remédios de boticário, que atacam apenas as manifestações físicas, mas que deve contemplar, sobretudo, a condição do espírito. O último capítulo sugeria que a melhor disposição se encontra naqueles que contam com um bom casamento ou alguma outra forma de carinho, porque o amor tem efeito benéfico que nem as drogas mais poderosas podem superar.

A imprensa percebeu de imediato as fantásticas possibilidades dessa teoria e pôs na boca de Blaum coisas que ele nunca dissera. Se antes a morte causara alvoroço pouco usual, dessa vez alguma coisa igualmente natural foi tratada como novidade. Atribuíram ao amor virtudes da Pedra Filosofal e disseram que podia curar todos os males. Todos falavam sobre o livro, mas muito poucos o tinham lido. A simples suposição de que o afeto pode ser bom para a saúde complicou-se na medida em que todo mundo quis juntar-lhe ou tirar-lhe qualquer coisa, até que a ideia original de Blaum se perdeu num emaranhado de absurdos, criando colossal confusão no público. Não faltaram os aproveitadores, tentando tirar proveito do assunto, apoderando-se do amor como se fosse invento próprio. Proliferaram novas seitas esotéricas, escolas de psicologia, cursos para principiantes, clubes para solitários, pílulas de atração infalível, perfumes devastadores e uma infinidade de adivinhos de meia-tigela que usaram seus baralhos e bolas de cristal para vender sentimentos a quatro centavos. Ao descobrirem que Ana e Roberto Blaum eram um casal de anciãos comovedores, que tinham estado juntos tanto tempo e que conservavam intacta a fortaleza do corpo, as faculdades da mente e a qualidade do amor, fizeram deles exemplos vivos. Além dos cientistas que analisaram o livro até a exaustão, os únicos que o leram sem propósitos sensacionalistas foram os doentes com câncer, mas, no entanto, para eles a esperança de cura definitiva tornou-se burla atroz, porque na verdade ninguém lhes podia indicar onde encontrar o amor, como obtê-lo e, muito menos, a forma de conservá-lo. Mesmo que a ideia de Blaum não carecesse de lógica, resultava inaplicável na prática.

Roberto estava consternado com o tamanho do escândalo, mas Ana recordou-lhe o acontecido antes e convenceu-o de que era questão de se sentar e esperar um pouco, porque a barulheira não demoraria muito. Assim aconteceu. Os Blaum não estavam na cidade quando o clamor diminuiu. Roberto aposentara de seu trabalho no hospital e na Universidade, com o pretexto de que estava cansado e que já tinha idade para levar vida mais tranquila. Mas não conseguiu manter-se alheio à própria celebridade, sua casa sendo invadida por doentes suplicantes, jornalistas, estudantes, professores e curiosos que chegavam a toda hora. Disse-me que precisava de silêncio, porque pensava escrever outro livro, e eu o ajudei a procurar um lugar afastado onde se pudesse refugiar. Encontramos uma casa em Colônia, estranha aldeia encravada num monte tropical, réplica de algum vilarejo bávaro do século XIX, um desvario arquitetônico de casas de madeira pintada, relógios de cuco, vasos de gerânios e placas com letras góticas, habitada por pessoas louras, com os mesmos trajes tiroleses e faces

CONTOS DE EVA LUNA

coradas que seus bisavós trouxeram ao emigrar da Floresta Negra. Embora já então Colônia fosse a atração turística que é hoje, Roberto pôde alugar uma propriedade afastada aonde não chegava o movimento dos fins de semana. Pediram-me que tratasse dos seus assuntos na capital, e eu recebia o dinheiro de sua aposentadoria, as contas e o correio. A princípio visitei-os com frequência, mas logo me dei conta de que na minha presença mantinham uma cordialidade algo forçada, muito diferente das boas-vindas calorosas que antes me ofereciam. Não pensei que se tratasse de qualquer coisa contra mim, em absoluto, sempre contei com sua confiança e estima; simplesmente concluí que desejavam estar sozinhos, por isso preferi passar a me comunicar com eles por telefone e carta.

Quando Roberto Blaum me chamou pela última vez, há um ano não os via. Falava muito pouco com ele, mas mantinha longas conversas com Ana. Eu lhe dava notícias do mundo, e ela me contava coisas de seu passado, que parecia tornar-se cada vez mais vívido para ela, como se todas as recordações de antigamente fizessem parte de seu presente no silêncio que agora a rodeava. Às vezes fazia-me chegar, pelos meios mais diversos, biscoitos de aveia que cozinhava para mim e bolsinhas de alfazema para perfumar os armários. Nos últimos meses enviava-me também delicados presentes: um lenço que o marido lhe dera muitos anos atrás, fotografias de sua juventude, um alfinete antigo. Suponho que isso, mais o desejo de me manter a distância e o fato de Roberto evitar falar do livro em preparação, deveria ter-me fornecido a explicação, mas, na verdade, não imaginei o que estava acontecendo naquela casa das montanhas. Mais tarde, quando li o diário de Ana, vim a saber que Roberto não escrevera sequer uma linha. Durante todo aquele tempo dedicara-se por inteiro a amar sua mulher, o que, entretanto, não conseguiu desviar o curso dos acontecimentos.

Nos fins de semana a viagem para Colônia torna-se uma peregrinação de carros com os motores fervendo que avançam lentamente, mas, durante os outros dias, sobretudo no tempo das chuvas, é um passeio solitário por uma estrada de curvas fechadas que corta o cimo das montanhas, entre abismos inesperados e bosques de canas e palmeiras. Naquela tarde havia nuvens enroladas nas colinas, e a paisagem parecia de algodão. A chuva tinha calado os pássaros, e não se ouvia mais do que o barulho de água contra os vidros. À medida que subia, o ar refrescou, e senti que a tormenta estava suspensa na neblina, como um clima de outra latitude. Subitamente, numa curva da estrada, apareceu aquele vilarejo de aspecto alemão, com os telhados inclinados a fim de suportar neve que nunca iria cair. Para chegar aonde os Blaum moravam, tinha de se atravessar toda a povoação, que àquela hora parecia deserta. Seu chalé era semelhante a todos os outros, de madeira escura, beirais esculpidos e janelas com cortinas de renda; na frente, um jardim florido, bem cuidado, e atrás estendia-se uma pequena horta de morangos. Corria um vento frio que silvava por entre as árvores, mas não vi fumaça na chaminé. O cão, que os tinha acompanhado durante anos, estava deitado na varanda e não se mexeu quando o chamei, levantou a cabeça e olhou-me sem mexer o rabo, como se não me reconhecesse, mas seguiu-me quando abri a porta, que estava sem chave, e atravessei a soleira. Estava escuro. Tateei a parede procurando o interruptor e acendi as luzes. Estava tudo em ordem, havia ramos frescos de eucalipto nos jarros, que enchiam o ar de um cheiro limpo. Atravessei a sala daquela vivenda, onde nada denunciava a presença dos Blaum, salvo as pilhas de livros e o violino, e achei estranho que meus amigos, em ano e meio, não tivessem implantado suas personalidades no lugar onde moravam.

Subi a escada até o último andar, onde ficava o quarto principal, um cômodo amplo, com tetos altos de vigas rústicas, papel desbotado nas paredes e móveis ordinários de vago estilo provençal. Um castiçal de madeira iluminava a cama, sobre a qual jazia Ana, com o vestido de seda azul e o colar de corais que tantas vezes a vi usar. Tinha na morte a mesma expressão de inocência com que aparece na fotografia do seu casamento, tirada há muito tempo, quando o capitão do barco casou-a com Roberto a setenta milhas da costa, naquela tarde magnífica em que os peixes-voadores saíram do mar para anunciar aos refugiados que a Terra Prometida estava próxima. O cão que me havia seguido encolheu-se num canto, ganindo suavemente.

Sobre a mesa de cabeceira, junto de um bordado inacabado e do diário de Ana, encontrei um bilhete de Roberto dirigido a mim, pedindo-me que tomasse conta do cão e que os enterrasse no mesmo caixão no cemitério daquela aldeia de contos. Tinham decidido morrer juntos, porque ela estava na última fase de um câncer e preferiam viajar para o outro lado de mãos dadas, como sempre tinham estado, para que, no instante fugaz em que o espírito se desprende, não corressem o risco de se perder em qualquer despenhadeiro do vasto universo.

Percorri a casa à procura de Roberto. Encontrei-o num pequeno quarto atrás da cozinha, onde instalara o estúdio, sentado a uma secretária de madeira clara, com a cabeça entre as mãos, soluçando. Sobre a mesa estava a seringa com que injetara veneno na mulher, carregada com a dose destinada a ele. Acariciei-lhe a nuca, levantou os olhos e olhou-me longamente. Suponho que quis evitar a Ana os sofrimentos do fim e preparou a partida de ambos de modo que nada alterasse a serenidade daquele instante; limpou a casa, cortou ramos para os jarros, vestiu e penteou a mulher e, quando tudo estava arrumado, deu-lhe a injeção. Consolando-a com a promessa de que se reuniria a ela poucos minutos depois, deitou-se a seu lado e abraçou-a até ter certeza de que já não vivia. Encheu de novo a seringa, levantou a manga da camisa e procurou a veia, mas as coisas não aconteceram como as havia planejado. Então, chamou-me.

— Não consigo, Eva. Só a você posso pedir... Por favor, ajude-me a morrer.

UM MILAGRE DISCRETO

A família Boulton provinha de um comerciante de Liverpool, que emigrara em meados do século XIX com tremenda ambição como única fortuna e se tornou rico com uma frota de barcos de carga no país mais austral e afastado do mundo. Os Boulton eram membros proeminentes da colônia britânica e, como tantos ingleses fora de sua ilha, preservaram suas tradições e língua com absurda tenacidade, até que a mistura com sangue crioulo lhes baixou a arrogância e lhes mudou os nomes anglo-saxões para outros, mais castiços.

Gilberto, Filomena e Miguel nasceram no apogeu da fortuna dos Boulton, mas, durante suas vidas, viram o tráfego marítimo declinar e esfumar-se parte substancial de suas receitas. No entanto, embora deixassem de ser ricos, puderam manter o estilo de vida. Era difícil encontrar três pessoas de aparência e caráter mais diferentes do que esses três irmãos. Na velhice acentuaram-se os traços de cada um, mas, apesar das aparentes disparidades, suas almas coincidiam no fundamental.

Gilberto era um poeta de setenta e tantos anos, de feições delicadas e porte de bailarino, cuja existência decorrera alheia às necessidades materiais, em meio a livros de arte e antiguidades. Era o único dos irmãos educado na Inglaterra, experiência que o marcou profundamente. Ficou-lhe para sempre o vício do chá. Nunca se casou, em parte porque não encontrou a tempo a jovem pálida que tantas vezes surgia em seus versos de juventude; e quando renunciou a essa ilusão já era tarde demais, porque seus hábitos de solteirão estavam muito arraigados. Brincava com seus olhos azuis, seu cabelo louro e a sua ancestralidade, dizendo que quase todos os Boulton eram comerciantes vulgares que, de tanto se fingir aristocratas, tinham acabado convencidos de que o eram. No entanto, usava casacos de *tweed* com cotoveleiras de couro, jogava bridge, lia o *Times* com três semanas de atraso e cultivava a ironia e a fleuma atribuídas aos intelectuais britânicos.

Filomena, rotunda e simples como uma camponesa, era viúva e avó de vários netos. Dotada de grande tolerância, podia aceitar tanto as veleidades anglófilas de Gilberto como o fato de Miguel andar com buracos nos sapatos e o colarinho da camisa em fiapos. Nunca lhe faltava ânimo para atender aos achaques de Gilberto ou escutá-lo recitar seus estranhos versos nem para colaborar nos inumeráveis projetos de Miguel. Tricotava incansavelmente agasalhos para o irmão mais novo, que ele vestia uma ou duas vezes e logo dava a outro mais necessitado. As agulhas eram o prolongamento de suas mãos; moviam-se em ritmo travesso, um tique-taque contínuo que lhe anunciava a presença e a acompanhava sempre com o aroma de sua colônia de jasmim.

Miguel Boulton era sacerdote. Ao contrário dos irmãos, nascera moreno, de baixa estatura, quase inteiramente coberto por negro pelo que lhe teria dado aspecto bestial se o rosto não fosse tão bondoso. Abandonou as vantagens da residência familiar aos dezessete anos, só regressando para participar dos almoços de domingo com os parentes, e para que Filomena dele tratasse, nas raras ocasiões em que adoecia gravemente. Não sentia a menor nostalgia das comodidades de sua juventude e, apesar dos arrebatamentos de mau humor, considerava-se homem de sorte, feliz com sua existência. Morava junto da lixeira municipal, numa povoação miserável, fora dos muros da capital, onde as ruas não tinham pavimentação, nem calçadas, nem árvores. Sua casa fora construída com tábuas e folhas de zinco. Às vezes, no verão, surgiam do chão fumaradas fétidas dos gases que se filtravam por debaixo da terra vindos dos depósitos de lixo. O mobiliário consistia num catre, uma mesa, duas cadeiras e estantes para livros; nas paredes, cartazes revolucionários, cruzes de latão confeccionadas pelos presos políticos, modestas tapeçarias bordadas pelas mães dos desaparecidos e flâmulas da sua equipe de futebol favorita. Junto do crucifixo, onde todas as manhãs comungava sozinho e todas as noites agradecia a Deus a sorte

CONTOS DE EVA LUNA

de ainda estar vivo, pendurava uma bandeira vermelha. Padre Miguel era um desses seres marcados pela terrível paixão de justiça. Em sua longa vida tinha acumulado tanto sofrimento alheio, que era incapaz de pensar na própria dor, o que, somado à certeza de atuar em nome de Deus, o tornava temerário. Cada vez que os militares lhe vasculhavam a casa e o levavam, acusando-o de subversivo, tinham de amordaçá-lo, porque nem a cacetada conseguiam evitar que ele os cobrisse de insultos misturados com citações dos Evangelhos. Tinha sido preso tão frequentemente, feito tantas greves de fome em solidariedade aos presos e amparado tantos perseguidos, que, de acordo com a lei das probabilidades, deveria ter morrido várias vezes. Sua fotografia, sentado em frente de uma prisão da polícia política com um cartaz informando que ali torturavam gente, foi difundida por todo o mundo. Não havia castigo capaz de acovardá-lo, mas não se atreveram a fazê-lo desaparecer, como fizeram com tantos outros, porque era conhecido demais. À noite, quando se instalava diante de seu pequeno altar doméstico para conversar com Deus, questionava para si mesmo se seus únicos impulsos seriam o amor ao próximo e a ânsia de justiça ou se, nas suas ações, haveria também alguma soberba satânica. Aquele homem, capaz de adormecer uma criança com boleros e passar noites em claro tratando de doentes, não confiava na gentileza do próprio coração. Tinha lutado toda a vida contra a cólera, que lhe engrossava o sangue e o fazia explodir em ataques incontroláveis. Em segredo, perguntava-se o que seria dele se as circunstâncias não lhe oferecessem tão bons pretextos para desabafar. Filomena vivia preocupada com ele, mas Gilberto achava que, se nada de grave lhe tinha acontecido em quase setenta anos equilibrando-se na corda bamba, não havia razão para se preocupar, porque o anjo da guarda do irmão tinha demonstrado ser muito eficiente.

— Os anjos não existem. São erros semânticos — argumentava Miguel.

— Não seja herege, homem!

— Eram simples mensageiros até que São Tomás de Aquino inventou toda essa mentira.

— Quer dizer que a pluma do Arcanjo São Gabriel, que se venera em Roma, provém do rabo de um abutre? — ria Gilberto.

— Se não acredita nos anjos, não acredita em nada. Por que continua a ser padre? Devia mudar de ofício — intervinha Filomena.

— Já se perderam vários séculos discutindo quantas criaturas dessas cabem na cabeça de um alfinete. O que é isso! Não gastem energia com anjos, ajudem as pessoas!

Miguel tinha perdido a vista aos poucos e estava quase cego. Do olho direito praticamente nada via, do esquerdo, bem pouco; não podia ler, e era-lhe muito difícil sair do bairro, porque se perdia nas ruas. Cada vez dependia mais de Filomena para se deslocar. Ela o acompanhava ou lhe mandava o carro com o motorista, Sebastián Canuto, o Faca, um ex-presidiário que Miguel arrancara do cárcere e regenerara, que trabalhava com a família há cerca de vinte anos. Com a turbulência política dos últimos anos, o Faca transformou-se no discreto guarda-costas do padre. Quando corria o boato de alguma marcha de protesto, Filomena dava-lhe o dia de folga, e ele partia para a povoação de Miguel, armado de um cacete e um par de socos ingleses escondido no bolso. Ficava na rua, esperando que o sacerdote saísse, e imediatamente o seguia a certa distância, pronto para defendê-lo de pancadaria ou arrastá-lo para um lugar seguro se a situação o exigisse. A nebulosa em que vivia Miguel impedia-o de se dar conta dessas manobras de salvamento, que o teriam enfurecido, porque consideraria injusto dispor de tal proteção enquanto o resto dos manifestantes suportava as pancadas, os jatos de água e os gases.

Ao aproximar-se a data em que Miguel faria setenta anos, seu olho esquerdo sofreu um derrame e, em poucos minutos, ficou na mais completa escuridão. Encontrava-se na igreja, numa reunião noturna, com os moradores, falando sobre a necessidade de se organizarem para enfrentar a lixeira municipal, porque já não se podia continuar vivendo em meio a tanta mosca e tanto cheiro de podridão. Muitos vizinhos estavam na banda oposta da religião católica; na verdade, para eles não havia provas da existência de Deus; pelo contrário, os padecimentos das suas vidas eram demonstração irrefutável de que o universo era pura contradição, mas também eles consideravam o local da paróquia o centro natural da povoação. A cruz que Miguel levava pendurada ao peito parecia-lhes apenas inconveniente menor, uma espécie de extravagância de velho. O sacerdote caminhava enquanto falava, como era seu costume, quando sentiu que as fontes e o coração disparavam em galope e todo o corpo se lhe umedecia em suor pegajoso. Atribuiu ao calor da discussão, passou a manga pela testa e, por um instante, fechou os olhos. Ao abri-los, julgou estar afundado num torvelinho no fundo do mar, só percebia marulhos profundos, manchas, negro sobre negro. Esticou um braço em busca de apoio.

— Faltou luz — disse, imaginando outra sabotagem.

Seus amigos o rodearam, assustados. O padre Boulton era um companheiro formidável, que tinha vivido entre eles desde que se conheciam. Até então julgavam-no invencível, um homenzarrão forte e musculoso, com vozeirão de sargento e mãos de pedreiro que se juntavam na prece, mas que, na verdade, pareciam feitas para a luta. Logo compreenderam o quanto estava desgastado, viram-no encolhido e pequeno, um menino cheio de rugas. Um grupo de mulheres improvisou os primeiros remédios, obrigaram-no a estender-se no chão, puseram-lhe panos molhados na cabeça, deram-lhe vinho quente, fizeram-lhe massagens nos pés; mas nada surtiu efeito, pelo contrário; com tanta manipulação, o enfermo estava ficando sem respiração. Por fim, Miguel conseguiu tirar as pessoas de cima de si e ficou de pé, disposto a enfrentar a nova desgraça cara a cara.

— Estou em apuros — disse sem perder a cabeça. — Por favor, chamem minha irmã e digam-lhe que estou em apuros, mas não lhe deem pormenores para não se preocupar.

Apareceu Sebastián Canuto, insociável e silencioso como sempre, dizendo que a senhora Filomena não podia perder o capítulo da telenovela e que lhe mandava algum dinheiro e um cesto de provisões para sua gente.

— Desta vez não se trata disso, Faca, parece que fiquei cego.

O homem colocou-o no automóvel e, sem fazer perguntas, levou-o, atravessando toda a cidade até a mansão dos Boulton, que se erguia cheia de elegância em meio a um parque levemente abandonado, mas ainda senhorial. Chamou todos os habitantes da casa com buzinadas, ajudou o doente a descer e transportou-o quase no colo, comovido por vê-lo tão leve e tão dócil. Seu rude rosto de perdulário estava molhado de lágrimas quando deu a notícia a Gilberto e Filomena.

— Puta que me pariu, Dom Miguelito ficou sem olhos! Era só isto que me faltava! — chorou o motorista sem se poder conter.

— Não diga palavrões na frente do poeta — observou o sacerdote.

— Leve-o para a cama, Faca — ordenou Filomena. — Isso não é grave, deve ser algum resfriado. Está assim porque anda sem agasalho!

— O tempo parou / noite e dia é sempre inverno/e há um puro silêncio / de antenas pelo negrume...* — começou Gilberto a improvisar.

— Diga à cozinheira que prepare uma canja — disse a irmã para o calar.

O médico da família determinou que não se tratava de resfriado e recomendou que Miguel fosse examinado por um oftalmologista. No dia seguinte, depois de apaixonada exposição sobre a saúde, o dom de Deus e o direito do povo, que o infame sistema vigente transformara em privilégio de uma casta, o doente aceitou ir a um especialista. Sebastián Canuto levou os três irmãos ao Hospital da Área Sul, único local aprovado por Miguel, porque era ali que atendiam os mais pobres dos pobres. Aquela súbita cegueira tinha deixado o padre de péssimo humor; não podia compreender o desígnio divino que fazia dele um inválido justamente quando eram mais necessários os seus serviços. Nem se lembrou da resignação cristã. Desde o começo negou-se a aceitar que o guiassem ou amparassem, preferindo avançar aos tropeções, mesmo com o risco de quebrar um osso, não tanto por orgulho, mas para se acostumar o mais depressa possível a essa nova limitação. Filomena deu discretas informações ao motorista para que se desviasse do caminho e os levasse à Clínica Alemã, mas seu irmão, que conhecia muito bem o cheiro da miséria, desconfiou, mal entraram no edifício, e certificou-se quando ouviu música no elevador. Tiveram de tirá-lo dali a toda pressa, antes que armasse uma briga. No hospital, esperaram durante quatro horas, tempo que Miguel aproveitou para perguntar pelas desgraças dos outros doentes da sala; Filomena, para começar outro agasalho; e Gilberto, para compor o poema sobre as antenas pelo negrume que tinha surgido em seu coração no dia anterior.

---

* *Aunque es de noche*, do poeta chileno Carlos Bolton. (N. T.)

— O olho direito não tem cura, e, para voltar a enxergar alguma coisa com o esquerdo, teríamos de operá-lo de novo — disse o médico que, por fim, os atendeu. — Já fez três operações, e os tecidos estão muito debilitados, isso requer técnicas e instrumentos especiais. Creio que o único local onde podem tentar fazer isso é no Hospital Militar...

— Nunca! — interrompeu-o Miguel. — Nunca porei os pés nesse antro de desalmados!

Assustado, o médico fez sinal de desculpa à enfermeira, que retribuiu com sorriso cúmplice.

— Não seja chato, Miguel. Será apenas por um ou dois dias, não creio que isso seja traição a seus princípios. Ninguém vai para o inferno por isso! — disse Filomena, mas o irmão argumentou que preferia ficar cego para o resto dos seus dias a dar aos militares o gosto de lhe devolver a vista. À porta, o médico agarrou-o um instante pelo braço.

— Olhe, padre... Já ouviu falar na clínica da Opus Dei? Ali também existem recursos muito modernos.

— Opus Dei! — exclamou o padre. — Disse Opus Dei?

Filomena tratou de levá-lo para fora do consultório, mas ele atravessou-se no umbral para informar o médico de que nunca iria pedir um favor a essa gente também.

— Mas como... não são católicos?

— São fariseus reacionários.

— Desculpe — balbuciou o médico.

Mal entrou no carro, Miguel disse aos irmãos e ao motorista que a Opus Dei era uma organização sinistra, mais ocupada em tranquilizar a consciência das classes altas do que em alimentar os que morrem de fome e que mais facilmente entra um camelo pelo buraco de uma agulha do que um rico no reino dos céus, ou qualquer coisa no estilo. Acrescentou que o sucedido era mais uma prova de como as coisas estavam mal no país, onde só os privilegiados podiam ser tratados com dignidade, e os demais tinham de se conformar com ervas de misericórdia e cataplasmas de humilhação. Por fim pediu que o levassem diretamente para casa, porque tinha de regar os gerânios e preparar o sermão de domingo.

— Estou de acordo — comentou Gilberto, deprimido pelas horas de espera e pela visão de tanta desgraça e tanta porcaria no hospital. Não estava acostumado a essas diligências.

— De acordo com quê? — perguntou Filomena.

— Que não podemos ir ao Hospital Militar; seria um ato criminoso. Mas poderíamos dar oportunidade à Opus Dei, não lhes parece?

— Mas de que você está falando? — perguntou o irmão. — Já disse o que penso deles.

— Qualquer um diria que não temos dinheiro para pagar! — acrescentou Filomena, quase perdendo a paciência.

— Não se perde nada em se perguntar — sugeriu Gilberto, passando o lenço perfumado pelo pescoço.

— Essa gente está tão ocupada movimentando fortunas nos bancos e bordando batinas de padre com fios de ouro, que não tem vontade de ver as necessidades dos outros. O céu não se ganha com genuflexões, mas com...

— Mas o senhor não é pobre, Dom Miguelito — interrompeu Sebastián Canuto, agarrado ao volante.

— Não me insulte, Faca. Sou tão pobre quanto você. Dê meia-volta e leve-nos a essa clínica, para provar ao poeta que anda na lua, como sempre.

Foram recebidos por amável senhora, que os fez preencher um formulário e lhes ofereceu café. Quinze minutos depois passavam os três para o consultório.

— Antes de mais nada, doutor, quero saber se o senhor também é da Opus Dei ou se apenas trabalha aqui — disse o sacerdote.

— Pertenço à Obra — sorriu suavemente o médico.

— Quanto custa a consulta? — O tom do padre não dissimulava o sarcasmo.

— Tem problemas financeiros, padre?

— Diga-me quanto.

— Nada, se não puder pagar. Os donativos são voluntários.

Por breve instante o padre Boulton perdeu o aprumo, mas a reação não lhe durou muito.

— Isto não parece uma obra de beneficência.

— É uma clínica particular.

— É isso... Aqui vêm só os que podem fazer donativos.

— Olhe, padre, se não gosta, sugiro que vá embora — respondeu o médico. — Mas não irá sem que eu o examine. Se quiser, traga-me os seus protegidos; nós os atenderemos o melhor possível; para isso pagam os que têm de seu. E agora não se mexa e abra os olhos.

Depois de meticulosa revisão, o médico confirmou o diagnóstico prévio, mas não se mostrou otimista.

— Contamos com excelente equipe, mas trata-se de operação muito delicada. Não posso enganá-lo, padre; apenas um milagre pode lhe devolver a vista — concluiu.

Miguel estava tão deprimido que mal o ouviu, mas Filomena agarrou-se a essa esperança.

— Um milagre, foi o que disse?

— Bem, é uma maneira de falar, minha senhora. A verdade é que ninguém pode garantir que volte a ver.

— Se o que o senhor quer é um milagre, eu sei onde pode consegui-lo — disse Filomena, guardando o tricô na bolsa. — Muito obrigada, doutor. Vá preparando tudo para a operação, logo estaremos de volta.

De novo no carro, com Miguel mudo pela primeira vez em muito tempo e Gilberto extenuado pelos sobressaltos do dia, Filomena deu ordens a Sebastián Canuto que seguisse para a montanha. O homem deu uma olhadela de soslaio e sorriu, entusiasmado. Tinha conduzido de outras vezes sua patroa por aqueles caminhos e nunca o fazia de bom grado, porque a estrada era uma serpente retorcida, mas dessa vez animava-o a ideia de ajudar o homem que mais apreciava neste mundo.

— Aonde vamos agora? — murmurou Gilberto, recorrendo à educação britânica para não cair de cansaço.

— É melhor dormir, a viagem é longa. Vamos à gruta de Joana dos Lírios — explicou-lhe a irmã.

— Deve estar louca! — exclamou o padre surpreendido.

— É santa.

— Puros disparates. A Igreja não se pronunciou sobre ela.

— O Vaticano demora cem anos para reconhecer um santo. Não podemos esperar tanto — concluiu Filomena.

— Se Miguel não acredita em anjos, menos acreditará em beatas, crioulas, sobretudo porque essa Joana provém de uma família de latifundiários — suspirou Gilberto.

— Isso nada tem a ver, ela viveu na pobreza. Não confunda as ideias na cabeça de Miguel — disse Filomena.

— Se não fosse porque a família está disposta a gastar uma fortuna para ter um santo próprio, ninguém saberia de sua existência — interrompeu o padre.

— É mais milagrosa do que qualquer um de seus santos estrangeiros.

— De qualquer modo, parece-me muita petulância essa coisa de pedir um tratamento especial. Seja como for, eu não sou ninguém e não tenho direito de mobilizar o céu com pedidos pessoais — resmungou o cego.

O prestígio de Joana havia começado depois de sua morte em idade prematura, porque os camponeses da região, impressionados por sua vida piedosa e suas obras de caridade, rezavam, pedindo-lhe seus favores. Logo correu o boato de que a defunta era capaz de realizar prodígios, e o assunto foi crescendo até culminar no milagre do explorador, como foi chamado. O homem esteve perdido na cordilheira durante duas semanas e, quando as equipes de salvamento já tinham abandonado as buscas e estavam prestes a dá-lo como morto, apareceu cansado e faminto, mas intacto. Nas suas declarações à imprensa, contou que, em sonho, vira a imagem de uma jovem vestida com túnica e um ramo de flores nos braços. Ao despertar, sentiu forte aroma de lírios e soube, sem ter qualquer dúvida, que se tratava de mensagem celestial. Seguindo o penetrante perfume das flores, conseguiu sair daquele labirinto de desfiladeiros e abismos e, por fim, chegar às proximidades de um caminho. Ao comparar a visão com um retrato de Joana, verificou que eram idênticos. A família da jovem encarregou-se de divulgar a história, de construir uma gruta no local onde apareceu ao explorador e de mobilizar todos os recursos ao seu alcance para levar o caso ao Vaticano. Até então, no entanto, não havia resposta dos jurados cardinalícios. A Santa Sé não acreditava em resoluções precipitadas, vivia muitos séculos de parcimonioso exercício do poder e esperava dispor de muito mais no futuro, de modo que para nada tinha pressa, muito menos para processos de beatificação. Recebia numerosos testemunhos provenientes do continente sul-americano, onde, por tudo e por nada, apareciam profetas, santinhos, predicadores, estilitas, mártires, virgens, anacoretas e outras personagens que as pessoas veneravam, ainda que sem provocar muito entusiasmo. Pedia-se grande cautela nesses assuntos, porque qualquer escorregadela poderia levar ao ridículo, sobretudo naqueles tempos de pragmatismo, quando a incredulidade prevalecia sobre a fé. No entanto, os devotos de Joana não aguardaram o veredicto de Roma para tratá-la como santa. Vendiam-se estampas e medalhas com seu retrato, e todos os dias se publicavam anúncios nos jornais, agradecendo-lhe graças alcançadas. Plantaram tantos lírios na gruta, que o cheiro atordoava os peregrinos e tornava estéreis os animais domésticos dos arredores. As lamparinas de azeite, os círios e as tochas encheram o ar de fumarada rebelde, e os cânticos e as orações ecoavam por entre os morros, atrapalhando os condores em seu voo. Em pouco tempo o lugar encheu-se de placas comemorativas, toda espécie de aparelhos ortopédicos e réplicas de órgãos humanos em miniatura, que os crentes deixavam como prova de alguma cura sobrenatural. Mediante coleta pública, juntou-se dinheiro para pavimentar a estrada, e, em dois ou três anos, havia um caminho cheio de curvas, mas transitável, que ligava a capital à capela.

Os irmãos Boulton chegaram ao destino ao cair da noite. Sebastián Canuto ajudou os três velhos a percorrer o atalho até a gruta. Apesar da hora tardia, não faltavam devotos; uns arrastavam-se de joelhos sobre as pedras, amparados por algum parente solícito, outros rezavam em voz alta ou acendiam velas em frente da estátua em gesso da beata. Filomena e Faca ajoelharam-se para fazer o seu pedido. Gilberto sentou-se num banco, pensando nas voltas que a vida dá, e Miguel ficou de pé, resmungando que, se o problema era solicitar milagres, deviam pedir primeiro que o tirano caísse e voltasse a democracia de uma vez por todas.

Poucos dias depois, os médicos da clínica da Opus Dei operaram-lhe o olho esquerdo gratuitamente, depois de advertir os irmãos de que não deviam alimentar ilusões. O sacerdote pediu a Filomena e a Gilberto que não fizessem o menor comentário sobre Joana dos Lírios, bastava ele ser socorrido pelos rivais ideológicos. Logo que lhe deram alta, Filomena levou-o para casa, sem dar ouvidos a seus protestos. Miguel tinha um enorme curativo cobrindo-lhe metade do rosto. Estava debilitado por todo aquele assunto, mas sua vocação de modéstia permanecia intacta. Declarou que não desejava ser atendido por mãos mercenárias, de modo que tiveram de despedir a enfermeira contratada para a ocasião. Filomena e o fiel Sebastián Canuto encarregaram-se de tomar conta dele. Tarefa nada fácil, porque o doente estava de péssimo humor, não suportava a cama e não queria comer.

A presença do sacerdote alterou completamente a rotina da casa. As rádios da oposição e a voz de Moscou em onda curta atroavam os ares a toda hora, e havia perpétuo desfile de tristes habitantes do bairro de Miguel, que vinham para visitar o doente. Seu quarto encheu-se de humildes presentes: desenhos dos meninos da escola, bolinhos, touceiras de ervas e flores cultivadas em latas de conserva, uma galinha para a sopa e até um cachorro de dois meses, que mijava os tapetes persas e roía as pernas dos móveis, que alguém levara com a ideia de treiná-lo como cão de cego. No entanto, a convalescença foi rápida, e, cinquenta horas depois da operação, Filomena telefonou para o médico a fim de lhe comunicar que o irmão enxergava bastante bem.

— Mas eu não lhe disse para não mexer no curativo! — exclamou o médico.

— Ele ainda está com o curativo. Agora vê com o outro olho — explicou a senhora.

— Qual outro olho?

— O do lado, claro, doutor, o que estava morto.

— Não pode ser. Vou já para aí. Não mexam nele, seja por que motivo for! — ordenou o cirurgião.

No casarão dos Boulton encontrou o doente comendo batatas, assistindo à telenovela com o cão nos joelhos. Incrédulo, verificou que o sacerdote via sem dificuldade com o olho que estivera cego oito anos e, ao tirar o curativo, ficou evidente que via também com o olho operado.

Padre Miguel comemorou setenta anos na paróquia de seu bairro. A irmã Filomena e suas amigas formaram uma caravana de carros atulhados de tortas, pastéis, sanduíches, cestos com frutas e jarras de chocolate, capitaneada por Faca, que levava litros de vinho e aguardente disfarçados em garrafas de orchata. O padre desenhou sua vida em grandes papéis que pendurou nas paredes da igreja. Neles contava com ironia os altos e baixos de sua vocação desde o momento em que o chamado de Deus o golpeou com uma paulada, aos quinze anos, e a sua luta contra os pecados mortais, primeiro, os da gula e da luxúria, e, mais tarde, o da ira, até suas aventuras recentes nos quartéis da polícia, em idade em que outros velhotes se embalam numa cadeira de balanço contando estrelas. Tinha pendurado um retrato de Joana, coroado por uma grinalda de flores, junto das inevitáveis bandeiras vermelhas. A reunião começou com uma missa animada por quatro violões, a que assistiram todos os vizinhos. Puseram alto-falantes para que a multidão espalhada pela rua pudesse acompanhar a cerimônia. Depois da bênção, algumas pessoas adiantaram-se para testemunhar um novo caso de abuso da autoridade, até que Filomena avançou a grandes passadas para dizer que bastava de lamúrias e que era hora de se divertirem. Saíram todos para o pátio, alguém pôs música, e começaram imediatamente o baile e o banquete. As senhoras do bairro alto serviram as comidas, enquanto o Faca acendia fogos de artifício e o padre dançava um charleston, rodeado por todos os seus paroquianos e amigos, para demonstrar que não só podia ver como uma águia como, além disso, não havia quem o igualasse numa festança.

— Estas festas populares nada têm de poesia — observou Gilberto depois do terceiro copo de falsa orchata, mas seus ares de lorde inglês não conseguiram disfarçar que se divertia.

— Diga-nos, padre, conte-nos que milagre foi esse! — gritou alguém, e o resto do público uniu-se no pedido.

O sacerdote solicitou que interrompessem a música, compôs a roupa, em desordem, ajeitou com as mãos os poucos cabelos que tinha e, com a voz quebrada pelo agradecimento, referiu-se a Joana dos Lírios, declarando que, se não fosse a sua intervenção, todos os artifícios da ciência e da técnica teriam resultado infrutíferos.

— Se pelo menos fosse uma beata proletária, seria bem mais fácil ter confiança nela — disse um atrevido, e logo uma gargalhada geral rematou o comentário.

— Não me fodam com o milagre, olhem que a santa se chateia e fico cego outra vez! — rugiu o padre Miguel, indignado. — E agora ponham-se todos em fila, porque vão assinar uma carta ao papa!

E, assim, em meio a risadas e goles de vinho, todos os paroquianos assinaram o pedido de beatificação de Joana dos Lírios.

UMA VINGANÇA

Ao meio-dia radioso em que coroaram Dulce Rosa Orellano com os jasmins da Rainha do Carnaval, as mães das outras candidatas murmuraram que se tratava de prêmio injusto, recebido porque era filha do senador Anselmo Orellano, o homem mais poderoso de toda a província. Admitiam que a jovem era prendada, tocava piano e dançava como nenhuma outra, mas havia outras candidatas àquele prêmio muito mais formosas. Viram-na de pé no estrado, com o vestido de organdi e a coroa de flores, saudando a multidão, e, entre os dentes, amaldiçoaram-na. Por isso, algumas delas alegraram-se quando, meses mais tarde, o infortúnio invadiu a casa dos Orellano, semeando tal fatalidade, que foram precisos vinte e cinco anos para acabar com ela.

Na noite da eleição da rainha houve baile na Alcaidaria de Santa Teresa, e vieram jovens de povoações longínquas para conhecer Dulce Rosa. Ela estava tão alegre e dançava com tal ligeireza, que muitos não perceberam que, na realidade, não era ela a mais bela e, quando regressaram aos seus lugares, disseram que nunca tinham visto rosto como o seu. Foi assim que adquiriu imerecida fama de formosura, que nenhum testemunho posterior pôde desmentir. A exagerada descrição de sua pele translúcida e de seus olhos diáfanos passou de boca em boca, e cada um lhe acrescentou algo da própria fantasia. Os poetas de cidades afastadas compuseram sonetos para uma donzela hipotética chamada Dulce Rosa.

O boato dessa beleza que florescia na casa do senador Orellano chegou também aos ouvidos de Tadeo Céspedes, que nunca pensara conhecê-la, porque durante os anos de sua existência não tivera tempo para decorar versos nem olhar para mulheres. Ocupava-se só da guerra civil. Desde que começou a aparar o bigode tinha uma arma na mão e há muito que vivia no estardalhaço da pólvora. Tinha esquecido os beijos da mãe e até os cânticos da missa. Nem sempre teve razões para a luta, porque em alguns períodos de trégua não havia adversários ao alcance do seu bando. Mesmo nesses tempos de paz forçada, entretanto, viveu como um corsário. Era homem habituado à violência. Atravessava o país em todas as direções, lutando contra inimigos visíveis, quando os havia, e contra as sombras, quando os tinha de inventar, e assim teria continuado se o seu partido não ganhasse as eleições presidenciais. De um dia para o outro passou da clandestinidade à tomada do poder, e acabaram-se-lhe os pretextos para continuar a se amotinar.

A última missão de Tadeo Céspedes foi a expedição punitiva a Santa Teresa. Com cento e vinte homens entrou à noite na povoação para aplicar um castigo e eliminar os cabeças da oposição. Atiraram nas janelas dos edifícios públicos, arrombaram a porta da igreja e romperam a cavalo até o altar-mor, esmagando o padre Clemente, que se lhes atravessou na frente, e continuaram a galope com estrépito de guerra em direção à casa do senador Orellano, que se erguia cheia de orgulho no alto da colina.

À frente de uma dúzia de servidores leais, o senador esperava Tadeo Céspedes, depois de trancar a filha no último quarto do pátio e soltar os cães. Nesse momento, lamentou, como em tantas outras vezes na sua vida, não ter descendentes varões que o ajudassem a pegar em armas e defender a honra de sua casa. Sentiu-se muito velho, mas não teve tempo de pensar nisso, porque viu nas encostas do morro o brilho terrível de cento e vinte tochas que se aproximavam espantando a noite. Dividiu as últimas munições em silêncio. Tudo estava dito, e cada um sabia que antes do amanhecer deveria morrer como macho em seu posto de combate.

— O último pegará a chave do quarto onde está a minha filha e cumprirá seu dever — disse o senador ao ouvir os primeiros tiros.

Todos aqueles homens haviam visto nascer Dulce Rosa, tinham-na colocado no colo antes de andar, contaram-lhe histórias de fantasmas em tardes de inverno, ouviram-na tocar piano e aplaudiram-na emocionados no dia de sua coroação como Rainha do Carnaval. Seu pai podia morrer tranquilo, porque a menina nunca cairia viva nas mãos de Tadeo Céspedes. A única coisa em que o senador Orellano não pensou foi que, apesar de sua temeridade na batalha, o último a morrer seria ele. Viu caírem, um a um, os seus amigos e compreendeu, por fim, a inutilidade de continuar a resistir. Tinha uma bala no ventre e a vista turva, mal distinguia as sombras que cobriam os altos muros de sua propriedade, mas não lhe faltaram forças para se arrastar até o terceiro pátio. Os cães reconheceram seu cheiro por cima do suor, do sangue e da tristeza que o cobriam e afastaram-se para deixá-lo passar. Introduziu a chave na fechadura, abriu a pesada porta e, através da névoa de seus olhos, viu Dulce Rosa à espera dele. A menina usava o mesmo vestido de organdi da festa de Carnaval e enfeitara o penteado com as flores da coroa.

— É a hora, filha — disse engatilhando a arma enquanto a seus pés crescia um charco de sangue.

— Não me mate, pai — respondeu ela com voz firme. — Deixe-me viva, para vingá-lo e para me vingar.

O senador Anselmo Orellano olhou para o rosto de quinze anos da filha e imaginou o que Tadeo Céspedes faria com ela, mas havia grande força nos olhos transparentes de Dulce Rosa; e soube, então, que poderia sobreviver para castigar o seu verdugo. A moça sentou-se na cama, e ele ficou a seu lado, apontando a porta.

Quando se calou o ganir dos cães moribundos, a tranca cedeu, a fechadura saltou e os primeiros homens entraram no quarto, o senador ainda conseguiu fazer seis disparos antes de perder os sentidos. Tadeo Céspedes julgou estar sonhando ao ver um anjo coroado de jasmins que sustinha nos braços um velho agonizante, enquanto seu vestido branco se ensopava de vermelho, mas não teve piedade para um segundo olhar, porque vinha bêbado de violência e enervado por várias horas de combate.

— A mulher é para mim — disse, antes que seus homens lhe pusessem as mãos em cima.

*

A sexta-feira amanheceu cor de chumbo, tingida pelo resplendor do incêndio. O silêncio era pesado na colina. Os últimos gemidos tinham-se calado quando Dulce Rosa conseguiu pôr-se de pé e caminhar até o tanque do jardim que, no dia anterior, estava rodeado de magnólias e agora era apenas um charco tumultuoso no meio dos escombros. Do vestido não restavam senão pedaços de organdi, que ela tirou lentamente até ficar nua. Mergulhou na água fria. O sol apareceu entre os vidoeiros, e a jovem viu a água tornar-se rosada ao lavar o sangue que lhe brotava entre as pernas e o de seu pai que se lhe tinha secado no cabelo. Uma vez limpa, serena e sem lágrimas, voltou para a casa em ruínas, procurou algo para se cobrir, pegou um lençol rústico e foi recolher os restos do senador. Tinham-no atado pelos pés para arrastá-lo a galope pelas ladeiras da colina até fazer dele mísero farrapo, mas, guiada pelo amor, a filha pôde reconhecê-lo sem vacilar. Envolveu-o no pano e sentou-se a seu lado para ver nascer o dia. Foi assim que a encontraram os vizinhos de Santa Teresa, quando se atreveram a subir até a casa dos Orellano. Ajudaram Dulce Rosa a enterrar os seus mortos e a apagar os vestígios do incêndio e suplicaram-lhe que fosse morar com a madrinha em outra povoação, onde ninguém conhecesse sua história, mas ela disse que não. Então formaram grupos para reconstruir a casa e ofereceram-lhe seis cães ferozes para defendê-la.

A partir do instante em que lhe levaram o pai ainda vivo, e Tadeo Céspedes fechou a porta atrás de si e tirou o cinturão de couro, Dulce Rosa passou a viver para se vingar. Nos anos que se seguiram, esse pensamento a manteve dispersa durante a noite e ocupou-lhe os dias, mas não perdeu completamente o sorriso nem secou sua boa vontade. A reputação de sua beleza aumentou, porque os cantores foram por todo lado apregoando seus encantos imaginários, até a transformar em lenda viva. Levantava-se todos os dias às quatro da madrugada para dirigir os trabalhos do campo e da casa, percorrer a propriedade a cavalo, comprar e vender, regateando como um sírio, criar animais e cultivar as magnólias e os jasmins de seu jardim. Ao cair da tarde, tirava a calça, as botas e as armas e punha primorosos vestidos, trazidos da capital em baús aromáticos. Ao anoitecer, começavam a chegar as visitas que a encontravam tocando piano, enquanto as criadas preparavam as bandejas de pastéis e os copos de orchata. A princípio muitos perguntavam como era possível que a jovem não tivesse acabado numa camisa de força no sanatório ou como noviça nas freiras carmelitas; no entanto, como havia festas frequentes na casa dos Orellano, com o tempo as pessoas deixaram de falar na tragédia, apagando-se assim a recordação do senador assassinado. Alguns cavalheiros de renome e fortuna conseguiram ultrapassar o estigma da violação e, atraídos pelo prestígio da beleza e pela sensatez de Dulce Rosa, propuseram-lhe casamento. Ela se recusou a todos, porque sua missão neste mundo era a vingança.

Tadeo Céspedes também não pôde tirar da memória aquela noite feliz. A ressaca da matança e a euforia da violação passaram-lhe em poucas horas quando ia a caminho da capital para prestar contas da sua expedição de castigo. Então, lembrou-se da menina com vestido de baile e coroada de jasmins, que o aguentou em silêncio naquele quarto escuro onde o ar estava impregnado de cheiro de pólvora. Tornou a vê-la no momento final, estendida no chão, mal coberta pelos farrapos avermelhados, afundada no sono compassivo da inconsciência, e assim continuou a vê-la todas as noites na hora de dormir, durante o resto da sua vida. A paz, o exercício do governo e o uso do poder fizeram dele um homem repousado e trabalhador. Com o passar do tempo perderam-se as recordações da guerra civil, e as pessoas começaram a chamar-lhe Dom Tadeo. Comprou uma fazenda do outro lado da serra, dedicou-se a administrar justiça e acabou alcaide. Se não fosse o fantasma incansável de Dulce Rosa Orellano, talvez tivesse alcançado certa felicidade, mas, em todas as mulheres que cruzaram seu caminho, em todas as que abraçou em busca de consolo e em todos os amores perseguidos ao longo dos anos, aparecia-lhe o rosto da Rainha do Carnaval. E, para maior desgraça, as canções que traziam seu nome em versos de poetas populares não lhe permitiam afastá-la do coração. A imagem da jovem cresceu dentro dele, ocupando-o inteiramente, até que um dia não aguentou mais. Estava à cabeceira de uma grande mesa de banquete, celebrando seus cinquenta e sete anos, rodeado de amigos e colaboradores, quando julgou ver sobre a toalha uma criança nua entre flores de jasmim e compreendeu que o pesadelo não o deixaria em paz nem depois de morto. Deu um murro que fez tremer a louça e pediu o chapéu e a bengala.

— Aonde vai, Dom Tadeo? — perguntou o prefeito.

— Reparar um dano antigo — respondeu, saindo sem se despedir de ninguém.

Não teve necessidade de procurá-la, porque sempre soube que se encontrava na mesma casa da sua desdita, e para lá guiou seu carro. Já havia, então, boas estradas, e as distâncias pareciam mais curtas. A paisagem tinha mudado nesses anos, mas, ao fazer a última curva da colina, apareceu a casa tal como se lembrava dela antes de seu bando tomá-la de assalto. Ali estavam as sólidas paredes de pedra do rio que ele destruira com cargas de dinamite, as velhas traves de madeira escura que tinham pegado fogo, as árvores onde pendurara os corpos dos homens do senador, o pátio onde massacrara os cães. Parou o carro a cem metros da casa e não se atreveu a continuar, porque sentiu o coração explodir-lhe no peito. Ia dando meia-volta para regressar por onde tinha chegado, quando surgiu entre as roseiras uma figura envolta no halo de suas saias. Fechou os olhos, desejando com todas as suas forças que ela não o reconhecesse. Na luz suave das seis horas viu Dulce Rosa Orellano que avançava flutuando pelas veredas do jardim. Notou-lhe os cabelos, o rosto claro, a harmonia dos gestos, o esvoaçar do vestido, e julgou encontrar-se suspenso num sonho que durava vinte e cinco anos.

— Finalmente chegou, Tadeo Céspedes — disse ao avistá-lo, sem se deixar enganar pelo traje negro de alcaide nem pelo cabelo cinzento de cavalheiro, porque ainda tinha as mesmas mãos de pirata.

— Você me perseguiu sem trégua. Não pude amar ninguém em toda a vida, apenas você — murmurou ele, com a voz quebrada pela vergonha.

Dulce Rosa Orellano suspirou satisfeita. Tinha-o chamado com o pensamento dia e noite durante todo esse tempo, e, por fim, estava ali. Chegara a hora. Mas olhou-o nos olhos e não descobriu neles nem rasto do verdugo, só lágrimas frescas. Procurou no próprio coração o ódio cultivado ao longo de sua vida e não foi capaz de o encontrar. Evocou o momento em que pediu ao pai o sacrifício de a deixar com vida para cumprir um dever, reviveu o

CONTOS DE EVA LUNA

abraço tantas vezes maldito daquele homem e a madrugada em que envolveu uns despojos tristes em rude lençol. Reviu o plano perfeito de sua vingança e não sentiu a alegria esperada, mas, pelo contrário, uma profunda melancolia. Tadeo Céspedes pegou-lhe a mão com delicadeza e beijou-lhe a palma, molhando-a com seu pranto. Então, ela compreendeu, aterrorizada, que, de tanto pensar nele a cada momento, saboreando o castigo por antecipação, o sentimento dera-lhe uma volta, acabando por amá-lo.

Nos dias seguintes, ambos levantaram as comportas do amor reprimido e, pela primeira vez nos seus ásperos destinos, abriram-se para receber a proximidade do outro. Passeavam pelos jardins falando de si mesmos, sem omitir a noite fatal que mudara o rumo de suas vidas. Ao fim da tarde ela tocava piano, ele fumava, ouvindo-a até sentir os ossos moles e a felicidade envolvendo-o como manto, apagando os pesadelos do tempo passado. Depois de cear, Tadeo Céspedes partia para Santa Teresa, onde já ninguém se recordava da velha história de horror. Hospedava-se no melhor hotel e dali organizava a boda, queria uma festa com ostentação, esbanjamento e barulho, da qual participasse todo o povo. Descobrira o amor numa idade em que os outros homens perdem a ilusão, e isso lhe devolvia a força da juventude. Desejava rodear Dulce Rosa de afeto e beleza, dar-lhe tudo o que o dinheiro pudesse comprar, para ver se conseguia compensar, nos seus anos de velho, o mal que lhe fizera em jovem. Em alguns momentos, o pânico invadia-o. Observava-lhe o rosto em busca de sinais de rancor, mas só via a luz do amor partilhado, e isso lhe devolvia a confiança. Assim, passou um mês de felicidade.

Dois dias antes do casamento, quando já armavam as mesas da festa no jardim, matavam as aves e os porcos para a boda e cortavam as flores para decorar a casa, Dulce Rosa Orellano experimentou o vestido de noiva. Viu-se refletida no espelho, tão parecida com a do dia de sua coroação como Rainha do Carnaval, que não pôde continuar a enganar o próprio coração. Soube que jamais conseguiria realizar a vingança planejada porque amava o assassino, mas também não podia calar o fantasma do senador, por isso despediu a costureira, pegou a tesoura e foi ao quarto do terceiro pátio que durante todo aquele tempo tinha estado desocupado.

201

Tadeo Céspedes procurou-a por todo lado, chamando-a desesperadamente. O ladrar dos cães levou-o até ao outro extremo da casa. Com a ajuda dos jardineiros, arrombou a porta trancada e entrou no quarto onde uma vez tinha visto um anjo coroado de jasmins. Encontrou Dulce Rosa Orellano tal como a vira em sonhos em cada noite da sua existência, com o mesmo vestido de organdi ensanguentado, e adivinhou que viveria até os noventa anos para pagar a sua culpa com a recordação da única mulher que seu espírito podia amar.

CARTAS DE AMOR ATRAIÇOADO

A mãe da Analía Torres morreu de uma febre delirante quando ela nasceu; o pai não suportou a tristeza e, duas semanas mais tarde, deu um tiro de pistola no peito. Agonizou durante vários dias com o nome de sua mulher nos lábios. Seu irmão Eugênio administrou as terras da família e dispôs do destino da pequena órfã segundo seu critério. Até os seis anos, Analía cresceu agarrada às saias de uma ama indígena nos quartos de serviço da casa de seu tutor e depois, mal teve idade para ir à escola, mandaram-na para a capital, interna no Colégio das Irmãs do Sagrado Coração, onde passou os doze anos seguintes. Era boa aluna e amava a disciplina, a austeridade do edifício de pedra, a capela com a sua corte de santos e o seu aroma de cera e lírios, os corredores nus, os pátios sombrios. O que menos a atraía era o bulício das alunas e o cheiro acre das salas de aula. Todas as vezes que lograva enganar a vigilância das freiras, escondia-se num canto, entre estátuas decapitadas e móveis partidos, a fim de contar contos para si mesma. Nesses momentos roubados, afundava-se no silêncio com a sensação de se abandonar a um pecado.

De seis em seis meses recebia curta carta do tio Eugênio, recomendando-lhe que se portasse bem e honrasse a memória de seus pais, que tinham sido dois bons cristãos em vida e ficariam orgulhosos de que sua única filha dedicasse a existência aos mais altos preceitos da virtude, quer dizer, entrasse como noviça para o convento. Mas Analía fez-lhe saber, desde a primeira insinuação, que não estava disposta a isso, mantendo sua postura com firmeza, simplesmente para contradizê-lo, porque, no fundo, gostava da vida religiosa. Escondida sob o hábito, na solidão última da renúncia a qualquer prazer, talvez pudesse encontrar paz perdurável, pensava; no entanto, seu instinto advertia-a contra os conselhos do tutor. Suspeitava de que suas ações eram motivadas pela cobiça das terras, mais do que pela lealdade familiar. Nada vindo dele parecia digno de confiança, em algum canto estava a armadilha.

Quando Analía fez dezesseis anos, o tio foi visitá-la no colégio pela primeira vez. A madre superiora chamou a jovem ao escritório e teve de apresentá-los, porque ambos tinham mudado desde a época da ama indígena dos pátios traseiros e não se reconheceram.

— Vejo que as Irmãzinhas têm cuidado bem de você, Analía — comentou o tio, mexendo a xícara de chocolate. — Está saudável e até bonita. Na minha última carta disse que a partir da data deste aniversário receberá uma mesada para os seus gastos, tal como estipulado no testamento pelo meu irmão, que descanse em paz.

— Quanto?

— Cem pesos.

— É tudo o que meus pais me deixaram?

— Não, claro que não. Sabe, naturalmente, que a fazenda pertence a você, mas a agricultura não é tarefa de mulher, sobretudo nos tempos de greves e revoluções. Por enquanto, mandarei a mesada. Depois veremos.

— Veremos o quê, tio?

— Veremos o que mais lhe convém.

— Quais são as minhas alternativas?

— Precisará sempre de um homem que administre o campo, menina. Eu o fiz todos estes anos e não foi fácil cumprir a tarefa, mas é a minha obrigação, prometi a meu irmão na sua última hora, e estou disposto a continuar por você.

— Não precisará continuar por muito mais tempo, tio. Quando me casar tomarei conta das minhas terras.

— Quando se casar, foi o que você disse? Diga-me, madre, ela tem algum pretendente?

— Não pense nisso, senhor Torres! Cuidamos muito das meninas. É só uma maneira de falar. Esta moça diz cada coisa!

CONTOS DE EVA LUNA

Analía Torres pôs-se de pé, alisou as pregas do uniforme, fez leve reverência com uma careta e saiu. A madre superiora serviu mais chocolate ao cavalheiro, comentando que a única explicação para aquele comportamento descortês era o pouco contato que a jovem tivera com os familiares.

— Ela é a única aluna que nunca sai de férias e a quem nunca mandaram um presente de Natal — disse a freira em tom seco.

— Eu não sou homem de mimar, mas asseguro-lhe que estimo muito minha sobrinha e tenho cuidado dos seus interesses como um pai. Mas a senhora tem razão, Analía necessita de mais carinho, as mulheres são sentimentais.

Antes de passarem trinta dias, o tio apresentou-se de novo no colégio, mas nessa ocasião não pediu para ver a sobrinha, limitou-se a dizer à madre superiora que o próprio filho desejava manter correspondência com Analía e pedia-lhe que lhe fizesse chegar as cartas para ver se a camaradagem com o primo reforçava os laços de família.

As cartas começaram a chegar regularmente. Simples papel branco e tinta preta, uma escrita de traços grandes e precisos. Algumas falavam da vida do campo, das estações e dos animais, outras de poetas já mortos e dos pensamentos que eles escreveram. Às vezes incluíam um livro ou um desenho feito com os mesmos traços firmes da caligrafia. Analía resolveu não as ler, fiel à ideia de que qualquer coisa que tivesse a ver com o tio escondia perigo, mas, no aborrecimento do colégio, as cartas eram sua única possibilidade de voar. Escondia-se no canto não mais para inventar contos improváveis, mas para reler com avidez as cartas enviadas pelo primo, até conhecer de memória as inclinações das letras e a textura do papel. A princípio não respondia, mas, ao fim de pouco tempo, não pôde deixar de fazê-lo. O conteúdo das cartas foi-se tornando cada vez mais útil para enganar a censura da madre superiora, que abria toda a correspondência. Cresceu a intimidade entre os dois, e depressa conseguiram entrar em acordo quanto a um código secreto pelo qual começaram a falar de amor.

Analía Torres não se lembrava de ter visto alguma vez esse primo que assinava Luís, porque, quando morava na casa do tio, o rapaz era interno num colégio da capital. Tinha certeza de que devia ser um homem feio, talvez doente ou aleijado, porque lhe parecia impossível que a sensibilidade tão profunda e inteligência tão precisa se somasse uma aparência atraente. Tentava desenhar na sua mente a imagem do primo: gordo, como o pai, com a cara marcada pela varíola, manco e meio calvo; mas, quanto mais defeitos lhe acrescentava, mais o amava. O brilho de seu espírito era a única coisa importante, a única que resistiria à passagem do tempo sem se deteriorar e que iria crescer com os anos; a beleza desses heróis utópicos dos contos não tinha qualquer valor, e até podia transformar-se em motivo de frivolidade, concluía a moça, embora não pudesse evitar uma sombra de inquietação em seu raciocínio. Perguntava-se quanta deformidade seria capaz de tolerar.

A correspondência entre Analía e Luís Torres durou dois anos, ao fim dos quais a moça tinha uma caixa de chapéus cheia de envelopes e a alma definitivamente entregue. Se alguma vez lhe chegou a passar pela cabeça a ideia de que aquela relação poderia ser um plano do tio para que os bens que herdara do pai passassem para as mãos de Luís, deixou-a de lado imediatamente, envergonhada da própria mesquinhez. No dia em que completou dezoito anos, a madre superiora chamou-a ao refeitório, porque havia uma visita à sua espera. Analía Torres adivinhou quem podia ser e esteve a ponto de esconder-se no canto dos santos esquecidos, aterrorizada ante a eventualidade de enfrentar finalmente o homem que tinha imaginado durante tanto tempo. Quando entrou na sala e ficou na frente dele, necessitou de vários minutos para vencer a desilusão.

Luís Torres não era o anão retorcido que ela construíra em sonhos e aprendera a amar. Era um homem bem-apessoado, com simpático rosto de traços regulares, a boca ainda infantil, barba escura e bem-cuidada, olhos claros de longas pestanas, mas vazios de expressão. Parecia-se um pouco com os santos da capela, bonito demais e um pouco bobalhão. Analía refez-se do impacto e decidiu que, se tinha aceitado no seu coração um marreco, com maior razão podia querer a este jovem elegante que a beijava na face, deixando-lhe um rasto de lavanda no nariz.

*

CONTOS DE EVA LUNA

Desde o primeiro dia de casada, Analía detestou Luís Torres. Quando ele a estendeu entre os lençóis bordados de uma cama excessivamente macia, soube que se tinha apaixonado por um fantasma e que nunca poderia passar essa paixão imaginária para a realidade do casamento. Combateu seus sentimentos com determinação, a princípio afastando-os como um vício e depois, quando lhe foi impossível continuar a ignorá-los, tentou chegar ao fundo da alma para arrancá-los de vez. Luís era gentil e até divertido algumas vezes, não a incomodava com exigências sem sentido nem quis modificar sua tendência à solidão e ao silêncio. Ela própria admitia que, com um pouco de boa vontade de sua parte, poderia encontrar nessa relação certa felicidade, pelo menos tanta quanto a que tivera debaixo de um hábito de freira. Não tinha motivos precisos para essa estranha repulsa pelo homem que amara durante dois anos sem conhecer. Nem conseguia pôr em palavras as emoções, mas, se o tivesse podido fazer, não teria tido ninguém com quem comentar. Sentia-se enganada por não poder conciliar a imagem do pretendente epistolar com a daquele marido de carne e osso. Luís nunca mencionava as cartas e, quando ela tocava no assunto, ele lhe fechava a boca com um beijo rápido e uma ou outra observação ligeira sobre esse romantismo tão pouco adequado à vida matrimonial, na qual a confiança, o respeito, os interesses comuns e o futuro da família importavam muito mais do que uma correspondência de adolescentes. Não havia entre os dois verdadeira intimidade. Durante o dia cada um desempenhava seus afazeres e à noite encontravam-se entre os travesseiros de penas, onde Analía — acostumada ao catre do colégio — julgava sufocar. Às vezes amavam-se às pressas, ela imóvel e tensa, ele com a atitude de quem cumpre uma exigência do corpo porque não a pode evitar. Luís adormecia imediatamente, ela ficava de olhos abertos no escuro com um protesto atravessado na garganta. Analía tentou diversos meios para vencer a recusa que ele lhe inspirava, desde o recurso de memorizar cada pormenor do marido com o propósito de amá-lo por pura determinação, até o de esvaziar a mente de todo pensamento e mudar-se para uma dimensão em que ele não a pudesse alcançar. Rezava para que fosse apenas uma repugnância passageira, mas passaram os meses e, em vez do alívio esperado, cresceu a animosidade até se transformar em ódio. Certa noite, surpreendeu-se sonhando com um homem horrível que a acariciava com os dedos manchados de tinta preta.

O casal Torres vivia na propriedade adquirida pelo pai de Analía quando era ainda uma região meio selvagem, terra de soldados e bandidos. Agora encontrava-se à beira da estrada e a pouca distância de uma povoação próspera, onde todos os anos se realizavam feiras agrícolas e de gado. Legalmente, Luís era o administrador da propriedade, mas na realidade era o tio Eugênio quem cumpria essa função, porque Luís não gostava dos assuntos do campo. Depois do almoço, quando pai e filho se instalavam na biblioteca para beber conhaque e jogar dominó, Analía ouvia o tio decidir sobre os investimentos, os animais, as sementeiras e as colheitas. Nas raras ocasiões em que ela se atrevia a intervir para dar alguma opinião, os dois homens ouviam-na com aparente atenção, assegurando-lhe que levariam em conta as suas sugestões, mas logo a seguir atuavam a seu bel-prazer. Às vezes, Analía saía a galope pelas pastagens até os limites da montanha, desejando ter nascido homem.

O nascimento de um filho em nada melhorou os sentimentos de Analía pelo marido. Durante os meses de gravidez acentuou-se seu caráter retraído, mas Luís não se impacientou, atribuindo tudo ao seu estado. De qualquer modo, ele tinha outros assuntos em que pensar. Depois de dar à luz, ela se mudou para outro quarto, mobiliado apenas com uma cama estreita e dura. Quando o filho fez um ano e a mãe ainda fechava a chave a porta de seu aposento, evitando toda ocasião de estar a sós com ele, Luís decidiu que já era tempo de exigir tratamento mais considerado e advertiu a mulher de que era melhor mudar de atitude antes que arrombasse a porta a tiros. Ela nunca o tinha visto tão violento. Obedeceu sem comentários. Nos sete anos que se seguiram, a tensão entre ambos aumentou de tal maneira, que acabaram por se tornar inimigos dissimulados, mas eram pessoas educadas e, diante dos outros, tratavam-se com exagerada cortesia. Apenas o menino suspeitava do tamanho da hostilidade entre os pais e acordava chorando no meio da noite, com a cama molhada. Analía ocultava-se numa couraça de silêncio e, pouco a pouco, pareceu ir secando por dentro. Luís, pelo contrário, tornou-se mais expansivo e frívolo, abandonou-se a seus múltiplos apetites, bebia muito e costumava perder-se por vários dias em inconfessáveis aventuras. Depois, quando deixou de dissimular seus atos de esbanjamento, Analía encontrou bons pretextos para se afastar dele ainda mais. Luís perdeu todo o interesse pelas tarefas do campo, e a mulher substituiu-o, contente por essa nova posição. Aos domingos, o tio Eugênio ficava na sala de jantar discutindo as decisões com ela, enquanto Luís mergulhava numa longa sesta, da qual ressuscitava ao anoitecer, ensopado em suor e de estômago embrulhado, mas sempre disposto a ir outra vez para a farra com os amigos.

Analía ensinou ao filho os rudimentos da escrita e da aritmética e tratou de iniciá-lo no gosto pelos livros. Quando o menino fez sete anos, Luís decidiu que já era tempo de lhe dar educação mais formal, longe dos mimos da mãe. Quis mandá-lo para um colégio na capital, para ver se ele se fazia homem depressa, mas Analía se opôs com tal ferocidade, que ele teve de aceitar solução menos drástica. Levou-o para a escola da aldeia, onde ficou interno de segunda a sexta; aos sábados de manhã ia o carro buscá-lo para regressar a casa, até domingo. Na primeira semana, Analía observou o filho cheia de ansiedade, procurando motivos para retê-lo a seu lado, mas não pôde encontrar nenhum. A criança parecia contente, falava do seu professor e dos companheiros com sincero entusiasmo, como se tivesse nascido entre eles. Deixou de urinar na cama. Três meses depois, chegou com a caderneta escolar e um bilhete do professor felicitando-o pelo seu bom rendimento. Analía leu-o tremendo e sorriu pela primeira vez em tanto tempo. Abraçou o filho comovida, interrogando-o sobre cada pormenor, como eram os dormitórios, que serviam para comer, se fazia frio à noite, quantos amigos tinha, como era o professor. Parecia muito mais tranquila, e não voltou a falar em tirá-lo da escola. Nos meses seguintes, o menino trouxe sempre boas classificações, que Analía colecionava como tesouros e retribuía com vidros de doce e cestas de fruta para toda a classe. Fazia por não pensar que essa solução apenas servia para a instrução primária e que, dentro de poucos anos, seria inevitável mandar o filho para um colégio na cidade, só podendo vê-lo durante as férias.

Numa noite de farra na aldeia, Luís Torres, que tinha bebido demais, dispôs-se a fazer piruetas num cavalo alheio para demonstrar sua habilidade de cavaleiro a um grupo de companheiros de taberna. O animal atirou-o ao chão e com uma patada esmigalhou-lhe os testículos. Nove dias depois, Torres morreu uivando de dor numa clínica da capital, para onde o levaram com a esperança de salvá-lo da infecção. A seu lado estava a mulher, chorando de culpa pelo amor que nunca lhe pudera dar e de alívio porque já não teria de continuar a rezar para que ele morresse. Antes de voltar ao campo com o corpo num caixão para enterrá-lo na sua terra, Analía comprou um vestido branco e guardou-o no fundo da mala. Chegou de luto à aldeia, com o rosto coberto por véu de viúva para que ninguém lhe visse a expressão dos olhos, e assim se apresentou no funeral, de mãos dadas com o filho, também vestido de preto. No final da cerimônia, o tio Eugênio, que se mantinha muito saudável apesar dos seus setenta anos bem vividos, propôs à nora que lhe cedesse as terras e fosse para a capital viver de rendas, onde o menino terminaria a sua educação e ela poderia esquecer as dores do passado.

— Porque percebo que você, Analía, e meu pobre Luís nunca foram felizes — disse ele.

— Tem razão, tio. Luís enganou-me desde o princípio.

— Por Deus, minha filha, ele sempre foi muito discreto e respeitoso com você. Luís foi um bom marido. Todos os homens têm pequenas aventuras, mas isso não tem a menor importância.

— Não me refiro a isso, mas a um engano irremediável.

— Não quero saber do que se trata. Em todo caso, acho que na capital o menino e você estariam muito melhor. Nada lhes faltará. Eu tomarei conta da propriedade, estou velho, mas não acabado, ainda posso driblar um touro.

— Ficarei aqui. Meu filho ficará também, porque tem de me ajudar no campo. Nos últimos anos trabalhei mais nas cavalariças do que em casa. A única diferença é que agora tomarei decisões sem pedir opinião a ninguém. Finalmente, esta terra é só minha. Adeus, tio Eugênio.

Nas primeiras semanas, Analía organizou sua nova vida. Começou queimando os lençóis que havia partilhado com o marido e mudando sua cama estreita para o quarto principal; depois estudou a fundo os livros de administração da propriedade e, mal teve ideia precisa de seus bens, procu-

CONTOS DE EVA LUNA

rou um capataz que executasse as suas ordens sem fazer perguntas. Quando sentiu que tinha todas as suas rendas sob controle, procurou na mala o vestido branco, passou-o a ferro com esmero, vestiu-o e foi no seu carro até a escola da aldeia, levando debaixo do braço uma velha caixa de chapéus.

Analía Torres esperou no pátio que a campainha das cinco anunciasse o fim da última aula e que os meninos saíssem para o recreio. Entre eles vinha em alegre correria o filho, que ao vê-la estacou, porque era a primeira vez que a mãe aparecia no colégio.

— Mostre-me a sua sala de aula, quero conhecer seu professor.

À porta, Analía fez sinal ao menino que fosse embora, porque se tratava de assunto particular, e entrou sozinha. Era uma sala grande de teto alto, com mapas e desenhos de biologia nas paredes. Havia o mesmo cheiro de quarto fechado e de suor de crianças que tinha marcado sua própria infância, mas nessa ocasião isso não a incomodou, pelo contrário, aspirou-o com prazer. As carteiras estavam em desordem por um dia de uso, havia alguns papéis no chão e tinteiros abertos. Conseguiu ver uma coluna de números no quadro-negro. Ao fundo, à secretária sobre um estrado, estava o professor. O homem levantou o rosto surpreso e não ficou de pé, porque suas muletas estavam a um canto, um pouco longe para alcançá-las sem arrastar a cadeira. Analía atravessou o corredor entre duas filas de carteiras e parou em frente dele.

— Sou a mãe de Torres — disse, porque não lhe veio à cabeça nada melhor.

— Boa tarde, minha senhora. Aproveito para lhe agradecer os doces e as frutas que nos tem enviado.

— Deixemos isso, não vim até aqui para agradecimentos. Vim tomar satisfações — disse Analía, colocando a caixa de chapéus sobre a mesa.

— Que é isto?

Ela abriu a caixa e tirou as cartas de amor que tinha guardado todo aquele tempo. Por um longo momento ele correu os olhos por aquele monte de envelopes.

— O senhor me deve onze anos de minha vida — disse Analía.

— Como sabe que fui eu quem as escreveu? — balbuciou ele quando conseguiu usar a voz que se lhe tinha sumido.

— No dia do meu casamento descobri que meu marido não as poderia ter escrito e, quando meu filho trouxe para casa seus primeiros bilhetes, reconheci a caligrafia. E agora, que estou olhando para o senhor, não tenho dúvidas, porque eu o vi em sonhos desde os meus dezesseis anos. Por que fez isso?

— Luís Torres era meu amigo e, quando me pediu que escrevesse uma carta para a prima, não me pareceu que nada de mau houvesse nisso. Foi assim com a segunda e a terceira; depois, quando a senhora me respondeu, já não pude voltar atrás. Esses dois anos foram os melhores da minha vida, os únicos em que esperei alguma coisa. Esperava o correio.

— Estou vendo.

— Pode perdoar-me?

— Depende do senhor — disse Analía, passando-lhe as muletas.

O professor vestiu o casaco e levantou-se. Os dois saíram para o bulício do pátio, onde ainda não se tinha posto o sol.

O PALÁCIO IMAGINADO

Cinco séculos atrás, quando os bravos foragidos da Espanha com os cavalos esgotados e armaduras quentes como brasas, pelo sol da América, pisaram as terras de Quinaroa, já os indígenas tinham passado vários milhares de anos nascendo e morrendo no mesmo lugar. Os conquistadores marcaram com brasões e bandeiras o descobrimento daquele novo território, declararam-no propriedade de um imperador longínquo, levantaram a primeira cruz e batizaram-no de São Jerônimo, nome impronunciável na língua dos nativos. Os indígenas observaram aquelas arrogantes cerimônias um pouco surpresos, mas já lhes haviam chegado notícias sobre aqueles guerreiros barbudos que percorriam o mundo com a sua chocalhada de ferros e pólvora, tinham ouvido que à sua passagem semeavam lamentos e que nenhum povo conhecido fora capaz de lhes fazer frente, todos os exércitos sucumbiam àquele punhado de centauros. Eram uma tribo antiga, tão pobre que nem o mais emplumado monarca se incomodava de exigir-lhes impostos e tão plácida que seus guerreiros não eram recrutados para a guerra. Tinham vivido em paz desde os alvores do tempo e não estavam dispostos a mudar os hábitos por causa de uns rudes estrangeiros. No entanto, logo perceberam a dimensão do inimigo e compreenderam a inutilidade de ignorá-lo, porque sua presença tornava-se pesada, como uma grande pedra carregada às costas. Nos anos seguintes, os indígenas que não morreram na escravidão ou nos diversos suplícios destinados a implantar outros deuses, ou vítimas de enfermidades desconhecidas dispersaram-se selva adentro e, pouco a pouco, perderam até o nome de seu povo. Sempre ocultos, como sombras por entre a folhagem, mantiveram-se durante séculos falando em sussurros e andando à noite. Chegaram a ser tão hábeis na arte de se esconder, que a história não os registrou, e, hoje em dia, não há provas de sua passagem pela vida. Os livros não os mencionam, mas os camponeses da região dizem que já os ouviram no bosque e, todas as vezes que começa a crescer a barriga de uma jovem solteira sem que se possa identificar o sedutor, atribuem o menino ao espírito de algum indígena concupiscente. As pessoas do lugar orgulham-se de ter algumas gotas do sangue daqueles seres invisíveis, no meio da torrente mesclada de pirata inglês, de soldado espanhol, de escravo africano, de aventureiro em busca do El Dorado e de quanto emigrante conseguiu chegar àqueles lados com o seu alforje ao ombro e a cabeça cheia de ilusões.

A Europa consumia mais café, cacau e bananas do que podíamos produzir, mas toda aquela procura não nos trouxe riquezas, continuamos a ser tão pobres como sempre. A situação deu uma reviravolta quando um negro da costa cravou uma picareta no chão para fazer um poço e lhe saltou um jorro de petróleo no rosto. Até o final da Primeira Guerra Mundial tinha-se propagado a ideia de que este era um país próspero, embora os seus habitantes arrastassem ainda os pés na lama. Na verdade, o ouro só enchia as arcas do Benfeitor e de seu séquito, mas havia a esperança de que um dia sobrasse qualquer coisa para o povo. Cumpriram-se duas décadas de democracia totalitária, como chamava o Presidente Vitalício ao seu governo, durante as quais toda tentativa de subversão tinha sido esmagada, para sua maior glória. Na capital viam-se sintomas de progresso, carros a motor, cinemas, sorveterias, um hipódromo e um teatro em que se apresentavam espetáculos trazidos de Nova York ou de Paris. Todos os dias atracavam no porto dezenas de navios que levavam o petróleo e outros que traziam novidades, mas o resto do território continuava afundado na modorra de séculos.

Certo dia, o povo de São Jerônimo despertou da sesta com as tremendas marteladas que presidiram a chegada da estrada de ferro. Os trilhos uniriam a capital àquele vilarejo, escolhido pelo Benfeitor para construir o seu Palácio de Verão, no estilo dos monarcas europeus, apesar de ninguém saber distinguir o verão do inverno, todo o ano se passando na úmida e escaldante respiração da natureza. A única razão para levantar ali aquela

CONTOS DE EVA LUNA

obra monumental era o fato de um naturalista belga ter afirmado que, se o mito do Paraíso terrestre tinha algum fundamento, deveria ser ali, onde a paisagem era de portentosa beleza. Segundo suas observações, o bosque abrigava mais de mil variedades de pássaros multicores e toda espécie de orquídeas silvestres, desde as *Brassias,* tão grandes como um chapéu, até as diminutas *Pleurothallis,* visíveis só com lupa.

A ideia do palácio partiu de alguns construtores italianos que se apresentaram ante Sua Excelência com os planos de uma bela casa de mármore, um labirinto de inumeráveis colunas, largos corredores, escadarias curvas, arcos, abóbadas e capitéis, salões, cozinhas, quartos e mais de trinta banheiros decorados com fechaduras de ouro e prata. A estrada de ferro era a primeira etapa da obra, indispensável para transportar àquele canto afastado as toneladas de materiais e as centenas de operários, mais os capatazes e artesãos trazidos da Itália. A tarefa de erguer aquele quebra-cabeça durou quatro anos, alterou a flora e a fauna e teve custo tão elevado quanto o de todos os navios de guerra da frota nacional, mas pagou-se pontualmente com o escuro azeite da terra, e, no dia do aniversário da Gloriosa Tomada do Poder, cortaram a fita que inaugurava o Palácio de Verão. Para essa ocasião a locomotiva do comboio foi decorada com as cores da bandeira, e os vagões de carga, substituídos por carruagens de passageiros forradas de veludo e couro inglês, onde viajaram os convidados em traje de gala, incluindo alguns membros da mais antiga aristocracia, que, embora detestassem esse andino desalmado que usurpara o governo, não ousaram recusar seu convite.

O Benfeitor era um homem rude, de costumes camponeses, tomava banho de água fria, dormia sobre uma esteira no chão com o pistolão ao alcance da mão e as botas calçadas, alimentava-se de carne assada e milho, só bebia água e café. Seu único luxo eram os charutos de tabaco preto, todos os outros achava que eram vícios de degenerados e de maricas, até o álcool, que via com maus olhos e raramente oferecia à sua mesa. No entanto, com o tempo teve de aceitar alguns requintes à sua volta, porque compreendeu a necessidade de impressionar os diplomatas e outros visitantes ilustres, não fossem eles dar-lhe fama de bárbaro no exterior. Não tinha mulher que

ISABEL ALLENDE

abrandasse seu comportamento espartano. Considerava o amor fraqueza perigosa e estava convencido de que todas as mulheres, exceto a própria mãe, eram potencialmente perversas, sendo mais prudente mantê-las a certa distância. Dizia que um homem adormecido em abraço amoroso ficava tão vulnerável quanto um bebê de sete meses, por isso exigia que os seus generais morassem nos quartéis, limitando a vida familiar a visitas esporádicas. Nenhuma mulher tinha passado uma noite completa na sua cama nem se podia vangloriar de qualquer coisa mais do que algum encontro apressado; nenhuma lhe tinha deixado marcas duradouras até que Márcia Lieberman apareceu no seu destino.

A festa de inauguração do Palácio de Verão foi um acontecimento nos anais do governo do Benfeitor. Durante dois dias e duas noites as orquestras revezaram-se para tocar os ritmos da moda, e os cozinheiros prepararam enorme banquete. As mulatas mais belas do Caribe, usando esplêndidos vestidos encomendados para a ocasião, bailaram nos salões com militares que nunca haviam participado de batalha alguma, mas que tinham o peito carregado de medalhas. Houve toda espécie de divertimentos: cantores trazidos de Havana e Nova Orleans, bailarinas de flamenco, mágicos, malabaristas e trapezistas, partidas de cartas e dominó e até uma caçada de coelhos, que os criados tiraram das jaulas para fazê-los correr, e que os hóspedes perseguiam com galgos de raça, tudo terminando quando um engraçado matou a tiros os cisnes de pescoço negro da lagoa. Alguns convidados caíram rendidos sobre os móveis, bêbados de cumbias e licores, enquanto outros se atiraram vestidos na piscina ou se dispersaram em casais pelos quartos. O Benfeitor não quis tomar conhecimento de pormenores. Depois de dar as boas-vindas a seus hóspedes com um breve discurso e começar o baile pelo braço da dama de maior hierarquia, regressara à capital sem se despedir de ninguém. As festas deixavam-no de mau humor. No terceiro dia, o comboio fez a viagem de volta, levando os extenuados comensais. O Palácio de Verão ficou em estado calamitoso, os banheiros pareciam esterqueiras, as cortinas encharcadas de mijo, os móveis arranhados, as plantas murchas nas floreiras. Os empregados precisaram de uma semana para limpar os restos daquele furacão.

CONTOS DE EVA LUNA

O Palácio não voltou a ser cenário de bacanais. Em algumas tardes o Benfeitor fazia-se conduzir ali para se afastar das pressões do seu cargo, mas o descanso não durava mais do que três ou quatro dias por temer que a conspiração crescesse durante sua ausência. O governo pedia sua permanente vigilância para que o poder não lhe escorresse pelas mãos. No enorme edifício só ficou o pessoal encarregado da manutenção. Quando terminaram o estrépito das máquinas da construção e a passagem do comboio, e quando se calou o eco da festa inaugural, a paisagem recuperou a calma, e de novo floresceram as orquídeas e os pássaros fizeram ninhos. Os habitantes de São Jerônimo retomaram os trabalhos habituais e quase conseguiram esquecer a presença do Palácio de Verão. Então, lentamente, voltaram os indígenas invisíveis a ocupar seu território.

Os primeiros sinais foram tão discretos, que ninguém lhes prestou atenção: passos e murmúrios, silhuetas rápidas por entre as colunas, a marca de uma mão sobre a clara superfície de uma mesa. Pouco a pouco começaram a desaparecer comida das cozinhas e garrafas das adegas; de manhã algumas camas apareciam revolvidas. Os empregados culpavam-se uns aos outros, mas abstiveram-se de levantar a voz, porque a ninguém convinha que o oficial da guarda assumisse o problema. Era impossível vigiar toda a extensão daquela casa; enquanto revistavam um quarto, no do lado ouviam-se suspiros, mas, quando abriam a porta, só encontravam as cortinas balançando, como se alguém acabasse de passar através delas. Correu o boato de que o Palácio estava assombrado, e logo o medo contaminou também os soldados, que deixaram de fazer rondas noturnas e se limitaram a ficar imóveis nos seus postos, olhando a paisagem, de armas destravadas. Assustados, os criados já não desciam às adegas, e, por precaução, fecharam vários aposentos a chave. Ocupavam a cozinha e dormiam numa ala do edifício. O resto da mansão ficou sem vigilância, na posse desses indígenas incorpóreos, que tinham dividido os quartos com linhas ilusórias e se haviam estabelecido ali como espíritos brincalhões. Tinham resistido à passagem da história, adaptando-se às mudanças quando foi inevitável e ocultando-se em dimensão própria quando necessário. Nos quartos do Palácio encontraram refúgio; ali se amavam sem ruído, nasciam sem cele-

217

brações e morriam sem lágrimas. Aprenderam tão bem todos os caminhos daquele dédalo de mármore, que podiam existir sem inconvenientes no mesmo espaço com os guardas e o pessoal de serviço sem nunca se roçar, como se pertencessem a outro tempo.

O embaixador Lieberman desembarcou no porto com a mulher e um carregamento de objetos. Viajava com seus cães, todos os móveis, sua biblioteca, sua coleção de discos de ópera e toda espécie de apetrechos desportivos, incluindo um barco a vela. Desde que lhe anunciaram seu novo destino, começou a detestar este país. Deixava seu posto de ministro conselheiro em Viena, empurrado pela ambição de chegar a embaixador, mesmo que fosse na América do Sul, numa terra estapafúrdia que não lhe inspirava a menor simpatia. Ao contrário, Márcia, sua mulher, encarou o assunto com o melhor humor. Estava disposta a seguir o marido em sua peregrinação diplomática, apesar de cada dia se sentir mais afastada dele e de os assuntos mundanos lhe interessarem muito pouco, porque a seu lado dispunha de grande liberdade. Bastava cumprir com certos requisitos mínimos de esposa e o resto do tempo pertencia-lhe. Na verdade, o marido, muito ocupado no seu trabalho e nos seus desportos, mal dava conta de sua existência, só a notando quando estava ausente. Para Lieberman sua mulher era complemento indispensável na carreira, dava-lhe brilho na vida social e manejava com eficiência seu complicado lar. Considerava-a uma sócia leal, mas até então não tinha tido o menor interesse em lhe conhecer a sensibilidade. Márcia consultou mapas e uma enciclopédia, a fim de saber pormenores sobre essa longínqua nação, e começou a estudar espanhol. Durante as duas semanas de travessia do Atlântico, leu os livros do naturalista belga e já estava apaixonada por essa quente geografia antes de conhecê-la. Era de temperamento retraído, sentia-se mais feliz cultivando o seu jardim do que nos salões, onde devia acompanhar o marido, e achou que naquele país estaria mais livre das exigências sociais, poderia dedicar-se a ler, a pintar e a descobrir a natureza.

A primeira medida de Lieberman foi instalar ventiladores em todos os cômodos de sua residência. Em seguida apresentou credenciais às au-

CONTOS DE EVA LUNA

toridades do governo. Quando o Benfeitor o recebeu em seu escritório, o casal tinha passado apenas alguns dias na cidade, mas já havia chegado aos ouvidos do caudilho que a mulher do embaixador era muito bela. Por protocolo convidou-os para uma ceia, apesar de o ar arrogante e a charlatanice do diplomata lhe parecerem insuportáveis. Na noite marcada, Márcia Lieberman entrou no salão de recepções pelo braço do marido e, pela primeira vez na sua longa trajetória, o Benfeitor perdeu a respiração diante de uma mulher. Tinha visto rostos mais formosos e portes mais esbeltos, mas nunca tanta graça. Despertou-lhe a memória de conquistas passadas, fervendo-lhe o sangue com calor que há muitos anos não sentia. Durante aquela noite manteve-se a distância, observando a embaixatriz dissimuladamente, seduzido pela curva do busto, pela sombra dos olhos, pelos gestos das mãos, pela seriedade de sua atitude. Talvez tivesse passado por sua mente o fato de que tinha quarenta e tantos anos mais do que ela e que qualquer escândalo teria repercussões inevitáveis além das fronteiras, o que não conseguiu dissuadi-lo, pelo contrário, acrescentou irresistível ingrediente à paixão nascente.

Márcia Lieberman sentiu o olhar do homem colado à sua pele, como uma carícia indecente, deu-se conta do perigo, mas não teve forças para escapar. Em dado momento pensou pedir ao marido para se retirarem, mas, em vez disso, ficou sentada, desejando que o velho se aproximasse dela e, ao mesmo tempo, disposta a fugir correndo se ele o fizesse. Não sabia por que razão tremia. Não teve ilusões a seu respeito; de longe podia pormenorizar os sinais de sua decrepitude, a pele marcada por rugas e manchas, o corpo seco, o andar vacilante; pôde imaginar-lhe o cheiro de ranço e adivinhar que, sob as luvas de pelica branca, as suas mãos eram duas garras. Mas os olhos do ditador, enevoados pela idade e pelo exercício de tantas crueldades, tinham ainda um fulgor de domínio que a paralisou na cadeira.

O Benfeitor não sabia fazer a corte a uma mulher, não tinha tido, até então, necessidade de o fazer. Isso atuou em seu favor, porque, se tivesse espantado Márcia com galanteios de sedutor, acabaria por ser repulsivo, e ela teria retrocedido com desprezo. Pelo contrário, ela não se pôde negar quando, poucos dias depois, ele apareceu à sua porta, vestido à paisana e sem escolta, como triste bisavô, para lhe dizer que há dez anos não tocava uma mulher, que já estava morto para as tentações desse tipo, mas com todo o respeito solicitava que o acompanhasse naquela tarde a um lugar privado, onde pudesse descansar a cabeça nos seus joelhos de rainha e contar-lhe como era o mundo quando ele era ainda um macho de boa figura e ela não havia nascido.

— E meu marido? — conseguiu perguntar Márcia com um sopro de voz.

— Seu marido não existe, minha filha. Agora só existimos você e eu — respondeu o Presidente Vitalício, levando-a pelo braço até seu Packard negro.

Márcia não regressou a casa e, antes de passar um mês, o embaixador Lieberman partiu de regresso ao seu país. Tinha removido pedras em busca da mulher, negando-se por princípio a aceitar o que já não era segredo, mas, quando as evidências do rapto foram impossíveis de ignorar, Lieberman pediu uma audiência do Chefe do Estado e exigiu a devolução da esposa. O intérprete tentou suavizar as palavras ao fazer a tradução, mas o presidente captou o tom e aproveitou o pretexto para se desfazer de uma vez por todas daquele marido imprudente. Declarou que Lieberman tinha insultado a Nação ao lançar aquelas acusações disparatadas sem nenhum fundamento e ordenou-lhe que saísse das suas fronteiras no prazo de três dias. Ofereceu-lhe a alternativa de o fazer sem escândalo, para proteger a dignidade de seu país, já que ninguém tinha interesse em romper as relações diplomáticas e obstruir o livre tráfego dos navios petroleiros. No fim da entrevista, com expressão de pai ofendido, acrescentou que podia entender o seu desgosto, mas que fosse tranquilo, porque na sua ausência continuaria a busca da senhora. Para provar a sua boa vontade, chamou o chefe da polícia e deu-lhe instruções diante do embaixador. Se em algum momento Lieberman pensou recusar-se a partir sem Márcia, um segundo pensamento fê-lo compreender que se expunha a um tiro na nuca, de modo que empacotou seus pertences e saiu do país antes do prazo indicado.

O amor apanhou o Benfeitor de surpresa numa idade em que já não se recordava das impaciências do coração. Esse cataclismo revolveu-lhe os

CONTOS DE EVA LUNA

sentidos e devolveu-o à adolescência, mas não foi suficiente para adormecer a astúcia de raposa. Compreendeu que se tratava de uma paixão senil, e foi impossível para ele imaginar que Márcia retribuísse seus sentimentos. Não sabia por que motivo ela o tinha seguido naquela tarde, mas a razão dizia-lhe que não fora por amor e, como nada sabia sobre mulheres, supôs que ela se tinha deixado seduzir por prazer e aventura ou cobiça de poder. Na realidade, ela fora vencida por pena. Quando o velho a abraçou ansioso, com os olhos marejados de humilhação porque a virilidade não lhe respondia como antigamente, ela se obstinou com paciência e boa vontade a devolver-lhe o orgulho. E assim, ao fim de várias tentativas, o homem conseguiu passar o umbral e passear durante breves instantes pelos mornos jardins oferecidos, caindo em seguida com o coração cheio de espuma.

— Fica comigo — pediu-lhe o Benfeitor, mal conseguindo vencer o medo de sucumbir em cima dela.

E Márcia ficou porque a comoveu a solidão do velho caudilho e porque a alternativa de regressar para junto do marido lhe pareceu menos interessante do que o desafio de atravessar o cerco de ferro atrás do qual aquele homem tinha vivido durante quase oitenta anos.

O Benfeitor manteve Márcia oculta numa de suas propriedades, onde a visitava diariamente. Nunca ficou para passar a noite com ela. O tempo juntos passava-se em lentas carícias e conversas. No seu espanhol titubeante, ela lhe contava suas viagens e os livros que lia, ele a escutava sem compreender muito, mas deliciado com a cadência de sua voz. Outras vezes ele se referia à infância nas terras secas dos Andes ou aos tempos de soldado, mas, se ela lhe fazia alguma pergunta, imediatamente se calava, observando-a de soslaio, como a um inimigo. Márcia notou essa dureza sem ponta de comoção e compreendeu que o hábito da desconfiança era muito mais poderoso do que a necessidade de se abandonar à ternura, e, ao cabo de algumas semanas, aceitou a derrota. Ao renunciar à esperança de ganhá-lo para o amor, perdeu o interesse por aquele homem e quis então sair das paredes onde se encontrava sequestrada. Mas já era tarde. O Benfeitor necessitava dela a seu lado, porque era o que mais próximo de uma companheira tinha conhecido, o marido havia regressado à Europa e ela não tinha um lugar naquela terra, pois até o seu nome começava a apagar-se na recordação alheia. O ditador percebeu a mudança de Márcia, e o receio aumentou, mas não deixou de amá-la por isso. Para consolá-la da reclusão a que estava condenada para sempre, porque a sua aparição na rua confirmaria as afirmações de Lieberman, corrompendo as relações internacionais, ofereceu-lhe todas as coisas de que gostava, música, livros, animais. Márcia passava as horas num mundo próprio, cada dia mais desprendida da realidade. Quando ela deixou de lhe dar alento, para ele foi impossível tornar a abraçá-la, e seus encontros transformaram-se em aprazíveis tardes de chocolate e biscoitos. No seu desejo de agradá-la, um dia o Benfeitor convidou-a a conhecer o Palácio de Verão para ver de perto o paraíso do naturalista belga, sobre o qual ela tanto tinha lido.

O comboio não mais fora usado desde a festa inaugural, dez anos antes, e estava em ruínas, de modo que fizeram a viagem em automóvel, precedidos por uma caravana de guardas e empregados que partiram uma semana antes levando tudo o que era necessário para voltar a dar ao Palácio os luxos do primeiro dia. O caminho era apenas uma trilha limpa de vegetação por grupos de presos. Em alguns trechos tiveram de recorrer a machados, para cortar os parasitas, e a bois, para arrancar os carros da lama, mas nada disso diminuiu o entusiasmo de Márcia. Estava deslumbrada com a paisagem. Suportou o calor úmido e os mosquitos como se não os sentisse, atenta àquela natureza que parecia envolvê-la num abraço. Teve a impressão de que tinha estado ali antes, talvez em sonhos ou em outra existência, de que pertencia àquele lugar, tendo sido até então uma estrangeira no mundo, e de que todos os passos dados, incluindo o deixar a casa do marido para seguir um velho trêmulo, haviam sido assinalados pelo instinto com o único propósito de conduzi-la até ali. Antes de ver o Palácio de Verão já sabia que essa seria a sua última residência. Quando o edifício apareceu, finalmente, em meio à folhagem, ladeado de palmeiras e brilhando ao sol, Márcia suspirou aliviada, como um náufrago ao voltar a ver o porto de origem.

Apesar dos frenéticos preparativos para recebê-los, a mansão tinha um ar de encantamento. Sua arquitetura romana, pensada como centro de

CONTOS DE EVA LUNA

um parque geométrico e grandiosas avenidas, estava submersa na desordem de voraz vegetação. O clima tórrido alterara a cor dos materiais, cobrindo--os de pátina prematura; da piscina e dos jardins nada se via. Os galgos de caça tinham arrebentado as correias muito tempo atrás e vagueavam pelos limites da propriedade, uma matilha esfaimada e feroz que recebeu os recém-chegados com um coro de latidos. As aves haviam feito ninho nos capitéis e coberto de excrementos os relevos. Por todos os lados havia sinais de desordem. O Palácio de Verão transformara-se numa criatura viva, aberta à verde invasão da selva que o tinha envolvido e penetrado. Márcia saltou do automóvel e correu até as grandes portas, onde esperava a escolta estafada pela canícula. Percorreu um a um todos os quartos, os grandes salões deco-rados com lustres de cristais, pendurados dos tetos como cachos de estrelas, e móveis franceses, em que as lagartixas faziam ninho, os quartos com os leitos de dossel desbotados pela intensidade da luz, os banheiros onde o musgo se insinuava pelas juntas dos mármores. Caminhava sorrindo, com a atitude de quem recupera algo que lhe tinha sido arrebatado.

Durante os dias seguintes o Benfeitor viu Márcia tão contente, que um certo vigor voltou a aquecer seus gastos ossos e pôde abraçá-la como nos primeiros encontros. Ela o aceitou, distraída. A semana que pensavam passar ali prolongou-se por duas, porque o homem se sentia muito bem. Desapareceu o cansaço acumulado nos seus anos de caudilho e atenuaram--se várias das suas doenças de velho. Passeou com Márcia pelos arredores, apontando-lhe as múltiplas variedades de orquídeas que se agarravam nos troncos ou caíam como uvas dos ramos mais altos, as nuvens de maripo-sas brancas que cobriam o chão e os pássaros de plumas iridescentes que enchiam o ar com seus pios. Brincou com ela como um jovem amante, deu-lhe de comer na boca a polpa deliciosa das mangas silvestres, banhou--a com as próprias mãos em infusões de ervas e fê-la rir com uma serenata sob sua janela. Há anos não se afastava da capital, salvo para curtas viagens de avião às províncias onde sua presença era requerida para sufocar algum princípio de insurreição e dar ao povo a certeza de que sua autoridade era inquestionável. Aquelas inesperadas férias puseram-no de muito bom hu-mor, a vida parecia-lhe mais amável, e teve a fantasia de que, junto daquela

223

formosa mulher, poderia continuar a governar eternamente. Uma noite, o sono surpreendeu-o nos braços dela. Despertou de madrugada aterrorizado com a sensação de se ter atraiçoado. Levantou-se suando, com o coração na boca, e observou-a sobre a cama, branca odalisca em repouso, com o cabelo de cobre cobrindo-lhe o rosto. Saiu dando ordens à sua escolta para regressar à cidade. Não ficou surpreso por Márcia não mostrar indícios de querer acompanhá-lo. Talvez no fundo preferisse assim, porque compreendeu que ela representava sua mais perigosa fraqueza, a única que poderia fazê-lo esquecer o poder.

O Benfeitor partiu para a capital sem Márcia. Deixou-lhe meia dúzia de soldados para vigiar a propriedade e alguns empregados para o seu serviço, e prometeu-lhe que manteria o caminho em boas condições, para ela receber seus presentes, as provisões, o correio e alguns jornais. Garantiu que a visitaria frequentemente, tanto quanto suas obrigações de Chefe de Estado permitissem, mas, ao se despedirem, ambos sabiam que não voltariam a encontrar-se. A caravana do Benfeitor perdeu-se por detrás dos parasitas, e, por alguns momentos, o silêncio rodeou o Palácio de Verão. Márcia sentiu-se verdadeiramente livre pela primeira vez em sua existência. Tirou os grampos que lhe seguravam o cabelo num coque e sacudiu a cabeça. Os guardas desabotoaram os casacões e largaram as armas enquanto os empregados foram pendurar as suas redes nos cantos mais frescos.

Das sombras, os indígenas tinham observado os visitantes durante essas duas semanas. Sem se deixar enganar pela pele clara e pelo lindo cabelo crespo de Márcia Lieberman, reconheceram-na como uma deles, mas não se atreveram a materializar-se na sua presença, porque viviam há séculos na clandestinidade. Depois da partida do velho e do seu séquito, voltaram a ocupar, sigilosos, o espaço onde tinham vivido durante gerações. Márcia sentiu que nunca estava só, por onde ia mil olhos a seguiam, à sua volta brotava murmúrio constante, suave respirar, pulsação rítmica, mas não teve medo, pelo contrário, sentiu-se protegida por duendes amáveis. Acostumou-se a pequenas perturbações; algum dos seus vestidos desaparecia por vários dias e depois aparecia, de manhã, numa cesta aos pés da cama; alguém comia sua ceia pouco antes de ela entrar na sala de jantar; roubavam-se suas aquarelas e seus livros; sobre sua mesa apareciam orquídeas recém-cortadas; em algumas tardes a banheira esperava-a com folhas de hortelã flutuando na água fresca; ouviam-se as notas dos pianos nos salões vazios, gemidos de amantes nos armários, vozes de meninos no forro do teto. Os empregados não tinham explicação para tais coisas, e, por isso, ela deixou de lhes fazer perguntas, imaginando que eles também faziam parte daquela benevolente conspiração. Certa noite, esperou agachada com uma lanterna entre as cortinas e, ao sentir um bater de pés sobre o mármore, acendeu a luz. Pareceu-lhe ver algumas silhuetas nuas, que por breves instantes a olharam suavemente e depois se desintegraram. Chamou-as em espanhol, mas ninguém respondeu, compreendeu que necessitaria de imensa paciência para descobrir aqueles mistérios, mas não se importou com isso, porque tinha o resto de sua vida pela frente.

Alguns anos depois o país foi sacudido pela notícia de que a ditadura havia terminado por uma causa surpreendente: o Benfeitor morrera. Apesar de ser já um velho reduzido a pele e osso e de estar apodrecendo há meses dentro do uniforme, na realidade muito poucos imaginavam que aquele homem fosse mortal. Ninguém se recordava do tempo antes dele, estava há tantas décadas no poder que o povo se acostumara a considerá-lo um mal inevitável, como o clima. Os ecos do funeral demoraram um pouco a chegar ao Palácio de Verão. A essa altura quase todos os guardas e criados, cansados de esperar uma rendição que nunca veio, tinham desertado de seus postos. Márcia Lieberman ouviu as notícias sem se alterar. Na realidade, teve de fazer algum esforço para recordar o passado, o que havia além da selva e o velho com olhinhos de falcão que lhe transformara o destino. Percebeu que, com a morte do tirano, desapareciam as razões para permanecer oculta, podendo regressar à civilização, onde certamente já ninguém se importava com o escândalo de seu rapto, mas logo abandonou essa ideia, porque nada fora daquela região emaranhada lhe interessava. Sua vida decorria aprazível entre os indígenas, imersa naquela natureza verde, apenas vestida com uma túnica, de cabelo curto, adornada de tatuagens e flores. Era totalmente feliz.

Uma geração mais tarde, quando a democracia se tinha estabelecido no país, e da longa história dos ditadores não restava senão um vestígio nos livros escolares, alguém se lembrou da casa de mármore e propôs recuperá-la para fundar uma Academia de Arte. O Congresso da República enviou uma comissão para fazer um relatório, mas os automóveis perderam-se pelo caminho e, quando chegaram por fim a São Jerônimo, ninguém soube dizer onde ficava o Palácio de Verão. Quiseram seguir os trilhos da estrada de ferro, mas tinham sido arrancados dos dormentes, e a vegetação apagara-lhes os vestígios. O Congresso mandou então um destacamento de exploradores e dois engenheiros militares que voaram de helicóptero sobre a região, mas a vegetação era tão espessa, que também não o puderam localizar. Os rastos do palácio confundiram-se na memória das pessoas e nos arquivos municipais, a noção de sua existência transformou-se em conversa de comadres, as informações foram devoradas pela burocracia, e, como a pátria tinha problemas mais urgentes, o projeto da Academia de Arte foi posto de lado.

Atualmente construíram uma estrada que une São Jerônimo ao resto do país. Dizem os viajantes que às vezes, depois de uma tempestade, quando o ar está úmido e carregado de eletricidade, surge junto do caminho um palácio de mármore branco, que por breves instantes permanece suspenso a certa altura, como miragem, para logo desaparecer sem ruído.

SOMOS FEITOS DE BARRO

Descobriram a cabeça da menina saindo do lodaçal, com os olhos abertos, chamando sem voz. Tinha um nome da primeira comunhão, Açucena. Naquele interminável cemitério, onde o cheiro dos mortos atraía os abutres mais afastados e onde o choro dos órfãos e os lamentos dos feridos enchiam o ar, aquela menina obstinada em viver tornou-se o símbolo da tragédia. As câmeras, de tanto transmitirem a visão insuportável de sua cabeça saindo do barro como uma cabaça negra, fizeram com que ninguém ficasse sem o conhecer nem mencionar. E, sempre que a víamos aparecer na tela, atrás dela estava Rolf Carlé, que conseguiu chegar ao lugar, atraído pela notícia, sem suspeitar de que ali iria encontrar um pedaço de seu passado, perdido trinta anos atrás.

Primeiro foi um soluço subterrâneo que fez mexerem os campos de algodão, encrespando-se como uma onda de espuma. Os geólogos tinham instalado suas máquinas de medição com semanas de antecedência e já sabiam que a montanha havia acordado outra vez. Desde há muito que previam que o calor da erupção poderia desprender os gelos eternos das ladeiras do vulcão, mas ninguém deu atenção às advertências, porque soava como um conto de velhas. Os povos do vale continuaram sua vida, surdos aos queixumes da terra, até a noite dessa fatal quarta-feira de novembro, quando um longo rugido anunciou o fim do mundo e as paredes de neve se desprenderam, rodando numa avalancha de barro, pedras e água que caiu sobre as aldeias, sepultando-as debaixo de metros insondáveis de vômito telúrico. Mal conseguiram sair da paralisia do primeiro espanto, os sobreviventes viram que as casas, as praças, as igrejas, as plantações brancas de algodão, os sombrios bosques de café e as pastagens dos touros reprodutores tinham desaparecido. Muito depois, quando chegaram os voluntários e os soldados para salvar os vivos e avaliar a dimensão do cataclismo, calcularam que debaixo do lodo havia mais de vinte mil seres humanos e número impreciso de animais, apodrecendo em caldo viscoso. Também tinham sido destruídos os bosques e os rios, e, visível, não havia senão um imenso deserto de barro.

Quando, de madrugada, telefonaram da emissora, Rolf Carlé e eu estávamos juntos. Saltei da cama tonta de sono e fui preparar café enquanto ele se vestia às pressas. Guardou seus instrumentos de trabalho numa bolsa de lona verde que trazia sempre consigo, e despedimo-nos como tantas outras vezes. Não tive nenhum pressentimento. Fiquei na cozinha tomando meu café e planejando as horas sem ele, certa de que estaria de volta no dia seguinte.

Foi dos primeiros a chegar, porque, enquanto outros jornalistas se aproximavam das margens do pântano em jipes, em bicicletas, a pé, abrindo caminho cada um como melhor podia, ele contava com o helicóptero da televisão e pôde sobrevoar a avalanche. Nas telas apareciam as cenas captadas pela câmera do seu assistente, onde ele era visto enterrado até os joelhos, com um microfone na mão, em meio a um alvoroço de meninos perdidos, de mutilados, de cadáveres e de ruínas. O relato chegou-nos na sua voz tranquila. Durante anos tinha-o visto no noticiário, em batalhas e catástrofes, sem que nada o fizesse parar, com perseverança temerária, e sempre me assombrou sua atitude calma perante o perigo e o sofrimento, como se nada conseguisse abalar suas forças nem desviar sua curiosidade. O medo parecia não o tocar, mas ele me confessara que não era um homem valente nem nada que se parecesse. Creio que a lente da máquina provocava estranho efeito nele, como se o transportasse a outro tempo, do qual ele podia ver os acontecimentos sem participar realmente deles. Ao conhecê-lo melhor, compreendi que essa distância fictícia mantinha-o a salvo das próprias emoções.

Rolf Carlé esteve junto a Açucena desde o princípio, filmou os voluntários que a descobriram e os primeiros que tentaram aproximar-se dela; sua câmera focalizava com insistência a menina, seu rosto moreno, os grandes olhos desolados, o emaranhado compacto de seu cabelo. Naquele local o lodo era denso, e havia perigo de se enterrarem ao pisá-lo. Atiraram-lhe uma corda, que ela não quis agarrar, até que lhe gritaram que a apanhasse; então tirou a mão e tentou mover-se, mas a seguir afundou ainda mais. Rolf largou a bolsa e o resto do seu equipamento e avançou pelo pântano, comentando para o microfone do ajudante que fazia frio e já começava a pestilência dos cadáveres.

— Como se chama? — perguntou à menina, e ela respondeu com seu nome de flor. — Não se mexa, Açucena — ordenou-lhe Rolf Carlé, e continuou a falar-lhe sem pensar o que dizia, apenas para distraí-la, enquanto se arrastava lentamente com barro até a cintura. O ar à sua volta parecia tão turvo como o lodo.

Por aquele lado não era possível aproximar-se, por isso recuou e deu a volta por onde o terreno parecia mais firme. Quando por fim estava perto dela, pegou a corda e amarrou-a debaixo dos braços para que a pudessem içar. Sorriu-lhe com aquele seu sorriso que lhe diminui os olhos e o faz voltar à infância, disse-lhe que tudo estava bem e que, em seguida, a tirariam. Fez sinais aos outros para que a içassem, mas, mal a corda se esticou, a menina gritou. Tentaram de novo e apareceram seus ombros e braços, mas não a puderam puxar mais, estava presa. Alguém sugeriu que talvez tivesse as pernas soterradas entre as ruínas de sua casa, mas ela disse que não eram só os escombros, também a prendiam os corpos dos irmãos, agarrados a ela.

— Não se preocupe, vamos tirá-la daqui — prometeu Rolf. Apesar das falhas de transmissão, notei que a voz dele se calava, e senti-me mais perto dele por isso. Ela o olhou sem responder.

Nas primeiras horas, Rolf Carlé esgotou os recursos de seu engenho para salvá-la. Lutou com paus e cordas, mas cada esticão era um suplício intolerável para a prisioneira. Lembrou-se de fazer uma alavanca com alguns paus, mas não teve resultado e abandonou também essa ideia. Conseguiu dois soldados que o ajudaram durante algum tempo, mas depois deixaram-no sozinho, porque muitas outras vítimas reclamavam ajuda. A menina não se podia mover e mal conseguia respirar, mas não parecia desesperada, como se uma resignação ancestral lhe permitisse ler o destino. O jornalista, por seu lado, estava decidido a arrancá-la à morte. Levaram-lhe um pneu, que ele colocou debaixo dos braços dela, como uma boia, depois atravessou uma tábua pelo buraco para se apoiar e alcançá-la melhor. Como era impossível remover os escombros às cegas, mergulhou um par de vezes para explorar aquele inferno, mas saiu exasperado, coberto de lodo, cuspindo pedras. Achou que necessitava de uma bomba para extrair a água e enviou alguém que a pedisse pelo rádio, mas voltaram com a mensagem de que não havia transporte e não podiam enviá-la antes da manhã seguinte.

— Não podemos esperar tanto! — reclamou Rolf Carlé, mas naquele salve-se-quem-puder ninguém lhe deu ouvidos. Teriam ainda de passar muitas horas antes que ele aceitasse que o tempo parara e que a realidade tinha sofrido distorção irremediável.

Um médico militar aproximou-se para examinar a menina e afirmou que o seu coração funcionava bem e que, se não arrefecesse, poderia resistir mais aquela noite.

— Tenha paciência, Açucena, amanhã vão trazer a bomba — disse Rolf Carlé, tentando consolá-la.

— Não me deixe sozinha — ela pediu.

— Não, claro que não.

Levaram-lhe café, que ele deu à menina, gole a gole. O líquido quente animou-a, começou a falar de sua pequena vida, de sua família e da escola, de como era aquele pedaço do mundo antes de o vulcão entrar em erupção. Tinha treze anos e nunca saíra dos limites da aldeia. O jornalista, empurrado por prematuro otimismo, convenceu-se de que tudo terminaria bem, chegaria a bomba, extrairiam a água, tirariam os escombros e Açucena seria trasladada em um helicóptero para um hospital, quando reagiria com rapidez e ele poderia visitá-la e levar-lhe presentes. Pensou que já não tinha idade para bonecas e não soube do que ela gostaria. Talvez de um vestido. Não conheço muito sobre mulheres, concluiu divertido, calculando que tivera muitas na sua vida, mas que nenhuma lhe ensinara esses pormenores. Para enganar as horas começou a contar-lhe suas viagens e aventuras de caçador de notícias; quando se esgotaram as recordações, apelou para a imaginação a fim de inventar qualquer coisa que a pudesse distrair. Em alguns momentos ela dormitava, mas ele continuava a lhe falar no escuro, para mostrar que não tinha ido embora e para vencer a perseguição da incerteza.

Foi uma longa noite.

CONTOS DE EVA LUNA

*

A muitas milhas dali, eu observava numa tela Rolf Carlé e a menina. Não aguentei esperar em casa e fui até a Televisão Nacional, onde muitas vezes passei noites inteiras com ele, editando programas. Assim, estive perto dele e pude ver o que ele viveu naqueles três dias definitivos. Encontrei quanta gente importante existe na cidade, os senadores da República, os generais das Forças Armadas, o embaixador norte-americano e o presidente da Companhia de Petróleo, pedindo-lhes uma bomba para extrair o barro, mas só obtive promessas vagas. Comecei a pedi-la com urgência por rádio e televisão, para ver se alguém podia ajudar. Entre as chamadas, corria ao centro de recepção para não perder as imagens do satélite, que chegavam a cada momento com novos pormenores da catástrofe. Enquanto os jornalistas selecionavam as cenas de maior impacto para o noticiário, eu procurava aquelas em que aparecia o poço de Açucena. A tela reduzia o desastre a um só plano e acentuava a tremenda distância que me separava de Rolf Carlé; no entanto, eu estava com ele, cada padecimento da menina doía-me como nele, sentia a mesma frustração, a sua impotência. Ante a impossibilidade de me comunicar com ele, veio-me à cabeça o recurso fantástico de me concentrar para alcançá-lo com a força do pensamento e assim dar-lhe ânimo. Por momentos atordoava-me em frenética e inútil atividade, de vez em quando o sentimento de pena vergava-me e eu começava a chorar, e, outras vezes, o cansaço vencia-me e julgava estar olhando por um telescópio a luz de uma estrela morta há um milhão de anos.

No primeiro noticiário da manhã vi aquele inferno, onde flutuavam cadáveres de homens e animais arrastados pelas águas de novos rios, formados numa só noite pela neve derretida. Do lodo sobressaíam as copas de algumas árvores e o campanário de uma igreja, onde várias pessoas tinham encontrado refúgio e esperavam com paciência as equipes de salvamento. Centenas de soldados e de voluntários da Defesa Civil tentaram remover escombros em busca dos sobreviventes, enquanto filas de espectros em farrapos esperavam a sua vez de receber uma tigela de sopa. As cadeias de rádio informaram que seus telefones estavam congestionados pelas chamadas de famílias que ofereciam albergue às crianças órfãs. Faltavam água para beber, gasolina e alimentos. Os médicos, resignados a amputar membros sem anestesia, pediam soro pelo menos, analgésicos e antibióticos, mas a maior parte dos caminhos estava interrompida, e, ainda por cima, a burocracia atrasava tudo. Entretanto, o barro contaminado pelos cadáveres em decomposição ameaçava os vivos com a peste.

Açucena tremia apoiada ao pneu que a sustinha à superfície. A imobilidade e a tensão tinham-na debilitado muito, mas mantinha-se consciente e ainda falava com voz perceptível quando lhe aproximavam um microfone. O tom de voz era humilde, como se estivesse pedindo perdão por causar tantos aborrecimentos. Rolf Carlé tinha a barba crescida e olheiras, parecia esgotado. Mesmo a essa enorme distância pude perceber a qualidade desse cansaço, diferente de todas as fadigas anteriores de sua vida. Tinha esquecido por completo a câmera, já não podia olhar a menina através de uma lente. As imagens que nos chegavam não eram de seu assistente, mas de outros jornalistas que se tinham apoderado de Açucena, atribuindo-lhe a patética responsabilidade de encarnar o horror do acontecido naquele lugar. Logo a partir do amanhecer, Rolf Carlé esforçou-se de novo para mover os obstáculos que retinham a menina naquela tumba, mas usava só as mãos, não se atrevendo a utilizar uma ferramenta, porque poderia feri-la. Deu a Açucena a xícara de papa de arroz e banana que o Exército distribuía, mas ela vomitou imediatamente. Acudiu um médico e comprovou que estava com febre, mas disse que não se podia fazer muito, os antibióticos estavam reservados para os casos de gangrena. Também se aproximou um sacerdote para benzê-la e pendurar-lhe uma medalha da Virgem ao pescoço. À tarde começou a cair uma chuvinha suave, persistente.

— O céu está chorando — murmurou Açucena e começou a chorar também.

— Não se assuste — suplicou-lhe Rolf. — Precisa reservar suas forças e se manter tranquila; tudo acabará bem, eu estou com você e vou tirá-la daqui de qualquer maneira.

Voltaram os jornalistas para fotografá-la e perguntar-lhe as mesmas coisas, mas ela já nem tentava responder. Entretanto, chegavam mais equipes de televisão e cinema, rolos de cabos, filmes, vídeos, lentes de precisão, gravadores, aparelhos de som, luzes, refletores, baterias e motores, caixas com provisões, eletricistas, técnicos de som e operadores de câmeras, que enviaram o rosto de Açucena para milhões de telas em todo o mundo. E Rolf Carlé continuava a pedir a bomba. O desdobramento de recursos deu resultado, e, na Televisão Nacional, começamos a receber imagens mais claras e sons mais nítidos, a distância pareceu encurtar-se subitamente, e tive a sensação atroz de que Açucena e Rolf se encontravam a meu lado, separados de mim por um vidro irredutível. Pude seguir os acontecimentos de hora em hora, vi o quanto o meu amigo fez para arrancar a menina de sua prisão e para ajudá-la a suportar seu calvário, ouvi fragmentos do que disseram e o resto pude adivinhar, estive presente quando ela ensinou Rolf a rezar e quando ele a distraiu com os contos que eu lhe contei em mil e uma noites sob o mosquiteiro branco de nossa cama.

Ao cair a noite do segundo dia ele procurou fazê-la dormir com velhas canções da Áustria aprendidas com sua mãe, mas ela se encontrava além do sono. Passaram grande parte da noite falando, os dois extenuados, esfomeados, sacudidos pelo frio. E então, pouco a pouco, caíram as firmes comportas que seguraram o passado de Rolf Carlé durante muitos anos, e a torrente de tudo quanto tinha ocultado nas camadas mais profundas e secretas da memória saiu, por fim, arrastando na sua passagem os obstáculos que durante tanto tempo bloquearam a sua consciência. Nem tudo pôde dizer a Açucena, ela talvez não soubesse que havia mundos além do mar, nem tempo anterior ao seu, era incapaz de imaginar a Europa na época da guerra, por isso não lhe contou a derrota, nem a tarde em que os russos o levaram ao campo de concentração para enterrar os prisioneiros mortos de fome. Para que explicar-lhe que os corpos nus, empilhados como um monte de paus, pareciam de louça quebradiça? Como falar dos fornos e das forcas àquela menina moribunda? Nem mencionou a noite em que viu a mãe nua, calçada com sapatos vermelhos de salto fino, chorando de humilhação. Muitas coisas calou, mas naquelas horas reviveu pela primeira vez tudo aquilo que sua mente tinha tentado apagar. Açucena entregou-lhe o seu medo e assim, sem querer, obrigou Rolf a encontrar-se com o seu. Ali, junto daquele poço maldito, foi impossível para Rolf continuar a fugir de si mesmo, e o terror visceral que marcou sua infância assaltou-o de surpresa. Recuou até a idade de Açucena e mais atrás, e encontrou-se, como ela, apanhado num poço sem saída, enterrado em vida, a cabeça rente ao chão, viu junto ao seu rosto as botas e as pernas do pai, que tinha tirado o cinto e o agitava no ar com um silvo inesquecível de víbora furiosa. A dor invadiu-o, intacta e precisa, como sempre esteve escondida na sua mente. Voltou ao armário onde o pai o mantinha trancado a chave para castigá-lo por faltas imaginárias e ali esteve duas eternas horas com os olhos fechados para não ver a escuridão, os ouvidos tapados com as mãos para não ouvir os latidos do seu próprio coração, tremendo, encolhido como um animal. Na neblina das recordações encontrou sua irmã Katharina, uma doce criança retardada que passou a existência escondida com a esperança de que o pai esquecesse a desgraça de seu nascimento. Arrastou-se até ela debaixo da mesa da sala de jantar, e ali, ocultos por uma grande toalha branca, os dois meninos permaneceram abraçados, atentos aos passos e às vozes. O cheiro de Katharina chegou-lhe misturado com o do seu próprio suor, com os aromas da cozinha, alho, sopa, pão saído do forno e um fedor estranho de barro apodrecido. A mão da irmã na sua, sua respiração assustada, o roçar de seu cabelo selvagem na sua face, a expressão cândida de seu olhar. Katharina, Katharina... surgiu à sua frente, flutuando como uma bandeira, envolta na toalha branca transformada em mortalha, e pôde por fim chorar a sua morte e a culpa de tê-la abandonado. Compreendeu, então, que suas façanhas de jornalista, aquelas que tantos reconhecimentos e tanta fama lhe tinham dado, eram só uma tentativa de manter sob controle o seu medo mais antigo, mediante o artifício de se refugiar atrás de uma lente para ver se assim a realidade lhe parecia mais tolerável. Enfrentava riscos desmesurados como exercício de coragem, treinando-se de dia para vencer os monstros que o atormentavam à noite. Mas tinha chegado o momento da verdade, e já não pôde continuar fugindo de seu passado. Ele era Açucena, estava enterrado no barro, o seu terror não era a emoção remota de uma infância quase esquecida, era uma garra na garganta. No sufoco do pranto apareceu-lhe a mãe, vestida de cinzento, com sua carteira de pele de crocodilo apertada contra o peito, tal como a vira pela última vez no cais, quando foi despedir-se do navio em que ele embarcou para a América. Não vinha secar-lhe as lágrimas, mas dizer-lhe que pegasse uma pá, porque a guerra terminara e agora tinham de enterrar os mortos.

— Não chore. Já não sinto dor, estou bem — disse-lhe Açucena ao amanhecer.

— Não choro por você, choro por mim, que me dói tudo — sorriu Rolf Carlé.

No vale do cataclismo começou o terceiro dia com luz pálida entre nuvens carregadas. O Presidente da República foi à região e apareceu em traje de campanha para confirmar que era a pior desgraça do século. O país estava de luto, as nações irmãs tinham oferecido ajuda, ordenava-se o estado de sítio, as Forças Armadas seriam inclementes, fuzilariam sem mais nem menos quem fosse surpreendido roubando ou cometendo outras malfeitorias. Acrescentou que era impossível tirar todos os cadáveres ou dar conta dos milhares de desaparecidos, por isso se declarava todo o vale campo santo, e os bispos viriam celebrar uma missa solene pelas almas das vítimas. Dirigiu-se às barracas do exército, onde se amontoavam os que tinham sido salvos, para lhes dar o alívio de promessas incertas, e ao improvisado hospital, para oferecer uma palavra de ânimo a médicos e enfermeiras, esgotados por tantas horas de sofrimento. Depois pediu para ir ao lugar onde estava Açucena, que então já era célebre, porque sua imagem tinha dado volta ao planeta. Saudou-a com a lânguida mão de estadista, e os microfones registraram sua voz comovida e o tom paternal, quando lhe disse que o seu valor era um exemplo para a pátria. Rolf Carlé interrompeu-o para lhe pedir uma bomba, e ele assegurou que se ocuparia do assunto pessoalmente. Consegui ver Rolf por alguns instantes, de cócoras junto ao poço. No noticiário da tarde encontrava-se na mesma postura: e eu, olhando a tela como uma adivinha olha sua bola de cristal, percebi que algo fundamental tinha mudado nele, adivinhei que durante a noite se tinham desmoronado as suas defesas e se entregara à dor, vulnerável, finalmente. Aquela menina tocou a parte de sua alma a que ele próprio não tivera acesso e que nunca partilhara comigo. Rolf quis consolá-la e foi Açucena quem o consolou.

Dei-me conta do momento preciso em que Rolf deixou de lutar e se abandonou ao tormento de velar a agonia da menina. Eu estive com eles, três dias e duas noites, observando-os do outro lado da vida. Encontrava-me ali quando ela lhe disse que nos seus treze anos nunca um rapaz tinha gostado dela e que era pena ir-se embora deste mundo sem conhecer o amor, e ele lhe assegurou que a amava mais do que poderia amar alguém, mais que à sua mãe e à sua irmã, mais do que a todas as mulheres que tinham dormido nos seus braços, mais do que a mim, sua companheira, e que daria qualquer coisa para estar preso naquele poço em seu lugar, que trocaria a sua vida pela dela, e vi como se inclinou sobre sua pobre cabeça e a beijou na testa, vencido por um sentimento doce e triste que não sabia nomear. Senti como, nesse instante, se salvaram ambos do desespero, se desprenderam do lodo, se elevaram acima dos abutres e dos helicópteros e voaram juntos sobre aquele vasto pântano de podridão e lamentos. E, finalmente, puderam aceitar a morte. Rolf Carlé rezou em silêncio para que ela morresse depressa, porque já não era possível suportar tanta dor.

Então eu já tinha conseguido uma bomba e estava em contato com um general disposto a enviá-la na madrugada do dia seguinte num avião militar. Mas, ao anoitecer daquele terceiro dia, sob as implacáveis lâmpadas de quartzo e das lentes de cem máquinas, Açucena rendeu-se, os olhos perdidos nos daquele amigo que a tinha ajudado até o fim. Rolf Carlé tirou-lhe o salva-vidas, fechou-lhe as pálpebras, segurou-a apertada contra o peito por uns minutos e depois soltou-a. Ela afundou lentamente, uma flor no barro.

Está de volta junto de mim, mas já não é o mesmo homem. Vou com você muitas vezes à televisão e vemos de novo os vídeos de Açucena, estuda-os com atenção, procurando algo que pudesse ter feito para salvá-la e não lhe tivesse ocorrido a tempo. Ou talvez os examine para ver-se como num espelho, a nu. Suas câmeras estão abandonadas num armário, você não escreve nem canta, fica durante horas sentado em frente da janela, olhando as montanhas. A seu lado, eu espero que complete a viagem até seu próprio interior e se cure das velhas feridas. Sei que, quando regressar de seus pesadelos, caminharemos outra vez de mãos dadas, como antes.

"E nesse momento da sua narrativa Scheherazade viu surgir a manhã e calou-se discretamente."

(De As mil e uma noites)

Este livro foi composto na tipografia Minion Pro,
em corpo 11/15,5, e impresso em
papel off-white no Sistema Cameron da
Divisão Gráfica da Distribuidora Record.